魔邸

三津田信三

角川ホラー文庫
22366

目次

一　引っ越し

優真《ゆうま》が人生ではじめて引っ越しと転校を体験したのは、名字が「瀬戸《せと》」から「世渡《せと》」に変わったときである。

「良かったやないか。同じ『せと』いう読みでも、俺らの名字は世渡りとも読めるから、優真もきっと世渡り上手な人間になれるで」

新しく叔父《おじ》になった知敬《とものり》は、初対面となる結婚披露宴の親族控室で、そう言いながら豪快に笑った。ただし当の優真がピンとこなかったのは、十一歳の子どもに対する台詞《せりふ》としては、やはり相応《ふさわ》しくなかったからだろう。

それでも優真は、自分と同じ関西生まれのこの叔父が、すぐさま気に入った。義父となった知英《ともひで》が良く言えば真面目、悪く言えば堅苦しい人物だったため、あまりにも対照的な叔父に親しみやすさを覚えたらしい。三十代の後半という年齢を感じさせない言動も、優真には好印象を与えたようだ。

義父と叔父は同じ父親を持ちながら、母親が違っていた。そのため義父は東京で、叔父は関西で生まれたという。そんな二人の関係も、なぜか優真には好ましく思えた。

「せやけどな優真、ああ見えて兄貴は、跡取り息子ができたことを、ものすごう喜んどる。それは間違いない」

自分にばかり懐《なつ》く優真を見て、さすがに叔父はまずいと思ったのだろう。世《せ》田谷《たがや》の世渡家に顔を出すたびに、義父のことをほめるようになる。

「お前のお義父《とう》さんは、世界でも有名な総合商社の役員で、もっとも代表取締役社長の椅子に近いところにおって――」

とはいえ義父の会社が何をしているのか、本当のところは少しも理解できない。それが叔父にも伝わったのか、「要は世界で色々なもんを売っとる、そういう会社の偉いさんや」と、最後は簡単にまとめてしまった。

母の優香《ゆうか》が世渡知英と再婚したのは、優真が小学六年生になる前の春休みである。彼が関西から東京の小学校に転校することを考え、せめて新しい学校で新しい学年を迎えられるようにと、どうやら母は気遣ったらしい。

母の再婚は、とにかく優真に劇的な変化をもたらした。生まれ育った関西の地を離れ、まったく未知の東京に移り住む。二間しかない薄汚れた古いアパートから、豪邸という言葉がぴったりの、世田谷の屋敷町に建つ世渡家に引っ越す。仲の良かった友だちと別れて、誰ひとり知る者のない小学校に転校する。そして何よりの変化が、新しい父親ができたことである。

優真の実父の瀬戸真大《まさお》は、登勢《とせ》対馬《たいま》というペンネームを持つ作家だった。名字「瀬戸」を「戸瀬」と逆にして、それを「登勢」という音は同じの別の漢字にする。名前は「真大」を「またい」と読み替えたうえで「たいま」と逆様《さかさま》にし、「対馬」という漢字を当てはめる。そんな筆名の複雑な由来を、彼は母から聞いたことがある。

ややこしいなぁ。

正直そう思ったが、それも父が純文学作家のため、なんとなく納得できた。もっとも当時も今も「純文学」とは何か、まったく理解できていない。つまり納得したといっても、かなりいい加減である。それでも疑問を覚えなかったのは、筆名に感じた厄介な複雑さが、そのまま父のイメージと重なったからだろう。

パソコン机の前に座って、むっつり黙り込んでいる。

優真の脳裏に残る父の姿である。キーボードを打って小説を書いているときよりも、そうやって沈思黙考するほうが長かったのは間違いない。カタカタッと音がしていれば、子ども心にも仕事をしていると分かる。しかし父の両手が少しも動いていないと、執筆中ではないのだと思ってしまう。それでつい声をかけて、よく優真は怒られた。

「パソコンの前に座っとるときは、静かにせえ」

ところが父は、パソコン机を離れると読書をはじめる。すると今度は「本を読んどるときに話しかけるやつがあるか」と怒られる。かといって仕事中でも読書中でもないときでも、「小説の構想を練《ね》っとる」「考え事の最中や」と言われるのが落ちのため、父と親しく会話をした記憶が、ほとんど優真にはない。

長い間ずっと不思議だったのは、それなりに父は小説を書いていたのに、家にあった登勢対馬の本が非常に少なかったことである。第一作品集『生死糾纆《きゅうぼく》』をはじめ、三冊ほどしかなかったはずだ。

「雑誌に作品を発表できても、なかなか本にはならんからね」

母の説明を聞いて、最初はそんなものかと思った。だが、そのうち妙な事実に気づいた。たとえ本にはならなくても、雑誌に作品を発表していれば、出版社から掲載誌は送られてくるのではないか。実際、自分の小説が載った文芸誌が届くと、とたんに父は機嫌を良くした。

優真たちが住んでいたアパートの郵便の配達時間は、だいたい夕方前が多かった。だから彼は近所で友だちと遊んでいても、郵便配達員のバイクが見えると、すぐさまアパートまで走って帰り、急いで集合ポストを覗《のぞ》いた。

送られてきた文芸誌を手渡しすると、ほっこりと父が微笑《ほほえ》んでくれる。あの笑顔を向けてもらいたくて、いつも優真は掲載誌が届くのを心待ちにした。その待ちわびる気持ちは、ひょっとすると父よりも強かったかもしれない。

しかし、三冊ほど種類のあった文芸誌が送られてくるのは、本当にまれだった。優真が小学校の低学年のときは、それでも二、三ヵ月に一冊はあったが、三年生になったあたりから、急に減りはじめた。

小説を書く量は変わってないのに。

それが彼には、とにかく不思議だった。そのうち「原稿が没になる」こともあると知るようになり、ようやく謎が解けたかに思えたが、たちまち新たな疑問が生まれた。

「せっかく書いた小説が没になったら、原稿料が入らへん」

一度そんな風に、母が溜息《ためいき》をつくのを聞いた覚えがある。父が受け取る原稿料とは、友だちの父親がもらう「お給料」と同じだと教えられていたので、子ども心に大変だと感じた。原稿が没になって掲載誌が送られてこなければ、今に自分たちはご飯さえ食べられなくなると、大いに心配した。

にもかかわらず生活が、極端に苦しくなることはなかった。相変わらず貧乏ではあったが、優真が飢えた覚えは一度もない。母が近くのスーパーでパートタイムをして、家計を助けていたのは事実である。とはいえ一家を支えていたのは、間違いなく父の原稿料だった。

「お父さんがお仕事してるときは、静かにせんとあかんよ」

だから母は、いつもそう言っていた。外で遊ぶときも、できるだけアパートから離れるようにと、わざわざ注意した。子どもらの騒ぐ声を、父に聞かせないためである。その言いつけを、優真もよく守った。

アパートの駐車場は、住人に車を所有している者が少なかったため、つねに空いていた。そのため子どもたちの格好の遊び場だった。だが、どれだけ友だちから不満が出ても、いつも優真は少し離れた土手の空地まで、できるだけ彼らを誘導した。そうすることで父の仕事に役立っていると実感できる。それが優真にはうれしかった。

それなのに送付される文芸誌は一向に増えず、むしろ減っていた。でも父は、せっせと原稿を書き続けている。そして親子三人の生活にも、不思議と困った様子がない。

その謎が解けたのは、小学四年生の初冬である。いや、あのときの優真は、決して真相まで到達できたとは言えないか。本当にすべてを悟れたのは、最近になってからかもしれない。

あの日は夕方から急に冷え込んだ。優真は炬燵《こたつ》に入っていたが、寒くて仕方ない。石油ストーブは夜にならないと点《つ》けてはいけない。そういう決まりだった。だから毛布を出そうと思ったのだが、母は寝具を別の用途に使うことを嫌う。「汚い」「だらしがない」と怒られるのは目に見えている。そこで普段は使用していない毛布を出そうと、彼が押入の奥を探っていると、まるで隠すように突っ込まれた紙袋を見つけた。

なんだ、これ？

好奇心にかられて中を覗いた優真は、びっくりした。と同時に、かあっと顔が熱くなった。とんでもないものを目にしてしまったと、たちまち後悔した。

全裸の女性が縄で縛られている、なんとも肉感的な絵が表紙にデザインされた雑誌が、紙袋の中には何冊も入っていた。もちろん雑誌によって絵は違っていたが、若い女が裸であられもない姿をしているところは、どれもいっしょだった。

父さんの秘密。

なんとも大仰な表現が思い浮かんだ。だが、あのときの優真の心境は、まさにそうだった。それを子どもである自分が、よりによって見つけてしまった。紙袋の中を見たことがばれないように、そっと戻しておこう。

とっさに判断したのだが、そこで遅まきながら「でも……」と引っかかりを覚えた。

紙袋にかけた手が、ふっと止まる。

　押入の中なんて、絶対に母さんに見つかるのに。

どこに何が収納されているのか、完全に理解しているのは母だけである。父も優真も、まったく何も分からない。特に父はそうだろう。

ということは、母さんも知ってる？

　どう考えてもそうなる。だが、こういう雑誌は、自分の妻に隠れて見るものではないのか。それくらいは子どもでも察しがつく。

　何なんだ、この雑誌は？

　優真は急に怖くなった。背徳の匂いがする雑誌の内容よりも、それが我が家の押入に何冊もあって、それを父だけでなく母も承知であるらしい事実が、とにかく恐ろしく感じられた。決して子どもが知ってはならない秘密が、そこに隠されている気がした。だからこそ彼は逆に、雑誌の中を見てみようと思った。

　恐る恐る紙袋から一冊だけ取り出す。最初に見た雑誌とは違ったが、そのまま気にせず表紙をめくると、様々な格好で縛られた全裸の女性のグラビアが、どんっと両目に飛び込んできて、頭がくらくらっとした。慌てて巻頭の写真頁をやり過ごすと、目次が現れた。そこに「官能小説」の文字を見つけ、優真の好奇心が大いに刺激された。

ホラーやミステリやＳＦ、冒険小説は読んでるけど、官能小説って何だろ？

学校で使っている国語辞典で調べたが、どこにも載っていない。それで父の辞書を開いてみると、「男女の間または同性同士の主に性行為を描いた小説」という説明があった。正直その意味をどれほど彼が理解できたのか、それは本人にも不明だったと思う。ただ、自分がまだ読んだことのない未知の小説があるという事実に、何より優真は興奮した。

官能小説は全部で四編あった。一作ずつ順に見ていったが、読めない漢字が多過ぎた。それでも内容の想像がついたのは、表紙のように赤裸々な描かれ方をした女性のイラストが、どの作品にも数点ずつ載っていたからだ。とはいえ、そこに表現された世界は、優真の理解を軽く超えた領域にあったのは間違いない。

この女の人は、なぜエレベーターの中でスカートを脱いでるのか。

そういう疑問が次から次へと湧《わ》いてくる。ただし、実際の答えを子どもが知ってはいけない、という気も強く覚える。このとき彼は人生初の背徳感を覚えていたわけだが、それを本人が認められるまでには、まだ数年の歳月が必要だった。

当時の優真には、そんな後ろめたさを一瞬で忘れてしまうほどの、実は大発見があった。官能小説の四作目に赤のボールペンの書き込みがあり、それが父の筆跡だと気づいたことである。

どうして？

官能小説の書き込みは、父が原稿を書いて出版社に送ったあと、向こうから届く「ゲラ」という用紙に、やはり赤のボールペンで記す「著者校正」とよく似ていた。著者校正とは原稿の間違いを直す作業だと、前に父から教えられたことがある。

もしやと思い、赤字の書き込み部分を、国語辞典を使って確かめてみた。すると誤字や脱字の修正を行なっていることが分かった。そのうえ文章まで直している。

けど、なぜ父さんが……。

こんな官能小説に対して、著者校正のような行為をしているのか。しかも四編のうち一作だけを選んで。まったく意味が分からない。

もしかすると。

特に思い当たることがあったわけではない。それでも優真は、とっさに紙袋の中から二冊目を取り出した。一冊目とはタイトルが違うため、別の雑誌だと分かる。ただし同類の内容であることは、その表紙を見れば一目瞭然《りょうぜん》である。

その雑誌に掲載された五編の官能小説を、優真は最初から順に見ていった。

……あった。

今度は早くも二作目で、父の書き込みを見つけた。一冊目と同じく、またしても著者校正のような赤入れをしている。

優真が三冊目の雑誌でも、まったく同じ書き込みを目にしたときである。

あれ？

そこで彼は、別々の雑誌に載った官能小説の作者名が、どれも「星斗《せいと》罵《ば》終《つい》」である事実にようやく気づいた。

変な名前の作家だなぁ。

もっとも他の官能小説の作家たちも、全員がどこか妙な名前だった。少なくとも優真の愛読書の作者や、父の作品が掲載される文芸誌の作家たちとは、まったく毛色が違っていた。上手《うま》く説明できないが、わざわざ人の名前らしくない筆名をつけている感じがする。

この星斗罵終さんは、父さんの知り合いなのか。

だからこそ父は、彼の作品に赤入れをしているのではないか。それが父の「仕事」であり、そこから「お給料」をもらっているのかもしれない。

すでに発表された他人の作品を修正する不自然さを棚に上げて、そんな風に優真は解釈した。だからといって完全に納得したわけではない。まだ彼には解明できない真相が、これらの雑誌にはきっと秘められている。そう感じた。その問題については、父にも母にもないしょで、おいおい探っていくつもりだった。

ところが、その年の冬に、父が珍しく取材旅行に出たと思ったら、体調を崩して戻ってきた。そして入院したまま新年が明けるのを待たずに、呆気《あっけ》なく亡くなってしまう。

「あんな山の中の変な墓地になんか行くから……。いいえ、そもそももっと早うに、お医者さんにかかってたら……」

母のつぶやきから、父が取材のために危険な場所に行ったらしいこと、自分の身体の不調に気づきながらも放置していたこと——を優真は知った。

お金がなかったから？

後者についてはそう思って落ち込んだが、すぐに違うと考えを改めた。とにかく父は、他人の意見を聞かなかった。ひとに指図され、あれこれ言われるのを嫌った。あの性格なら、相手が医者でも同じだったに違いない。

質素な葬儀のあと、優真と母は新年を迎えた。喪中のためお祝いをしなかったせいもあるが、非常に静かな新しい年のはじまりだった。

優真の冬休みが終わると同時に、母はスーパーのパートタイムを辞めて、「夜の仕事」に行くようになった。高校時代の友だちの紹介で、「お酒を飲む男の人の相手をするお店」に勤め出した。もっとも「低俗ではない、ちゃんとしたお店」だという。優真にはよく分からなかったが、「恥じるような仕事ではない」ことだけは、どうにか理解できた。

母は夕方に出かけて、優真が深い眠りについた深夜に帰ってくる。外出時は薄化粧なのに、帰宅時にはむせるような濃い匂いをさせ、しばしば彼を目覚めさせた。これには辟易《へきえき》したが、意外にも一週間ほどで慣れた。環境の変化とは面白い。

もっとも嫌な変化もあった。友だちの家に遊びに行くと、相手の母親から「お母さん、何の仕事してるの？」と訊《き》かれる。以前にはなかったことである。母の新しい仕事にふれない人のほうが多かったが、誰もが知っているらしい。そのせいなのか、前のように遊べない友だちが何人か出てきた。これが優真には辛《つら》かった。

ただ優真にとって幸いだったのは、五年生になるとクラス替えがあったことだ。近所の友だち付き合いはそのまま残るが、新しいクラスでは新しい友人ができた。友だちによって――実際は彼らの母親の問題だったのだが――嫌な目に遭ったが、また彼が救われたのも友だちの存在によってだった。

優真が新しい学年のクラスで、新たな友だちを作っていたころ、母は「ちゃんとしたお店」の客の一人として、世渡知英と出会ったらしい。そこから一年も経たないうちに、母は彼と再婚する。その間、二人に何があったのか、もちろん優真は少しも知らない。母が男の人と付き合っていたことも、まったく気づかなかった。当時の優真は新しいクラスに慣れ、新たな友だちと遊ぶことに、とにかく夢中だった。

そして父の死から一年後の冬に、優真は母から世渡知英を紹介された。あとからふり返ると、「再婚する」という言葉を、はっきり母の口から聞いたかどうか、彼は覚えていない。母ではなく世渡知英から言われたのかと思ったが、そんな記憶もない。ふと気づけば母の再婚に向けて、すべてが動いていたのである。

二　家

母が再婚して、あの男の人が自分の義父になる。

その事実をようやく認めたところで、優真は例の紙袋を思い出した。そして今なら、星斗罵終の謎を完全に解けるような気がした。

母が仕事に出かけたあと、彼は押入を開けて奥を探った。しかし前にあった場所に、あの紙袋が見当たらない。母が移動させたのかと思い、押入中を検《あらた》めたがどこにもない。そのため部屋中を探すはめになったが、とうとう紙袋は出てこなかった。

母さんが捨てたのか。

生前の父が自分で処分したとは、ちょっと考えられない。もしかすると再婚が決まったところで、母が早くも荷物の整理をはじめて、あの紙袋に改めて気づいたのかもしれない。それとも父が逝《い》ったあと、すぐに捨ててしまったのか。

母の気持ちは、なんとなくだが理解できた。父が関わっていたとはいえ、本人が書いた作品ではない。そのうえ掲載誌が、ああいう内容である。とても新居には持っていけない。それに優真が何かの拍子に見つけてしまう心配も、きっと母はしたのだろう。

けど……。

父の手書きの文字が記された雑誌である。できれば残しておいて欲しかったと、優真は少しだけ母を恨んだ。処分するにしても、書き込みのあるページのみを切り取っておくことも、別にできたはずである。

星斗罵終。

優真は広告チラシの裏の白地に、まだ覚えている作家の名前を鉛筆で書いた。

登勢対馬。

その横に、父のペンネームを記す。

瀬戸真大。

さらに横に、父の本名を並べてみる。何か意図があったわけではない。ふと何の気なしにしてみただけである。

だが、そうやって三つの名前を並列したとたん、さあっと目の前が急に開けたような気分を、なぜか優真は味わった。その異様な感覚に首をかしげながらも、父の本名からペンネームに、そして忘れられぬ「星斗罵終」という作家名へと、順に目を転じたところで、あっと声を上げそうになった。

瀬戸真大から登勢対馬のペンネームが考えられたように、今度は登勢対馬から星斗罵終という妙な作家名が生まれたのだとしたら……。

何のために？

純文学作家の登勢対馬では書けない官能小説を、第二のペンネームで執筆して原稿料を稼ぐ。その目的のために、新たな筆名が必要だったのではないか。

優真は、父が登勢対馬のペンネームを作った要領を、星斗罵終にも当てはめてみた。

登勢を逆にすると勢登になり、これは「せいと」と読める。「せい」が「星」になるのは分かるが、「斗」はどうか。国語辞典で「斗」の字を調べると、ちゃんと「と」の読みがあった。

僕の推理は合ってる。

優真は興奮しつつも、次の「対馬」に取りかかった。

対馬を逆にすると馬対となる。「ばたい」だろうか。「罵」の字を調べると、確かに「ば」が当てはまる。しかし「終」は「たい」とは読まない。そこで「対」と「終」を比べたところ、どちらも「つい」と読めると分かった。

登勢対馬（とせたいま）↓勢登馬対（せいとばつい）↓星斗罵終（せいとばつい）。

ミステリに出てくる難解な暗号を解き明かしたような快感に、たちまち優真は包まれた。まったく誰の助けも借りずに、少しのヒントもない状態で、自分だけの力で解明したのである。

すごくないか。

ただし彼が高揚していた時間は、残念ながら短かった。どうして父が第二のペンネームを生み出さなければならなかったのか。その理由を思うと、とても無邪気に喜んでなどいられなかったからだ。

父さんが書きたかったのは、純文学だった……。

いまだに純文学とは何か、優真にはよく分からない。だが、そこに官能小説は入らないらしいと、少なくとも察することはできる。

それでも父さんは、官能小説を書いた。生きていくために……。

小説の中の登場人物の台詞《せりふ》ではなく、自分自身が「生きていくため」などという言葉を使った事実に、優真は驚いた。しかし、父の星斗罵終による官能小説の執筆は、まさに「生きていくため」以外の何ものでもなかったのではないか。

だとしたら、雑誌の書き込みは……。

あれらが父の書いた小説なら、純文学の原稿と同じように、ちゃんと著者校正をしたはずである。それとも官能小説は別なのか。この点が優真には理解できなかった。

出版社や雑誌や担当編集者によって、校正ゲラのやり取りだけでも大きく違う場合がある。大人でも業界の者でない限り知らないことを、まして子どもの彼が分かるはずもない。

母さんは、星斗罵終の作品を……。

もちろん承知していたに違いない。紙袋に入れて押入の奥に隠したのは、ひょっとすると母だろうか。

あんな小説を書いてることを、父さんは恥じたのかな。

だから母は父の死後、すぐに処分したのか。いずれ優真が雑誌を見つけて、星斗罵終の正体に気づく前に、泣く泣く捨てたのだろうか。

新居に持っていけないから、という情けない理由よりも、父を想った結果であって欲しいと優真は願った。

どうして母は、再婚する気になったのか。

父のことは、もう忘れてしまったのか。

亡き父よりも、世渡知英のほうが好きなのか。

去年の冬からしばらく、気がつくと優真は自分自身に問いかけていた。だが、どれも簡単には答えが出ない。

世渡と再婚したあと、優真たちはどうなるのか。そういう今後の話を、母は確かにしてくれた。けれど、それ以前の母の心の問題については、一言も口にしていない。彼も聞きたいと思いながら、いざとなると尋ねられないでいる。誰かに相談したかったが、友だちに打ち明けるには、あまりに話が重い。

　そんなとき、優真のクラスに転校生があった。五年生の三学期の転校である。時期を考えると色々と大変ではないだろうか、と彼は同情した。かくいう優真も六年生になる前に、すでに転校することが決まっている。そういう境遇が引き合ったのか、すぐさま二人は仲良くなった。いっしょに学んで遊べるのは、もう三ヵ月もない。それでも優真と転校生の大崎彰《おおさきあきら》は、まるで昔からの友だちのように親密な時を過ごした。

大崎彰は妙に大人びていた。小学生にしては広い肩幅と額が、そのまま身体と頭の良さを表しているように見える。また精神年齢も、同級生たちより高いように感じられた。それは決して印象のみにとどまらず、実際の言動にも現れていた。だからこそ優真は、作家だった父と母の再婚話、それに世渡知英のことを打ち明けたのだと思う。

「優真の親父は、小説を書いてたのか。すごいな」

　素直に感心する彰を見て、優真は少し得意になった。しかし、すぐに断りを入れた。本業の純文学では食えずに、やむなく官能小説に手を染めていた事実を、ちゃんと隠さずに話した。

「どうして恥じるんだよ。つまり純文学だけじゃなくて、官能小説も書けたってことだろ。それだけ才能があった証拠じゃないか」

「……そ、そうかな」

　大崎彰の指摘は、まさに目から鱗《うろこ》だった。それまで優真は、そんな風に考えたことなど一度もなかった。しかし言われてみれば、確かにそうである。「生活のために官能小説を執筆する」と仮に本人が決意しても、そもそも書ける才能がないと駄目なのだ。

「俺もよくは分からんけど、最初から官能小説家を目指してた人が、きっと作家の中にもいると思うぞ。そういう人から見たら、きっと優真の親父は、すごい作家ってことになるよ」

「あっ、そうか」

それなのに優真は、官能小説を書くことが、非常に恥ずべき行為だと決めつけていた。生活のために仕方なく執筆するものだと、失礼にも思い込んでいた。

しょげる優真を見て、大崎彰が苦笑いした。

「おそらく一生のうちで、優真が官能小説家に会える可能性は、ものすごく低いと思うから、そう落ち込む必要はないよ。仮に出会ったとしても、そんな風に考えてたなんて、相手に分かるわけないから」

「それもそうやね」

とたんに気分が晴れたのは、自分でも現金だと感じた。だが彰と話していると、たいていの話題は明るいほうへと進む。そのため母の再婚話も、特にためらうことなく口にできたのだが、こればかりは残念ながら例外だった。

大崎彰はしばらく黙ったあと、

「俺が感じたことを、そのまま話していいか」

珍しく深刻な顔をしながら、意外にも許可を求めてきた。

「うん。別にええけど」

少し怖さを覚えながらも優真がうなずくと、

「お前にとっては、かなり嫌な話になると思うぞ」

「けど、ほんまのことなんやろ」

「どうかなぁ。あくまでも俺が、そうじゃないかと考えただけで——」

「ならええよ」

大崎彰のことは信頼していた。だから仮に何を言われようと、優真は受け入れる覚悟をした。

「優真のお母さんが再婚を決意したのは、お前のためかもしれない」

「僕の？」

「お前の親父が亡くなって、生活に困った。だからお母さんは、夜の勤めに出るようになった」

「うん」

「そういう苦労をお母さんは、もう優真にかけたくないと考えたんじゃないか」

「だからお金持ちの……」

優真がショックを受けていると、さらに彰がとんでもない発言をした。

「もしまた父親が亡くなるようなことがあっても、ちゃんとお前にお金を残してくれる人を、お母さんは選んだのかもしれない」

「…………」

黙ってしまった優真を、しばらく彰はじっと見つめてから、

「ずばり訊《き》くけど、相手の男は、デブでハゲでチビなんか」

「えっ？　そ、それは、違うけど……」

「お前のお母さんと、つり合わないところはないのか」

「……年齢かな。母さんより、一回り以上も年上やから」

母は学生結婚をして優真を生んでいるため、まだ三十二歳だった。

「でも、見た目は別に悪くない？」

「うん」

「それなら優真のお母さんが、まったく自分の好みと違う人と、とにかく我慢して再婚しようとしてる——わけではないのかもしれない」

「たぶん」

ただし、だからといって母が、世渡知英を好きかどうかは分からない。大崎彰の言うように、優真の今後の生活を考えて、実は愛情を持っていない男の人との再婚を決意した可能性も、まったく否定できないではないか。

いざとなると母さんは、思い切った決断をできる人だから……。

かといって母に尋ねることなど、もちろん無理である。仮に訊けたとしても、母が正直に答えたとも思えない。

結局、悶々《もんもん》とした気持ちを抱えたまま、優真は小学五年生から六年生になる前の春休みに、引っ越しと転校と母の結婚式を体験し、義父という存在を得た。これは十一歳の子どもが短期間で迎えるにしては、かなり強烈な変化だった。

それでも月日は流れる。新しい小学校に一日でも早く慣れようと、優真が一生懸命になっているうちに、六年生の一学期の終業式を迎えていた。

式は午前中で終わったため、優真は「自宅」となった世渡家へ帰るために、世田谷の「お屋敷町」と呼ばれるところを歩いていた。引っ越してからもう四ヵ月が過ぎようというのに、いまだに「あの家」が自宅だという気がしない。

はじめて世渡家を目にしたとき、ぐるっと敷地を取り囲む高い塀と立派な門に、まずびっくりした。門を潜《くぐ》ってさらに驚いたのは、建物の大きさと庭の広さだった。しかも母屋の一部は三階建てで、庭には離れまである。

ところが、そういった感動も、実際に住み出すと薄れていった。慣れたからではない。むしろ逆である。引っ越しから一週間が経っても、一ヵ月が過ぎても、ここが自分の家とはどうしても思えなかった。

……いつも妙に寒々としている。

……だだっ広さがなんだか怖い。

それまで二間しかない古いアパートに住んでいた子どもが、いきなり豪邸で暮らすのだ。そういう違和感を抱いても、別に不思議ではない。

……自分たち以外に誰かいる気がする。

しかし、この薄気味の悪い感覚は、やはり別だろう。朝から夜まで義父は会社に行っている。家にいるのは母と、あとは通いの手伝いの人だけである。にもかかわらず他にも、誰かいる気がして仕方がない。

優真も母も手伝いの人も、全員が一階にいるのに、二階で気配がする。三人で恐る恐る確かめに行ってみたが、どこにも誰もいない。

最初は劇的に環境が変化したせいで、きっと神経質になっているのだと考えた。だが、母が世渡家の生活にすっかり慣れ、完全に「我が家」だと思えるようになっても、優真は違った。依然として、そこは見知らぬ家だった。時折ふと彼は、海外の映画に出てくるような「幽霊屋敷」に、自分が住んでいる気になってしまう。

この状態がずっと続いていたら、優真は病気になったかもしれない。それを救ったのが、叔父《おじ》の知敬だった。彼がいるだけで、家の中が明るくなる。色々な面白い話をするばかりでなく、いっしょに遊んでくれる。時にはラジコンカーのような土産《みやげ》まで持ってきてくれるので、いつしか叔父の訪問を優真は心待ちにするようになった。

もっとも「自分たち以外に誰かいる」と感じるのは、この叔父のせいだった可能性もある。母も優真も知らないうちに、叔父が居間で昼間からビールを飲んでいることも、別に珍しくなかったからだ。

「この家に知敬さんが、自由に出入りするのは、別に構わないんやけど」

そう言いながらも母が、叔父の勝手なふる舞いを苦々しく思っているのは、ほぼ間違いなかった。我慢していたのは、義父の唯一の肉親だったことと、叔父の訪問を優真が本当に喜んだからだろう。

このまま何事もなければ、母は叔父に不満を覚えながらも、そして優真は自宅に不安を感じながらも、そのうち慣れてしまったかもしれない。

だが運命は、さらなる劇的な変化を、非情にも優真にもたらした。その結果、もう一軒の恐ろしい「家」に、彼は関わるはめになるのだが……。

三　かぼちゃ頭の歌

一学期の終業式の帰り道、優真は歩きながら、ここ二ヵ月の出来事を振り返っていた。まず六月に入ってすぐ、夏ごろ義父が海外赴任をするかもしれない、という話を聞かされ驚いた。そして七月には、母の妊娠を知らされ、さらに驚く。

しかも、この二つの問題から、海外には義父と母が行き、優真は日本に残る話が出てきたのである。

「中学受験を考えると、やはり日本のほうがいいだろう」

この義父の意見に、優真は反発した。そもそも名門と言われる私立中学校になど、まったく進学したくない。受験するのは高校からで充分だと、彼は思っていた。

関西から東京に引っ越してから五ヵ月あまりで、今度は海外へ行くことに抵抗がなかったわけではない。とはいえ母と離れ離れになるのは、もっと嫌だった。再婚話が出て以来、母との関係は少しぎくしゃくしている。だからといって別れて平気かと言えば、もちろん違う。

当初は親子三人で、海外に引っ越す予定だった。それなのに気がつくと、優真だけが外されようとしている。

「母さんたち二人に、まだ生まれてない赤ちゃんも入れると、確かに親子三人やけど」

東京の家から大崎彰にかけた電話で、別に皮肉ではなく思ったままを口にすると、

「優真も、なかなか言うなぁ」

妙に感心された。二人とも携帯電話は持っていないので、もっぱら優真が大崎彰の家に電話をかけている。この三月以降、きっと莫迦《ばか》にならない電話代がかかっているはずだが、特に義父からも母からも注意されない。二人とも見て見ぬふりをしているのか。

「で、お前はどうなる？」

「まだ分からん。叔父《おじ》さんと暮らせたら……って思うけど」

「例の面白い人か」

「僕は好きやけど、母さんが……」

「信用してなかったんだよな」

「真面目で堅いあの人に比べると、半分血のつながった兄弟とは思えんくらい、ええ加減なとこが、あの叔父さんにはあるもんなぁ」

母の前では「お義父《とう》さん」と呼ぶが、大崎彰との会話では「あの人」だった。本人に直接「お義父さん」と言ったことはまだない。できるだけそう呼ばなくてもよいように、他人から見るといらぬ苦労を優真はしていた。

結局、母と義父の間で何度も話し合いが行なわれた結果、次のように決まった。

まず義父と母が赴任先に行く。そこで優真に相応《ふさわ》しいと思われる小学校と中学校を探す。満足できる学校が見つかれば、九月に彼を呼び寄せる。その間、優真は誰か信用のおける人に預けられる。義父はやや心配しながらも叔父を候補に考えたが、母が難色を示したので、この問題はまだ解決していない。いずれにしろ相応しい学校がなければ、優真は日本に残って中学受験に備えるはめになる。

つまり短ければ夏休みの間だけ、長ければ義父たちが帰国するまでの数年の間、誰か面倒を見てくれる人がいるとはいえ、彼はひとりで暮らさなければならない。

もっとも義父の本音は、はっきりしていたと思う。優真は日本に残して、妊娠した母と二人で赴任したい。でも母の手前、一応の取り決めをした。そんなところだろう。

もしも優真が希望を訊《き》かれれば、「単身赴任をすればいい」と答えただろう。前の小学校の同級生の中にも、父親が単身赴任をしている者がいた。それも一人や二人ではない。義父がそうすれば、母と離れる必要もなくなる。

だが優真の意見など、もちろん義父は求めなかった。母も叔父の件だけは気にしたが、基本的には義父の考えに賛成のようだった。

見えない自分の将来に、優真は戸惑った。大いなる恐ろしさを覚えた、と言ってもよいかもしれない。

一学期が終わり、明日から夏休みだというのに、優真は浮かない顔をしていた。学校からの帰路、途中までは数人の友だちといっしょになる。しかし、昼間でも人通りのないお屋敷町に入る前に、いつも全員と別れてしまう。

ひとりになったとたん、優真は急に淋《さび》しさを覚えた。ここまでの道すがら、みんなは夏休み中の遊びの計画を、それは楽しそうに話していた。その輪の中に本気で入れなかったことも、どうやら原因のひとつらしい。

優真の特殊な事情は、みんなも理解していた。だから「もしも可能なら」という前提で、彼も計画の仲間に加えてくれた。しかし、それが「ほぼ絶望的に不可能」であることは、優真が一番よく知っている。友だちに話を合わせるだけで、うきうきした気分には少しもなれない。むしろ逆に虚《むな》しさが募るばかりである。

そんな気持ちのせいもあって、大きな屋敷の塀と塀の間を通る路地が、いつにも増して物淋しく映っている。他に通行人がいないため、よけいかもしれない。

あの世界に、また入ってしまったら……。

ふっと過去の厭《いや》な記憶が蘇る。これまでに二度、優真は信じられない体験をしている。どちらのときも、気がつけば周囲から人気《ひとけ》が消えていた。そして彼は、自分が住んでいる世界ではないらしい、どこか別の見知らぬ世界に、ぽつんとひとりで佇《たたず》んでいたのである。

それから……。

さらに忌まわしい記憶が、脳髄の奥底から出てきそうになり、ざわわっと優真の二の腕に鳥肌が立った。

他のことを考えないと。

彼は焦った。友だちとの会話でも何でもいい。とにかく別の話を、必死に思い出そうとした。しかし皮肉にも、これが新たな恐怖を生み出すことになる。

学校の帰りに、もしも〈かぼちゃ男〉に出会ったら……。

そんな怪談が最近のクラスでの、もっぱらの話題だった。男女を問わず二人以上が集まれば、必ず誰かが話し出す。

かぼちゃ男とは、この春から小学校で流行《はや》っている怪談である。何十年も前に武蔵名《むさしな》護《ご》池《いけ》という土地で、被害者が子どもばかりという連続殺人事件が実際に起きたらしい。その犯人が、かぼちゃ男だったという。

なぜ「かぼちゃ男」と呼ばれたのか。ハロウィンのマスクのような、かぼちゃの被《かぶ》り物をつけていたのか。そもそも殺人の動機は何か。被害者は何人だったのか。犯人は捕まって事件は解決したのか。そんな昔の事件の犯人が、どうして今ごろ世田谷に現れるのか。

といった疑問に答えられる者は、誰もいなかった。にもかかわらず学校帰りにひとりで歩いていると、かぼちゃ男が出てきて攫《さら》われ、二度と戻ってこられないらしい……という話が、三、四年生を中心に少しずつ広まっていった。

「作り話だろ」

そう言って優真のクラスメイトたちは笑ったが、かぼちゃ男の恐怖が中学年から高学年の子どもたちにまで伝わるのは、あっという間だった。

かぼちゃ男は無気味な嗤《わら》い声とともに、「かぼちゃ頭の歌」を口にしながら現れる。なぜなら被害者の子どもたちは、その歌詞の通りに見立てて殺されたから……。

そんな噂を優真たちも、まさか……と思いつつ、気がつけば信じるようになっていた。友だちの前では「嘘だよ」と強がっても、実は誰もが本気にしていた。

嫌な話を思い出したなぁ。

優真が後ろを何度もふり返りながら、相変わらず人気のない淋しい路地を、半ばまで進んだときである。

……へへっ。

どこかで笑い声のようなものが、ふと聞こえた気がした。それは年老いた男が、皺《しわ》だらけの唇から発したような、かなり嗄《しゃが》れた声だった。

びくっとした優真が、怯《おび》えながら辺りを見回すと、

……へへへっ。

ぞっとする声が、再び響いた。決して楽しい笑い声ではなく、厭らしさが滲《にじ》み出ている嗤い声である。

えっ……。

ぴたっと足が止まった優真の、三メートルほど先の電柱の陰に、誰かが立っていた。電柱の向こう側に、何者かが隠れている。

……かぼちゃ男。

有り得ないと否定する自分と、ついに現れたと絶望する自分が、優真の中に半分ずついた。だが、どちらの自分も早く逃げろと叫んでいる。それは同じだった。なのに身体が動かない。両足は地面に根が生えたように、びくともしない。

　えっさかほいさ　かぼちゃ男

すると電柱の向こうから、変な歌が聞こえてきた。

　ずぶずぶずっぷん　畑を抜け出し
　うんとこどっこい　袋をかついで

どちらかというと歌詞はユーモラスなのに、耳にするだけで怖気《おぞけ》が立った。

　えっさかほいさ　かぼちゃ男
　がさごそごっそと　森を抜けて
　タマネギ　野原にごーろごろ

なおも気味の悪い歌が続き、聞きたくないのに耳に届いてしまう。

　えっさかほいさ　かぼちゃ男
　じゃぶじゃぶじゃぁと　川をわたって
　ニンジン　川辺につんつくつん

そこで優真の身体が、なぜか急に反応した。あとから考えたことだが、ひょっとすると歌の中に出てきた苦手な人参に、彼の脳が刺激を受けたのかもしれない。

とにかく優真は回れ右をすると、来た道を走って戻ろうとした。その彼の背中を、とんでもない叫びが追いかけてきた。

「せとぉ、ゆうまぁ。おまえを、さらってやるぅ」

ざわわっと項《うなじ》が粟立《あわだ》った。走ろうとしたところで、思わず転びそうになる。よれよれになりながらも、それでも彼が逃げようとしていると、

「おいおい、俺や」

いきなり妙な呼びかけを受けた。しかし声音の無気味さは変わっていない。でも、このまま立ち去るべきだと思う一方で、後ろを確かめたいという好奇心が、むくむくと頭をもたげてきた。

「わあぁっ」

優真は逃げつつも叫び声とともに、思い切ってふり返った。

すると電柱の陰から、小型の拡声器のようなものを口に当てた叔父が、満面に笑みを浮かべながら現れた。

「…………」

愕然《がくぜん》とするばかりの優真に、叔父は得意そうな口調で、

「どうや、このボイスチェンジャーすごいやろう」

「……あのね」

呆《あき》れ果てると同時に、ぶすっとする優真に対して、叔父はうれしそうな表情で、

「かぼちゃ男が出たって、本気で信じたんと違うか」

何週間か前に優真は、学校で噂になっている「かぼちゃ男の怪談」を、そう言えば叔父に話したことがある。それをどうやら覚えていたらしい。

「こんな昼間から、何やってるの？　今の歌は？　まさか叔父さんが作ったとか」

この人ならやりかねない……と思いながら訊くと、

「おいおい、知らんのか」

逆に呆れたような顔を返された。

「全国の小学生の間で広まっとる、あの『かぼちゃ頭の歌』やないか」

「嘘だろ」

「ほんまや。東京の小学生は、えらい遅れとるんやなぁ」

そういう歌があることは知っていた。だが歌詞を聞くのは、これがはじめてである。もっとも「全国の小学生の間で広まっとる」というのは、叔父が大げさに言っているに違いない。

「かぼちゃ頭の歌を、これで歌うて――」

叔父は拡声器型のボイスチェンジャーを差し出しながら、

「友だちを脅したら、きっと面白いぞ。どや、欲しいやろ」

しかし優真が無言で首をふると、とたんにつまらなそうな顔をした。

「なんや、張り合いないな」

「僕がここを通りかかるまで、ずっと電柱に隠れてたの？」

いい歳の大人がすることではないだろう。そういう気持ちが伝わったのか、叔父は急に態度を改めると、

「そんなことあるか。お前が喜ぶニュースがあったんで、一刻も早《はよ》う教えてやろうと、こうして待ってたんやないか」

ニュース云々《うんぬん》が仮に本当でも、かぼちゃ男ごっこが悪趣味なことに変わりはない。しかも相手は子どもである。もしも間違って他の小学生に声をかけていたら、今ごろ警察沙汰《ざた》になっていたのではないか。

「ニュースって何？」

とはいえ優真も、その内容が気になった。ただし叔父のことである。用心するに越し

たことはない。

「喜べ。しばらく俺と暮らすことになったぞ」

「えっ？」

「今朝の早い時間にな、兄貴に電話でたたき起こされたんや。いったい何の用かと思たら、兄貴とお前のママが、赴任先で学校を探してる間、優真の面倒を見てくれへんかって、正式に頼まれてな」

「ほんとに？」

　にやっと叔父は笑いながら、

「今までやったら『ほんまに』と関西弁で返してたのに、かなり標準語に慣れたな。やっぱり子どもは、順応性が高いんやなぁ」

まったく見当違いな感心をしている。

「母さんも、賛成したの？」

　しかし、この優真の問いかけには、さすがに渋い顔になって、

「……いや、そうやないと思う。きっと兄貴が説得して、最後は他にどうしようもないと、まぁあきらめたんやないか」

　本人の手前、優真も「そうだね」と相づちを打てないでいると、

「それでさっき家に行って、ママに言われた通り、お前の部屋にあった旅行鞄《かばん》を持ってきたんやけど、中身まで検《あらた》めてないからな」

優真を促して歩き出したが、その台詞《せりふ》に彼は驚いた。

「今から、叔父さんのところに行くの？」

「せや、うれしいやろ」

叔父は都内のマンションで暮らしている。近くに盛り場があり、彼自身は気に入っているようだが、優真から見ると決して治安が良いとは言えない場所である。そのため母も、優真が叔父のマンションに遊びにいくことを、あまり喜ばなかった。

とはいえ今は、贅沢《ぜいたく》を言っていられない。きっと母も仕方なく納得したのだろう。そう優真が思っていると、

「しかも、あのマンションやのうて、朱雀《しじゃく》地方の俺の別荘へ行くんやからな」

さらに驚くようなことを告げられた。

「べ、別荘？」

義父が何軒も持っているのは聞いていたが、この叔父が別荘を所有しているなど、にわかには信じられない。

「あっ、嘘やと思てるな」

「そういうわけじゃないけど……」

「朱雀地方の奥白庄《おくはくしょう》いう人里離れた高級別荘地にある、それは立派な別荘なんやぞ」

「叔父さんが、それを建てたの？」

「……そうやない」

やっぱり。

優真は合点がいったが、もちろん口には出さない。どんな経緯《いきさつ》があるにしろ、その別荘を叔父が使えるのは、いくらなんでも本当だろうと思ったからだ。

路地を抜けた先の広い道に、叔父の車が停まっていた。後部座席を見ると、優真の旅行鞄が置かれている。

「どうや、その鞄で問題ないか」

　叔父が気にしているので、優真は肩をすくめながら、

「母さんは、僕の行き先がどこに決まってもいいように、いくつも荷造りしてたから、どれを持ってきても大丈夫だと思う。おそらく母さん、叔父さんがどの鞄を持っていったのか、もう分からなくなってるよ」

「そうか、ならええ。もし足らんでも、向こうで買えるからな」

「お店あるの？」

「こらこら。別荘は人里から離れとるけど、そこに行くまでには町もあるから、そら店くらいあるわ」

　叔父は呆れながらも笑ったが、すぐ思い出したように、

「家で兄貴を見かけんかったけど、またあれか」

　そう言って左の人差し指で、晴れ渡った空を指差した。

「うん」

優真が力なくうなずいたのに、叔父は気づいていないのか、

「どおりで兄貴の声が、眠そうやったわけや。それにしても、およそロマンチストとは程遠い兄貴の唯一の趣味が、星空の鑑賞とは誰も思わんやろな」

「そうだね」

この意外な趣味を知ったとき、優真は少しだけ義父を見直した。もっとも、すぐさま厄介に感じるようになる。本人だけが屋上に上がり、ひとりで望遠鏡を覗《のぞ》くのなら、もちろん何の不満もない。しかし義父は、いつも優真を誘いたがった。

屋上へ出るには、三階建て部分の外壁に設けられた外階段を上がる必要がある。少し高所恐怖症の気がある優真は、この階段がとにかく苦手だった。急で狭いうえに、足元には明かりさえない。母も「優真を連れて上がるのは、危ないから止めたほうが……」と心配するのだが、義父は聞く耳をまったく持たない。

屋上の冬は寒く、夏は暑いらしい。おまけに夏季は蚊が出るという。にもかかわらず義父は、少しでも時間ができると小さなテントを張り、気が乗れば空が白みはじめるまで星空を眺めている。遅く出社できる重役出勤の待遇のため、特に仕事上で急ぎの用事がないときは、そのままテントで寝てしまうほどである。

それでも黙って天体観測をしているだけなら、まだ我慢できたかもしれない。仮に会話をするにしても、義理の親子関係を円滑に築くためのものなら、もしかすると優真も協力した可能性がある。

だが、星空を眺めるというロマンあふれる行為とは裏腹に、義父が口にするのは、いかに優真が「男らしく」「息子らしく」「跡取りらしく」あるべきか、という話題ばかりだった。

かつて父が、ほぼ優真を放任していたせいか、この「義父と子の会話」を母は喜んでいた。優真にとって外階段が危険だという心配も、親子のふれあいのためには仕方ないと思っている節《ふし》がある。

あんな一方的なもの、会話でもふれあいでもない。

説教のための説教みたいなものじゃないか。

もちろん優真は、大いに不満だった。かといって十一歳の子どもには、残念ながら何の抵抗もできない。彼がした精一杯の反抗は、叔父にもらったラジコンカーを、わざわざ持って行くことだった。

星空を眺めるよりも、これで遊びたい。

叔父さんは好きなものを買ってくれるけど、あなたは違う。

暗に無言の主張を込めているつもりだった。しかし義父には、少しでも通じた気配がない。最初は無視しているのかと思った。だが、そのうち衝撃の事実に気づいた。義父は本当に優真の意図を、これっぽっちも察することができないらしい。いや、そもそも彼の気持ちなど、どうでもよいのだろう。

優真にとっては屋上での一時が、何よりも苦痛になった。救いがあったとすれば、多忙な義父が天体観測を行なえるのが、一ヵ月に一度か二度しかないことだった。それも海外赴任の話が出てからは、めっきり減っている。

「昨夜の鑑賞は、久しぶりやったんか」

叔父は何気なく訊いたのだろうが、しばらくぶりだったからこそ「義父と子の会話」にも力が入っていて、優真をうんざりさせた。こんな関係はもう嫌だと、心の底から思った。

そんな感情が顔に出てしまったのか、

「ほら、さっさと乗れ。出発するで」

ことさらに叔父は明るい声を出すと、優真を車に誘った。

上手《うま》くいけば義父の呪縛《じゅばく》から逃れられるかもしれない。それが優真はうれしかった。おまけに叔父といっしょに暮らすのである。これほど楽しいこともないだろう。

しかし、その喜びと引き換えに、あれほど恐ろしい体験をするはめになろうとは、このとき優真はもちろん思いもしなかった。

四　別荘

「これから俺らが向かう、白庄《はくしょう》いうところは――」

車内の話題は、もっぱら別荘地のことだった。叔父《おじ》なりに気を遣ったらしい。

「朱雀連山の霰ヶ岳《あられがだけ》の麓《ふもと》にあってな。明治の中ごろに開発された、なかなか由緒のある土地や。もっとも当時は華族の別荘ばかりで、民間人は関係なかったけどな」

「カゾクって？」

「ヨーロッパの貴族みたいなもんや」

優真が読んだ海外のミステリに、イギリスの貴族の城館を舞台にした作品があったため、彼はびっくりした。

「へぇ、日本にも、ああいう人たちがいたんだ」

「せやから白庄は元々、華族たちの別荘地やったわけや。ところが昭和になると、財閥の別荘が建てられ出した。あぁ財閥いうんは、えろう金を持っとる一族のことや」

あまりにもざっくりとした説明だったが、優真も特に突っ込まない。

「すると自然に、華族たちの別荘があるんが上《かみ》白庄で、財閥たちが別荘を構えたんが下《しも》白庄いうように、区別する名前が生まれた」

「区別じゃなくて、差別だったりして」

優真の素朴な指摘に、叔父が感心したように、

「お前、なかなか鋭いな。そういう差別意識が、当時の華族らにあったんは、きっと間違いないやろう」

「それで僕らが行く別荘は、下白庄にあるんだ」

当たり前のように優真が言うと、叔父は得意そうな口調で、

「まぁ待て。白庄には、上と下だけやのうて、奥白庄もあるんや。上白庄の、さらに奥やな。ここに別荘を最初に建てたんが、朱雀神社の神官やった。神官いうんは、寺でいうたら坊主のようなもんや」

またしても叔父が適当な説明をする。

「その神官は、霰ヶ岳の山肌に接するように、〈岩壁荘《がんぺき》〉いう別荘を建てた。これを含めて、奥白庄には三軒の別荘があるんやけど、そのうちの一軒が、今から行く〈小室《こむろ》邸〉や」

「岩壁荘のほうが、格好いい名前だね」

叔父は同意するように笑いながらも、

「そう言うな。小室いうんは、その別荘を建てた人の名前やから、しょうがない」

「小室さんという人も、朱雀地方に縁があったとか」

「なんで、そう思う？」

「朱雀神社って、名前から考えても、朱雀地方に昔からあるって分かるよね。つまり地元の有力者だったから、上白庄のさらに奥だったのに、別荘を建てることができた」

「お前、ほんまに鋭いな」

叔父にほめられ、優真はうれしくなった。だが次の一言で、それも薄れてしまった。

「兄貴が気に入るのも、よう分かるわ」

「……嘘だ」

思わずぽつりと口から出た。

「いいや、嘘やない。前にも言うたように、優真いう息子ができたことを、兄貴は心から喜んどったからな」

義父の呪縛《じゅばく》から逃れられる——と考えたことに、一抹の後悔の念を覚えそうになる。しかし、それには裏があったのだと、慌てて気を取り直した。

「でもそれは、跡取りの問題を考えて……」

「うん、俺もそこは否定せん。けど、もしもお前が阿呆《あほう》やった場合、いくら息子になったからいうて、自動的に跡取り候補にしたとは、ちょっと思えんからな」

「自分の実の子でも？」

母のお腹の中の子どものことが、ふと優真の頭に浮かんだ。

「たぶんな。とはいえ親になったら、あの兄貴でも変わるかもしれんから、ほんまのところは分からんか」

　そこで叔父は、助手席の優真にちらっと目をやりながら、

「前から思っとったけど、もう少し子どもらしい考え方を、お前はしたほうがええぞ」

「父さんが亡くなってから、それなりに苦労したから」

「そういう言い方が、すでに子どもらしないんや」

　やがて車が高速道路に乗ると、叔父が小室邸に話を戻した。

「小室家いうんは、さっき話に出た財閥のひとつや。優真も意外なところで、きっと名前を見たり聞いたりした覚えがあるはずやぞ」

　叔父が具体的にあげたいくつもの例から、どうやら昔からある大企業らしいことが、優真にもよく理解できた。

「もう二十年近う前の夏になるけど、当時は会長やった小室富久弥《とくや》が、孫の久志《ひさし》を連れて小室邸に滞在しとった。そんとき俺は大学生で、先輩の伝手《つて》を頼って、上白庄の別荘地で、管理人のアルバイトをしていてな」

「別荘地の管理人て、なんかすごくない？」

「いやいや、あくまでもバイトや。正規の管理人は、ちゃんと別におった。吉俣《よしまた》いう四十代のおっさんやったな。俺と先輩の草間《くさま》友樹《ともき》は、その吉俣の使い走りのような仕事を、まぁやっとったわけや」

「それでも、そこは華族の別荘だったんでしょ」

「元はな。そのころは芸能人もおれば、成金もおるいう状態で、もう玉石混淆《こんこう》やった。あぁ玉石混淆いうんは――」

「意味なら知ってる」

「学校で習うたんか」

「ううん、本を読んでたら出てきたから、辞書で調べた」

「作家やった親父さんの、血ぃかもな」

まったく何気ない叔父のつぶやきに、優真はどきっとした。義父が自分を気に入っていたと教えられたときには感じなかった歓喜が、じわじわっと湧《わ》き上がってくる。

「そのバイトに、奥白庄の別荘も入ってたの？」

そんな感情を隠して、叔父に質問した。照れたからかどうかは、優真自身にも分からない。

「いや、奥白庄の三軒は、それぞれが管理人を雇うとった。俺の担当は、上白庄の別荘地だけやった。それやのに、なんで小室富久弥と知り合いになって、小室邸をもらえたんか」

「ええっ、もらった？」

よくよく考えてみれば、別荘の持ち主から譲り受けでもしない限り、奥白庄の地に建つ小室邸を、叔父が所有できるわけがない。とはいえ何の関係もない一介の学生に、そういう機会があったと想像するのは、さすがに無理である。

「なんで？」

「はっはっ。お前、関西弁に戻っとるぞ」

叔父は楽しそうに笑っていたが、急に真顔になると、

「実はそのとき、小室富久弥の孫の久志の、行方が分からんようになってな」

「どこで？」

「それが分かったら、苦労はせんやろ。ただ、奥白庄の周囲には深い森があるんで、そこへ入って迷子になったんかもしれんて、地元の警察も消防団も考えた」

「孫の久志って、いくつ？」

「確か十歳か、十一歳やったと思うけど」

優真くらいの年齢なら、森の中を探険したいと思うのは、かなり自然かもしれない。

「あとで聞いた話になるけど、迷子と同時に警察は、実は誘拐の可能性も考えたらしいんや」

「でも、それなら犯人から、身代金の要求があるよね」

「ところが、この小室富久弥いう男は、金を渡して孫が無事に戻ってくるんやったら、警察になんか連絡せんと、さっさと犯人と取引するような人でな」

「お金持ちだから？」

「それもあるけど、犯人の目的がほんまに金の場合は、そうしたほうが早いからやろ」

「けど、身代金を払っても、人質が返されなかったら……」

「小室のような人物は、自分の判断に絶対の自信を持っとるもんや。お前のお義父《とう》さんと似とる言うたら、よう分かるやろ」

それで優真も、なんとなく納得できた。

「で、どっちだったの？」

「いや結局、それは謎のままやった」

「まさか、その子が見つからなかったから？」

叔父は正面に顔を向けたままで、

「行方不明になった次の日、小室邸の背後に広がる森の中で、久志は無事に発見された。見つけたんは、俺や」

信じられないような台詞《せりふ》を口にした。

「ほ、ほんまに？」

「俺と先輩の草間は、朱雀町の青年団に交じって、捜索隊に加わってた。人手は多いほうがええからな。それまでに俺らは、管理人の吉俣に白庄の地理を教えてもろて、休みの日に自分らでも森の探索をしてたから、少しは慣れてたわけや」

この叔父なら、そういう探険めいたことも大いに好きそうなので、優真は普通に納得できた。

「森の中の捜索は、みんなが横に広がって、長い一列になった状態で、前へと進んでく。左右の人との間が、そんなに離れとらんから、見落とす可能性が低うなるわけや。せやけど歩いてるうちに、どうしても列は乱れる。左右の人とも離れて、気がついたら俺だけやった。いくら少しは知っとるいうても、深い森や。俺まで迷ったら、洒落《しゃれ》にならん。それで戻ろうとしたら、前に森の探索で一度だけ見たような、なんや薄気味の悪い場所に出てしもうて……」

「どんな？」

「森に入ってからは、とにかく足元は藪《やぶ》だらけやった。あんまり地面の起伏がないんは救いやったけど、そら歩きにくい。そういうんを藪漕《こ》ぎっていうんやが――」

普段の優真なら「藪漕ぎ」という知らない言葉に対して、もっと突っ込んだ話を求めたに違いないが、今はそれどころではない。

「それで、どんな場所に出たの？」

「まったく藪の生《は》えとらん、森の中に突然、ぽつんと現れた、下草しか生えてない、せまい空き地のような空間やった」

優真がきょとんとしていると、叔父は大きく息をついてから、

「あの薄気味悪さは、実際に見んと分からんやろな。それまで足元には、どこまでも鬱《うっ》蒼《そう》と茂っとる藪しかなかった。ところが、二本の樹の間を通り抜けた先に、そこだけ綺《き》麗《れい》に地面を均《なら》したような、下草しか生えてない空間があったんや。人間の手が少しも入っとらん深い森の中で、急にそんな場所が現れたから、ぎょっとしてな」

「……うん。なんとなく分かる」

「それだけやない。草地の先には、洞《うろ》のある大きな樹があったんや」

「洞って、太くて古い樹に開いた、穴のことだよね」

優真が先回りすると、もう叔父は感心することを止めたのか、そのまま続けた。

「明らかに異質な場所に、ぽっかりと口を開けた洞があったんやから、そら気になった。せやけどな、正直に言うけど、怖くもあったんや。そこを覗《のぞ》こうとしたとたん、にゅうっと穴の中から大蛇が出てきて、頭から呑《の》まれそうでな」

とっさに場面を想像しかけて、優真は慌てて頭をふった。

「けど、なーも確かめんと戻るわけにもいかん。そこで思い切って覗いたら、なんと久志がおったんや」

「どんな状態で?」

「胎児のように、身体を丸めて、洞の中で寝とった。声をかけて起こして、『久志くんか』って訊《き》いたら、半ば寝ぼけてるような様子で、こっくりとうなずいた。それで連れ帰った」

「すごい、お手柄だ」

優真は素直に感嘆したのに、なぜか叔父の反応が鈍い。そう言えば、これほどの自慢話を、どうして今まで黙っていたのか。優真と母を相手に、とっくの昔に話していてもいいはずではないか。

「確かに、見つけたんは、俺やけど……」

叔父が遠くを見るような目で、

「あとから考えたら、色々と可怪《おか》しなことがあってな」

「どんな？」

「捜索の列が進むうちに、それが乱れる言うたけど、いくら何でも俺ひとりだけになるなんて、変やないか」

「まわりを見たら、どこかに他の人の姿が、少しくらいは目に入るってこと？」

「そうや。その証拠に、久志を見つけて戻りかけたら、すぐに捜索隊の人らと会えたからな。つまり、かなり近うにおったわけや。にもかかわらず久志を発見する寸前まで、そこには俺しかおらんかった……」

「なんか、気味悪いね」

「せやろ。しかも俺が、その奇妙な状況を話しても、誰も相手にしてくれん。久志の発見で、それどころやないのは分かる。しかし落ち着いたら、どういう状態に彼がおったんか、なぜ俺が見つけられたんか、そこが問題になるはずやないか」

「警察は？」

「俺の説明だけで、納得しとるようやった。可怪しないか。気がついたら自分ひとりで、目の前に洞のある樹があって、そこに行方不明の子どもがおったと、俺は説明しとるんやぞ。これって下手したら、俺が久志を攫《さら》って洞に隠したと、警察に疑われても仕方ない状況やろ」

「……うん」

「あとで知ったんやけど、警察は先輩の草間に、実は目をつけとったらしい」

「その人が、誘拐犯かもしれないって？」

「あそこでは他所《よそ》者やったからな。そんなこと言うたら、別荘の所有者なんて、みんな他所者やろ。けど、向こうは社会的にも地位のある金持ちで、こっちはただの貧乏学生やからな」

「叔父さんも、疑われてたの？」

　びっくりして尋ねると、あっさりとした答えがあった。

「草間の後輩いうことで、同時に目をつけられたんやろ。ただし俺には、先輩のようなギャンブル癖がなかった。あれは一種の病気やからなぁ。それで草間のほうが、より疑われたんやないかと思う。いずれにしろ俺らは捜索隊に加えられながらも、その一方で密《ひそ》かに見張られてもいたようなんや」

「それなのに叔父さんだけ、急に姿が見えなくなった……」

「と思うたら、行方不明の子どもを連れて、ひょっこり現れた。無茶苦茶これは怪しいやろ」

「そのとき草間さんは？」

「捜索隊の人らと、いっしょにおった。俺と子どもを見て、そら目をむいとったな」

　当時を思い出したのか、再び叔父が遠い目をした。

「どうにも気になった俺は、管理人の吉俣に尋ねた。彼は確かに、白庄一帯の地理を教えてくれた。けど小室邸の背後の森についてだけは、よう考えたら除外しとるんや。なんで吉俣は、あの森だけを外したんか。あそこには行くなと、暗に忠告してたんやないか。遠回しに注意しとったんやとしたら……と思うたわけや」

「その通りだったの？」

「ああ。それでも最初は話すんを渋って、何を訊いても黙ったままでな。ようやく教えてくれたんは、バイトが終わる前日やった。奥白庄の深い森の中でも、特に小室邸の背後は、地元では『じゃじゃ森』と呼ばれとる……ってな」

「どういう意味？」

「奥白庄から、かつての材木の運搬道を辿《たど》ってくと、神々櫛《かがぐし》いう土地に出る」

　叔父は漢字の説明をしながら、

「ここには村があって、昔はよく子どもが神隠しに遭うたそうや。それで神々櫛村やのうて、『神隠し村』と呼ばれとったらしい」

「神隠し村……」

　口にしただけで、自分も行方不明になってしまいそうな、そんな不安を覚える。

「吉俣の説明は難しゅうて、俺もよう分からんかったんやが、要は『神々櫛』いうんは、複数の蛇を意味しとるみたいでな」

「どうして？」

思わず尋ねる優真に、叔父は苦笑を返しながら、

「せやから、俺に訊くなて。なんでも漢字の読みと意味が、蛇を表しとるとか、そういう説明やったな」

「じゃじゃ森の『じゃ』って、蛇のこと？」

「そうらしい」

つまり「蛇蛇森」である。漢字の表記を想像しただけで、優真は生理的な嫌悪感に襲われた。

「小室さんや久志くんは、その森のことを……」

「たぶん知らんかったやろ。岩壁荘の持ち主は、地元の神社やから、もちろん承知しとった。せやから問題の森から外れた場所に、別荘を建てた。けど、もう一軒の別荘の持ち主も小室さんと同じで、まったく何の知識もなかったんやないかな」

「つまり久志くんは、神隠しに……」

そこで優真は遅まきながら、肝心なことに気づいた。

「久志くんは？　彼はなんて言ったの？」

「それがな、なーも覚えとらんのや」

「えっ、記憶がない……」

「自分で森に入ったんか、それさえあやふやでな。いなくなる前の最後の記憶は、自分の別荘の庭にいたことだけらしい。そんとき誰かに呼ばれた……ような気もするけど、

確かやないっていうんや。目が覚めたら、暗いとこに寝てて、目の前に俺がおった。彼が証言できたんは、それだけやった」

「結局どういうこと？」

この優真の質問に、叔父は困った表情で、

「神隠しの森に、久志は呼ばれた。そして囚《とら》われてしもうた。そこに俺も迷い込んで、たまたま彼を見つけた。管理人の吉俣によると、地元の者らが下した判断は、そんなとこらしい」

「警察も？」

「さすがに違うと思うけど、子どもが無事に戻って記憶がないうえに、ひょっとすると小室が騒動を嫌うたんかもな。それに警察も、ほとんど地元の人間やったから、曖昧《あいまい》なままで終わったんかもしれん」

とても納得できなかったが、今の自分にとって一番大きな問題が残っていたことを、はっと優真は思い出した。

「まさか叔父さん、小室邸を……」

「そうや。久志を見つけたお礼に、小室からもろたんや」

予想はしていたが、本人の口から聞かされて、改めて優真は驚いた。

「いくら孫のお礼だからって、別荘でしょ。それを、ぽんっとくれたの？」

「小室家の別荘は、他の土地にも何軒もあった。そのうちの一軒くらい、あの男には、痛くも痒《かゆ》くもなかった思うぞ」

「けど――」

「それに考えてみろ。無事に戻ったとはいえ、孫が行方不明になった家や。しかも周囲の森は地元で、実は神隠しの森やと見なされとる。そういう忌まわしい事実を、そのときの騒動で知ってしもうた。そんな別荘に孫を連れて、次の夏にまた来る気になるか」

「だったら売ればいいのに」

　叔父はにやっと笑いながら、

「そこが俺ら庶民と、小室財閥の会長の違うとこや。ケチのついた別荘など、孫を発見した学生に、お礼代わりにやってしまえばええ。そう考えたわけや」

「……」

「その判断は、結局――」

　さらに叔父は何か言いかけたところで、急にうつむいてしまった優真に気づいたのか、

「どないした？　車酔いか」

　優真は力なく首をふったあと、

「その小室邸に、僕らはしばらく住むんだよね」

「なんや、怖なったんか」

「そうじゃないけど……」

決して良い気持ちがしないのは事実である。

「森へ入らんかったら、別に大丈夫や。仮に足を踏み入れても、すぐに戻ったらええ」

「……うん」

「心配いらん。じゃじゃ森に入らんでも、他にも遊べるとこはあるからな」

叔父は能天気にそう言ったが、優真の気分は沈んでいた。

せっかく義父の目に見えない力から逃れられたと思ったのに、行く手には大きな樹木の真っ暗な洞が、彼を呑み込もうと待ち構えている。

そんな予感を優真は覚えた。かといって彼には、どうすることもできない。叔父の運転する車に、ただ我が身を預けるだけだった。

五　異界

優真が「ここではない、どこか別の世界」に最初に入ってしまったのは、まだ幼稚園に通う前だった。といっても彼に、確かな記憶があるわけではない。ただ漠然と、そう認識しているだけである。

あの日、父は煙草《たばこ》を買いに出かけた。小説の執筆に行き詰まると、父はよく煙草をのんだ。優真はその煙も臭いも嫌いだったが、煙草を口にくわえて思案顔をしている父は、ちょっと好きだった。もっとも近寄りがたい雰囲気があったので、父に気づかれないように盗み見ることしかできない。少しでも彼の視線を感じると、父は「気が散る」と言って怒ったものだ。

あれは秋の日の、夕方だったと記憶している。アパートの前で、優真はひとりで遊んでいた。幼稚園に行く前だったので、まだ友だちがいなかったのかもしれない。

するとアパートの部屋から、父が出てきた。優真にさっと視線を向けると、軽くうなずいただけで、さっさと歩き出した。

煙草屋さんや。

その行き先が優真には、すぐさま分かった。散歩の場合は、くわえ煙草をして現れる。それが今はしていない。煙草が切れた証拠だろう。

父はコンビニエンスストアも自動販売機も利用しない。少し離れた住宅街の中にある、小さな煙草屋でいつも買う。そこは高齢の女性がひとりで店番をする、昔ながらの煙草屋だった。

「客の年齢認証が徹底されてから、あの手の店は減った」

そう言って父がぼやく姿を、優真は何度も目にしている。

「煙草を買うときの、何気ない会話の中にこそ、人生の至言があるというのに」

父の言葉は正直よく分からなかったが、その煙草屋に行くのが、一種の気晴らしになっているらしい。実際、煙草屋の老婦人と話している父は、いつも朗らかだった。そんな様子の父を見るのも、優真は好きだった。

だからあの日も、別に誘われてもいないのに、いそいそとついて行った。見つかると叱《しか》られるので、少し距離を空けて、そっと尾《つ》けるようにあとを追った。

アパートから煙草屋まで、どれくらいの距離だったのか。もしかすると今なら、あっという間かもしれない。しかし当時の優真には、かなりの「遠征」だった。普通なら不安になるが、父に連れられて行った経験が何度かある。それに今は、ちゃんと父の姿が見えている。だから彼は、特に心配もしなかった。

ところが、そのうち辺りの町並みが、馴染《なじ》みのない眺めになり出した。煙草屋まで何度か行ったといっても、道程まで細かく覚えているわけではない。それが幼い彼には刺激的だったが、同時に少し恐ろしくもあった。ひとりでも帰れるという思いは依然として強かったが、父とはぐれる懼《おそ》れを、どうしても覚えてしまう。

父の背を見失わないように、優真は必死について行った。その見慣れた後ろ姿だけが、今や彼の頼みの綱だった。それなのに父から視線を外したのは、どこからか聞こえてきた男の、紙芝居の口上のような台詞《せりふ》が、あまりにも魅力的だったからである。

「……が男は夕方になると、その町に現れました。そうして子どもたちを、いずこへともなく連れ去ったのです。その男といっしょに行った子どもたちは、もう二度と帰ってくることはありませんでした。なぜなら……」

声のしたほうに目をやると、細くて薄暗い路地が見えた。その先の右手が空地になっており、そこから口上は聞こえているらしい。男の魅惑的な声に交じって、子どもたちの騒《ざわ》めきも伝わってくる。

当たり前だが優真に、それが「紙芝居の口上」だと分かる知識は、まだなかった。ただ彼は、なんとなく面白そうな話をしている人がいて、それを複数の子どもたちが聞いている……と、漠然と察しただけである。

ちらっと父の背を見やってから、優真は路地に足を踏み入れた。少しだけ覗《のぞ》いたら、すぐに戻るつもりだった。

路地を何歩か進んだところで、急に肌寒さを覚えた。日陰になったからだが、行く手から吹いてくる風が、妙に冷たい。それに変な臭いもしている。

そこで優真は、いったん足を止めた。戻ったほうが良い、という気がしている。けれど、前方の空地から聞こえて来る男の口上が、ものすごく楽しそうに聞こえる。どうしても聞き取れない「何々が男」という怪人の名前も、なんとか知りたい。

あと、ちょっとやから……。

自分に言い訳をして、優真は路地を進んだ。やがて雑草の生えた空地が見えてきた。そこには自転車が停まっており、荷台には紙芝居が置かれている。はじめて目にする光景だったが、たちまち彼はその仕組みを理解した。

あそこで絵を見せながら、きっとお話をするんや。

ところが、つい先ほどまで口上を述べていたはずの男が、どこにもいない。男ばかりではない。その口上に耳をかたむけていたはずの、子どもたちの姿も見えない。人っ子ひとりいない空地に、紙芝居屋の自転車が、ぽつんと放置されているだけで。

優真は急に恐ろしくなった。

ここまで来た路地を、急いで引き返そうとした。が、二、三歩ほど戻っただけで、いきなり立ち止まってしまった。

彼の目の前には路地が、どこまでもずっと延びている。そんなに長いわけがないのに、まるで果てがないくらいに、先の先まで続いている。

この路地に入る前に、父の背を見ながら歩いていた道は、まったく見当たらない。そもそも路地を横切る道など、ひとつもない。ひたすらまっすぐ、どこまでも路地は延びている。

両側には家が並んでいた。新興住宅地に建てられるような、どれも真新しい物件である。ただし、住人の気配は少しもない。カーテンの開けられた窓にも、綺麗《きれい》に芝が刈られた庭にも、まったく人の姿が見えない。路地中が、しーんと静まり返っている。

優真が反対側を向くと、まったく同じ眺めがあった。どこまでも果てがないほど、ずっと路地が延びている。この路地を覗いたとき、ここまで長くはなかった。それを言うなら、そもそもこんなに長く続く道など、本当にあるはずがない。

とてつもなく前後に長く続く路地のただ中に、いつしか彼は囚《とら》われていた。

「……お、お父さん」

今にも泣きそうな声で、来たはずの方向を見て父を呼ぶが、何の返事もない。

「……お、お、お母さん」

半ば涙声で、ふり向いて母に助けを求めるが、やっぱり返事はない。

「……お家に、か、帰りたい」

完全に泣きながら、再び来たはずの方向を見やったときである。ふと何かが目に映り、彼は驚いた。慌てて両目に溜《た》まった涙を、両の掌《てのひら》でぬぐう。

……あそこに、誰かいる。

路地の遠くのほうに、西日を背にした人影が、ぽつりと浮かんでいた。ゆらゆらと身体をゆらしながら、そこに立っている。

その人影は、大人のように思えた。「知らない人に、ついてったらあかんよ」と母には言われているが、今は緊急事態である。誰であれ大人に助けてもらうしかない。

とはいえ優真には、かなり遠い距離に感じられた。あの人影のところまで歩く気力が、今の彼にはない。

こっちに来てくれへんかなぁ。

再び優真が涙ぐんでいると、人影が突然、ゆらっと動いたように見えた。ふらふらと左右にゆれている。

……何をしてるんやろ。

不思議そうに彼は、じっと目を凝らした。すると人影が、少しずつ大きくなっているように映った。どうやら遠くのその人は、こちらへ向かってきているらしい。

優真はもう一度、両目の涙をぬぐった。

アパートの住所は覚えている。そこに帰りたいと言えば、きっと連れていってくれるに違いない。いや、アパートまで送ってもらう必要はない。この路地に入る前に歩いていた、あの道にさえ戻れれば、あとは自分ひとりで大丈夫である。

はっきりと、そう言おう。

優真なりの決心をして、人影がこちらへ来るのを、じっと彼は待っていた。

ところが、その影が近づくにつれ、どこか可怪《おか》しいと感じはじめた。何が変なのか、最初はまったく分からなかった。だが、次第に大きくなる影を見つめているうちに、徐々に不安感が増しはじめた。

　相変わらず左右に身体をゆらしながら、人影はこちらに歩いてくる。その動きにつれて両の腕も、ぶらんぶらんと動いているのだが、よく見ると異様に長い。指先が足の膝《ひざ》まで届いている。テレビの動物番組で目にした、立って歩く猿のようである。ただし両腕の長さを別にすれば、その身体つきは人間にしか見えない。だからこそ、よけいに歪《いびつ》だった。

　人には違いないけど、実はそうやないもの。

　そういう何かが、真っ赤な西日を背にして、ゆらゆらと優真に近づいてくる。あの人影が迷子になった彼を助けるために、こちらに向かっているとは、どうしても思えない。幼い子でも肌で感じられるほど、それからは禍々《まがまが》しい気配が伝わってきた。

　逃げんとあかん。

　優真は焦りながら、まず空地を見た。しかし路地に面していない三方には、それぞれの家の生垣やブロック塀があって、とても通り抜けできそうにない。あとは来た方向と逆のほうへ、とにかく逃げるしかなかった。文字通り他に道はない状態だった。

　優真は人影に背を向けると、いっさんに走り出した。だが、しばらく駆けていると、息が荒くなって疲れてきた。どこまで逃げれば大丈夫なのかも、まったく分からない。どれほど必死に走っても、ずっと路地は続いている。横道など一切ない。まっすぐな路地が、どこまでも終わることなく延びているだけで……。

よろよろの足取りになりながらも、ともかく走っていたが、とうとう彼は立ち止まってしまった。もう一歩たりとも進めない。

後ろを見ると、予想以上に人影が追いついており、さあぁっと全身に鳥肌が立った。もっと離れていると思っていたのに、その半分くらいに迫ってきている。

慌てて周囲を見回し、目についた家のインターホンを押す。もっと早く試みるべきだったが、逃げることしか頭になかったらしい。だが、何の応答もない。家の中では、確かにチャイムが鳴っているのに、誰も応《こた》えない。

その隣の家のインターホンを押す。応答はない。さらに隣の家のインターホンを押す。やっぱり応答がない。向かいの数軒を立て続けに試すが、どこも同じだった。

はっと背後を見やると、人影が大きくなっている。ぞっとしたのは、それが近づいたせいだけでなく、そこに異様な格好を見出《みいだ》したからだ。

背の高い大人よりも大きい……。

両側に建つ家の一階部分を、普通に越えてしまっている。しかも、いくら後ろから西日に照らされているとはいえ、ほとんど容姿がはっきりしない。

のっぽで両腕の長い真っ黒な影……。

そんなものが左右にゆらゆらと身体をゆらしながら、こちらに向かってきている。

逃げなきゃ。

再び優真が走り出そうとしたときである。最初にインターホンを鳴らした家の二階の窓から、誰かが彼を見下ろしていることに気づいた。

人がいる！

驚きと同時に、うれしさが込み上げてきた。急いで両手をふりながら、もう一度インターホンを押した。二度、三度と鳴らし、「助けて！」と声を限りに叫んだ。

それなのに窓の人影は、まったく何の反応も示さない。ただ、ぼうっと窓辺に佇《たたず》んでいるだけである。

……なんで？

訳が分からないままに、とっさに優真は周囲の家々を見回した。すると、どこの家の二階の窓にも、彼を見下ろしている人影がいた。いつの間にか、それらは窓辺に立っており、じっと彼を見つめている。一階の窓には、一人もいない。どの家の場合も必ず二階の窓で、それも一ヵ所だけだった。なぜなのかは、もちろん分からない。

このとき生まれてはじめて、優真は「不条理」を経験し、かつ「絶望」を味わった。それはあまりにも悪夢的な体験だった。

気がつくと彼は、わんわんと泣きながら、必死に走っていた。逃げていた。ほとんど早歩きに近い速さだったが、死に物狂いで駆けていた。

いつまでもお家に帰れない。

この言葉が何度も、ぐるぐると頭の中を回った。まだ「死」の概念がなかった優真にとって、アパートの部屋に戻れない状況こそが、とにかく最大の恐怖だった。

やがて走り疲れ、泣き疲れ、慄《おのの》き疲れた彼は、とうとう路地の途中で座り込んでしまった。もっとも「はじまり」も「終わり」もなさそうな世界で、「途中」という表現は意味がないのかもしれない。どこで立ち止まっても、そこは「途中」なのだから。

嫌々をするように首をふりながらも、なんとか優真は後ろを見た。

すると真っ黒な人影が、ちょうど家一軒分の距離をはさんだ地点で、ぬぼうっと突っ立っていた。相変わらず身体を左右にゆらしつつ、両腕をぶらんぶらんさせながら。

背丈はさらに伸びて、二階の窓に届こうかという高さになっている。その分だけ、どうやら両腕も長くなっているらしい。今では地面に垂れて、引きずっているような状態である。たとえ追いつかれなくても、長過ぎる腕が伸びてくれば、簡単に捕らえられてしまうだろう。

あの手に捕まったら……。

どうなるのか想像もつかない。ただ、アパートには絶対に帰れない。そして、もう二度と父にも母にも会えなくなる。それだけは優真にも理解できた。

だから人影が大きな一歩を踏み出すのを見て、もう逃げられないと分かっていても、彼は慌てて立ち上がり、よろよろと前へ足を踏み出した。追われる怖さから、狩られる慄きから、そして無意識に覚えた喰《く》われる懼れから……。

いくらも走らないうちに、なんとも妙な感覚にとらわれた。何かが変わりつつある。

そんな気配を感じる。

……助かるかも。

その変化を探すかのように、優真は慌てて周囲を見回した。

うっ……。

彼の目に入ったのは、まわりの家々の窓という窓から覗く、こちらを向いた何人分もの人影だった。二階のひとつの窓だけでなく、他の窓も、一階の窓も、トイレと風呂《ふろ》場の窓も、そればかりでなく玄関扉の硝子《ガラス》越しにまで、彼を覗いている人影がある。

あたかも路地に迷い込んだ子どもが、のっぽで両腕の長い真っ黒な影に捕らえられ、頭から喰われるのを見物しようとしているかのように……。

優真の気力は、ほとんど折れかけていた。窓に映る人影が人間ではないことは、薄々だが彼も察している。にもかかわらず、これだけの人影が自分を覗いているだけで、まったく助けてくれない事実にも、かなりの衝撃を受けていた。

……おしまい。

絵本に描かれたお話の最後に出てくる文字が、ふっと脳裏に浮かぶ。

僕は、おしまい。

人間が終わってしまうと、いったいどうなるのか。ちらっと考えただけで、とてつもない恐怖に襲われた。

あのまま何もなければ、現実世界で優真は、きっと行方不明と見なされていただろう。

だが、その場で彼が立ち止まったとき、どこからか微《かす》かに声が聞こえてきた。

「……が男は夕方に………………現れました。そうして子ども……」

あの口上だった。優真を路地へと誘い込んだ男の声が、よくよく耳をすますと前方から聞こえている。

はっと目を凝らすと、路地の右手の五、六軒先の家の向こうに、空地らしきものが見えた。そこだけ家が建っておらず、わずかに土と雑草が覗いている。

優真は駆けた。無我夢中で走った。

そんな彼に対して、周囲の家々から人影たちの、声にならない怒りと罵《ののし》りの騒《ざわ》めきが、たちまち降りかかってきた。と同時に後ろの真っ黒な影の気配も、一気に迫ってきた。

しゅっ。

しゅぅぅっ。

そのうち首筋の辺りで、唸《うな》り声のようなものが響き出した。すぐ背後に真っ黒な影がいて、こちらに威嚇の叫びを発している姿が、まざまざと想像できた。だが、そこまで追いついているのなら、なぜ捕まえないのか。

さっと後ろに目をやった優真は、さらに走る速度を上げた。もう限界に近かったが、ありったけの力をここで出した。

優真を捕まえようとして、真っ黒な影の長い腕が伸びている。それが何度も彼の背後で、空を切っていたのである。

「……が男は、新しい町にやって来ました」

前方から伝わってくる男の口上が、はっきりと聞こえ出した。

「さて、この町で……が男は、いったいどんな……」

しかし、相変わらず「……が男」の部分が不明だった。こんなときなのに優真は、その名前が気になって仕方ない。

「それでは……が男の、第四回のはじまり——」

だが今は、それどころではない。もうすぐ口上が終わり、お話がはじまってしまう。そうなると手遅れになる。なぜかは自分でも分からない。ただ、そんな確信が彼にはあった。

「——はじまりぃぃ」

口上が終わる瞬間、ぐいっと洋服の襟が、ものすごい力で後ろへ引っ張られた。

捕まった！

と思ったとたん、どっと優真は背中から倒れた。

にゅうっと真っ黒な顔が、彼を真上から覗き込む。そして長い腕が伸びて抱え上げられ、そのまま路地の逆方向へと連れていかれる。

という悪夢のような事態が、いつまで経っても起こらない。

恐る恐る起き上がると、いきなり日が暮れた。それまで夕方だったのに、ぱたんっと突然、夕陽が顔を隠したかのごとく、夜になってしまった。

訳が分からずに周囲を見回して、すぐ横に延びる道が、あの路地だと気づいた瞬間、へなへなと両足の力が抜けそうになった。

……戻ってこれた。

優真が倒れていたのは、路地と空地が接する境目の、辛うじて空地側だった。もしも頭だけ路地側に出ていたら……と考えただけで、ぞくぞくっと項《うなじ》が粟《あわ》立った。とぼとぼと疲れた足取りでアパートへ帰る途中、彼を捜している母と出会い、こっぴどく叱られた。ただし父には、何も言われなかった。優真が自分のあとを尾けてきて、そのまま迷子になったことを知らなかったのか。それとも気づいていたが、母ほどは心配しなかったのか。父なら後者のほうがあり得るが、本当のところは分からない。

その夜から優真は高熱を出した。すぐに病院で診てもらったが、まったく原因は不明だった。完全に快復するまで一週間もかかり、その間ずっと彼は悪夢を見続けた。

六　異界再び

優真が二度目に「ここではない、どこか別の世界」に入ってしまったのは、小学三年生の春である。一回目より年月がはっきりしているのは、おそらく年齢のせいだろう。

その日の昼休み、優真は友だち数人とかくれんぼうをした。校舎に入ってはいけないルールだったので、彼は校庭の隅の繁みに隠れた。鬼が一向に捜しにこないので退屈していると、「にゃ」という鳴き声と共に、一匹の茶虎の野良猫が現れた。人懐っこい猫だったため、いっしょに遊んでいたところ、校庭から妙な声が聞こえてきた。

「……わがこうそ、こうそう、くにをはじむること、こうえんに、とくをたつること、しんこうなり、わがしんみん、よくちゅうによくこうに……」

日本語らしかったが、何を言っているのか少しも意味が分からない。不審に思って繁みから顔を出すと、ぱたっと声が止んだ。

校庭には誰もいなかった。奇妙な言葉を喋《しゃべ》っていた人物どころか、つい先ほどまで遊んでいたはずの児童たちの姿まで、ひとりも見えない。

猫と遊ぶのに夢中で、予鈴《よれい》を聞き逃したんや。

慌てた優真は繁みから飛び出すと、校舎を目指して走った。校庭はオールウェザーというゴムのような素材が敷かれているため、その感触を足の裏に受けながら駆ける。そうして昇降口に走り込み、下駄箱で上ばきにはき替え、一階から三階まで一気に駆け上がる。あとは廊下の中ほどにある教室の前まで、なるべく足音を立てないように速足で進んだ。それから担任に怒られるのを覚悟で、後ろの扉をそっと開けて、「えっ」と声を上げた。

誰もいない。

担任とクラスメイトたち、全員の姿がない。がらんと空っぽの教室が、彼の目の前にあるだけで、ひっそりとしている。

次の授業は……。

教室を移動しなければならない「体育」や「音楽」だったか、と優真は首をかしげた。しかし黒板の横の掲示板に貼られた時間割を見ると、彼の記憶にある通り「社会」になっている。

社会科見学に行った？

そうとしか考えられない教室の状態だが、当然あり得ない。事前に予定が組まれるうえ、それを彼だけが知らないわけがない。

……あれ？

ここで優真は、ものすごく大きな違和感を、とうとつに覚えた。

学校中が、しーんとしてる。

じっと耳をすましても、まったく何の物音もしない。普段なら授業をしている教師の声、教室の騒《ざわ》めき、音楽室から漏れる音色、運動場で響く号令などが、渾然《こんぜん》一体となって聞こえるはずだった。それなのに、一切の物音がしない。

あっ、さっきから……。

校舎に飛び込み、廊下を走り、階段を駆け上がっているときは、とにかく夢中で少しも気づかなかった。だが、よくよく思い返してみると、あの校庭の隅の繁みを出て以来、ずっと学校中が静まり返っていたのではないか。

みんな、どこ行ったんや。

優真は急に、とてつもない心細さを覚えた。広大な学校の中に、ぽつんと自分ひとりだけが取り残されている。その状況は想像するだけで物淋《さび》しく、かつ恐ろしくてたまらない。

がらっ。

そのとき突然、物音が聞こえた。どうやら階下から、その音はしたらしい。

がらっ。

またしても同じ音がしたとき、その正体が分かった。

誰かが教室の扉を開けてる……。

先生？

とっさに優真は、担任の顔を思い浮かべた。ついで特に親しみを覚えている教師の誰かではないか、と淡い期待を抱いた。そんな風に感じたのは、扉が立てる物音に、大人ならではの力強さがあったからだ。

しかし、教室の扉が開けられる音を続けて聞いているうちに、少しずつ不安な気持ちになっていくのが、自分でも分かった。

がらっ……、がらっ……。

ほぼ同じ間隔で、誰かは教室から教室へと移動しつつ、その扉を開けている。最初は優真と同様、ここに取り残された教師のひとりが、同僚や児童を捜しているのかと喜んだのだが、どうにも動きが変である。

まるで……。

教室に誰もいないことを、それは確かめているようだった。決して捜しているのではなく、ひとりも残っていない事実を確認している。だから教室から教室へと、まるで機械のような移動を見せている。

そもそも教師なら、声に出して捜すだろう。黙々と教室の扉を開けるだけの行動など、普通は取らないのではないか。

はっきりと筋道を立てて、ここまで優真が考えたわけではない。ただ彼なりに、漠然と察したのである。

かっ、かっ、かっ……。

そのうち誰かが、校舎の東の階段を上がりはじめたらしい。ハイヒールのような靴音がしている。ということは女性か。

でも……。

女の先生で、学校にハイヒールで来る人はいない。それなら誰かの母親か。

かつん、かつん……。

やがて階下から、廊下を歩く足音がしたと思ったら、
がらっ。

すぐに教室の扉を開ける物音が響いた。どうやら一階をすべて検《あらた》めたので、今度は二階に移ったようである。

がらっ……、がらっ……。

その物音は階下を進むと、たちまち優真の真下までやって来た。彼は立っているだけで何もしていないのに、とっさに息を殺した。

がらっ……、がらっ……。

それが通り過ぎるまで、全身を強張《こわば》らせながら、ひたすら息を詰めていた。

……行った。

ほっとしたのも束の間、当たり前の展開を悟り、優真はぎくっとした。

かっ、かっ、かっ……。

それが校舎の西の階段を、再び上がりはじめたのだ。

……次は、この階。

一階と二階を終えたのだから、当然その次は三階になる。

かっ、かっ、かっ……。

階段を上がり切った誰かが、三階の廊下の西側に現れるまで、あと数十秒しかない。このままでは廊下の真ん中に突っ立っている優真が、それから丸見えになってしまう。

……逃げよう。

反対の東側の階段へと、とにかく優真は急いだ。とはいえ走ることはできない。足音が立つからだ。しかし駆けないと、とても間に合いそうにない。

どうしたら……。

忍び足で、できるだけ速く動こうとするのだが、やはり無理がある。

かっ、かっ、かっ……。

その間にも階段を上がる足音は、もうかなり上まで来ている。もう少しで上り切ってしまいそうである。

あっ、そうや。

優真は慌てて上ばきを脱ぐと、両手に片方ずつ持ち、そこから全速で走った。靴下のまま廊下を駆けるので、ほとんど足音は響かない。

もうちょっと……。

三階の東の端の教室の横を駆け抜け、まさに彼が角を曲がって、東側の階段に達しようとしたときである。

かつんっ。

誰かが廊下を歩き出す足音が、廊下の西側で聞こえた。

……見られた？

角を曲がる優真の後ろ姿が、それの目に入ったかどうか、本当にぎりぎりの状況だったかもしれない。

彼は階段の手前で立ち止まり、じっと身動きせずに聞き耳を立てた。

かつん、かつん、かつん……。

廊下を歩く足音が、はっきりと聞こえてくる。今にも教室の扉を開ける物音が、がらっと響くに違いない。それと同時に階段を下りようと、さっと優真は身構えた。

かつん、かつん、かつん……。

ところが、まったく足音が止まらない。どうやら教室の前を素通りしているらしい。

……なんで？

とっさに厭《いや》な予感を覚えていると、

かつ、かつ、かつ、かつ……。

その足音が、いきなり速まった。すべての教室を無視して、まっすぐ廊下を進んでくる。どう考えても、後ろ姿を見られたとしか思えない。

すぐさま階段を駆け下りかけて、足の裏に痛みを覚えた。平らな廊下と違って、階段には角がある。そこに滑り止めが設けられているため、どうやら靴下だけでは負担が大きいらしい。

急いで靴をはこうとして、優真はバランスを崩した。慌てて手すりにつかまるが、肝心の靴を落としてしまう。

かつ、かつ、かつ、かつ……。

その間にも、足音は迫ってきている。そろそろ最後の教室の前を、それは通り過ぎようとしていた。

なんとか両の靴をはくと、優真は二段飛ばしで階段を駆け下り出した。そして踊り場を曲がりしなに、ちらっと階上に目をやった。

そのとき廊下の角から、ちょうど顔が覗《のぞ》くところだった。

……うっ。

しかし自分が絶句したことしか、実は彼の記憶にはない。とんでもないものを見たのは間違いないのに、それが何だったのか、いまだに思い出せない。

かた、かた、かた、かた……。

三階から階段を一気に駆け下りてくる足音が、優真の背後に大きく響く。その速度が尋常ではない。それと彼の間には最初、階段の下り口から踊り場までの開きが、少なくともあった。つまり一階分の階段の半分である。にもかかわらず優真が二階に下り立ち、すぐに一階へ続く階段に足をかけたところで、それは彼の背後に、ほとんど迫ろうとする勢いだった。

優真は二階から一階まで延びる階段を、三段飛ばしで駆け下りた。もちろん転倒の懼《おそ》れはあったが、それ以上に後ろから来る禍々《まがまが》しい気配を大いに恐れた。階段を転げ落ちてでも、とにかく距離を置くことしか考えられない。

最後は五段分を一度に跳んだ。これまでの最高は四段だったが、背後に迫る脅威に矢も楯《たて》もたまらず、何のためらいもなく跳んでいた。

だんっ。

一階の床に飛び下りた瞬間、ものすごい衝撃を足の裏に受ける。そして目の前が、たちまち真っ暗になった。着地の衝撃もあったが、どこへ逃げれば良いのか、まったく当てがないことに、ようやく気づいたせいだ。

今のうちに……。

それとの距離が開いている間に、どこかに隠れる必要がある。いや、それでは駄目か。隠れるよりも逃げるべきか。元の世界に戻れるような逃げ方を、今すぐ考えるべきではないのか。

けど、どこに……。

とほうに暮れかけた彼の脳裏に、かつての体験がぱっと蘇《よみがえ》った。あの異様な路地での恐怖の出来事が、まざまざと思い出された。

元の場所……。

路地の場合は、あの空地だった。最初に入り込んだ空地と、次に見つけた空地が、果たして同じ場所だったのかは不明だが、とにかく空地に戻ったからこそ、おそらく元の世界に帰ることができたのだ。

だったら今度は……。

両足のじーんとした痺《しび》れがとれる間もなく、昇降口へ向かって走り出す。目指すのはかくれんぼうで隠れた、校庭の隅の繁みである。

ところが、優真が下駄箱の列を駆け抜けているとき、それは早くも階段を下り切っていた。そして昇降口から校庭へ出ようとする彼のすぐ後ろまで、あっという間に、ぐんぐん距離を詰めてきた。

追いつかれる。

優真は必死に走った。だが、それの速さを考えると、とても校庭の隅まで行けそうにない。二メートルも進まないうちに、きっと捕まってしまう。

圧倒的な絶望感に、彼は包まれた。それでも駆け続けたのは、背後から伝わってくるおぞましい気配が、とにかく尋常ではなかったからだろう。

……もう駄目かも。

ところが、いつまで走っても、それが迫ってこない。むしろ優真が駆けるにつれ、それとの距離が開いていく気がする。ふり向いて確かめたかったが、あれを再び目にするかと思うと、どうしてもできない。

地面のせい？

校舎内の廊下や階段はコンクリートだが、校庭はオールウェザーが敷かれている。土の校庭だと雨天後の水はけが悪く、かつ強風の日は付近の住宅に迷惑をかけてしまう。そのためオールウェザートラックになっていた。

　本当の理由は分からないが、このゴムのような地面が、あれは苦手なのかもしれない。もしそうなら、こちらに有利である。

　優真は校庭の隅の繁みを目指して、一目散に駆けた。走れば走るほど、それとの間が開いていくのが分かる。もはや追いつかれる心配はない。余裕で繁みに辿《たど》り着ける。でも速度は落とさなかった。彼の両足を前へと出す原動力は恐怖心であり、いくら背後との距離が開いても、それを完全に払拭《ふっしょく》することは不可能だったからだ。

　そのため校庭の隅に到達したときには、すっかり息が上がっていた。はぁはぁ言いながら繁みに這《は》って入り、しばらく四つん這いのままで息を整えた。

　ようやく落ち着いたところで、体育座りをする。あとは、ひたすら待つしかない。例の路地では、紙芝居屋の口上が「鍵《かぎ》」になった。となると今度は校庭から聞こえた、あの訳の分からない朗読のような言葉だろうか。

　しかし、いつまで待っても、何も聞こえない。このまま繁みの中にいても大丈夫なのか、と優真が不安になりはじめたとき、妙な物音が伝わってきた。

　きゅっ、きゅっ、きゅっ……。

首をかしげたのは、ほんの数秒だった。すぐに音の正体が分かり、顔から血の気が引いた。

……あれが来た。

校庭に出てから引き離したのは確かだが、この繁みの中に入るところを見られたのは、まず間違いない。

きゅっ、きゅっ、きゅっ……。

だから歩みは遅いものの、あれは確実にここへと近づいている。どれほどの猶予があるのか分からないが、遅かれ早かれやって来る。この繁みを覗きに。

早く、早く！

あの奇妙な朗読が聞こえることを、優真は切《せつ》に願った。だが、その兆候は少しもない。耳に響くものといえば、

きゅっ、きゅっ、きゅっ……。

あれが校庭を歩んでいるらしい足音だけである。しかも、それは確実に大きくなっていた。次第に迫ってきているのが、ひしひしと肌で感じられた。

逃げる？

とはいえ、いったいどこへ行けば良いのか。元の世界に戻るためには、ここを動くべきではない。でも、このまま待っていて、あれが来てしまったら、もう終わりである。繁みに開けられた穴は、ひとつしかない。その前に立って覗かれたら、まさに袋の鼠と

同じになる。

　いざとなれば逆側の繁みを掻《か》き分け、なんとか逃げられるかもしれない。校庭内では優真のほうが速く走れることも、大きな利点だろう。

　だが、そこからどうするのか。ものすごく遠くまで逃げたあとで、全速力で繁みに戻り、また待つのか。それを何度も繰り返すのか。

　きゅっ、きゅっ、きゅっ……。

　もうそこまで、あれが来ていた。優真は繁みの穴から半身だけ出すと、いつでも逃げられる体勢を取ろうとした。

　にゃ。

　そのとき背後で、微《かす》かな鳴き声が聞こえた。思わずふり返ると、どこから現れたのか、あの茶虎の野良猫が座っている。

「お前……」

　優真が戻って抱き上げたとたん、ざわざわっと周囲が騒《ざわ》めき、きーんっと両耳が鳴った。そして直後に、わぁわぁと校庭から複数の声が聞こえ出した。

　もしかしたら……。

　急いで繁みから出ると、いくつかのクラスが体育の授業をしている光景が、ぱっと両目に飛び込んできた。

　……戻れた。

猫を抱えたまま、へなへなとその場に頽《くずお》れる。にゃにゃと猫はしばらく鳴いていたが、そのうちどこかへ行ってしまった。

やがて優真を見つけた教師が、「どうした？　こんなとこで、何やってる？」と近づいて来た。だが、それに満足に答えられないまま、気がつくと教師に抱え上げられ、保健室に連れていかれた。またしても彼は発熱していた。

母が迎えにきて、それから三日間、優真は学校を休んだ。

この二度の恐ろしい体験を思い出したのは、もちろん叔父《おじ》の悪ふざけのせいである。ただし、それだけではないように思えた。

大きな樹木の真っ暗な洞《うろ》に呑《の》み込まれる……。

この予感には三度目の異界を経験するはめになる、その予兆が含まれているのではないか。そんな気がして仕方ない。

だとしたら次は、新たに迷い込んだ異様な世界で、どんな異形のものに追われるはめになるのか。ちらっと考えただけで、きりきりとお腹が痛くなるのを、ひたすら優真は我慢するしかなかった。

七　同居人

高速道路のサービスエリアで昼食をとったあと、しばらく車は走り続けてから、白庄のインターで降りた。そこからは一般道を辿《たど》ったが、周囲にはまったく何もない。延々と続く左右の擁壁を見ながら、ひたすら舗装された道を走るだけである。

　まわりの景色に優真が飽きたころ、叔父《おじ》が急に思い出したように、

「そうや。言うの忘れとったけど、小室邸には怜美《さとみ》いう女の人がおって、お前の世話をしてくれるからな」

「お手伝いさん？」

　優真は反射的に尋ねただけだが、叔父はふてくされた顔つきで、

「そんな人を雇える余裕が、今の俺にあるか」

　叔父の経済状態にはバラつきがある、とは前々から優真も気づいていた。少なくとも会社員でないことは確かだ。そもそも叔父に会社勤めができるとは思えない。かといって今の「仕事」や「商売」の話を聞いても、よく分からないうえに、むしろ怪しげに感じてしまう。母がいまひとつ叔父を信用しないのも、ここに原因があるらしい。

とはいえ優真には、この叔父の自由さが好ましかった。義父とは正反対だからこそ、もしかすると好感を覚えるのかもしれない。そして母は、それ故に「ほんとに困った人」と案じているのだろう。

もっとも母によると、叔父の尻《しり》ぬぐいを何度も義父がしているという。そう聞くと、さすがに「しょうがない人だな」と評価は下がってしまう。しかし、だからといって嫌いにはならない。誰に対しても明るくふるまう叔父に、ものすごく歳の離れた兄のような親しみを、優真は強く覚えていた。

その叔父が、珍しく口籠《ごも》っている。

「怜美さんて、いったい誰？」

「うんまぁ、俺の奥さんみたいなもんや」

「叔父さん、結婚したの？」

優真がすっとんきょうな声を出すと、叔父は大いに慌てながら、

「そうやない。ちょっと前から、いっしょに住むようになって……。そら将来は、そういうこともあるかもしれんけど……。東北出身の、色の白い女でなぁ」

彼女は高校を出たあと、すぐ東京に出てきて、という怜美の話をはじめたと思ったら、急に慌てた様子で、

「兄貴やママには、まだ言うなよ」

いきなり優真に釘《くぎ》を刺してきた。

「連絡のしようがないよ」

彼が両の掌《てのひら》を上に向けて広げると、

「そう言うたらお前、携帯を持ってなかったな。別荘に電話は引かれてへんから、ばれる心配はないか」

「いつかは紹介するんでしょ」

「うん、そのうちな」

叔父のことだから、その前に別れてしまう可能性もある。歳の離れた叔父の結婚の心配をする小学生の甥《おい》――という立場を想像して、くすっと優真は笑いそうになった。

「いや、実はなぁ」

叔父の口調が突然、暗くなったと思ったら、

「怜美には、子どもがおってな」

意外な事実を、いきなり告白し出した。

「叔父さんの？」

「んなわけあるか」

それでも優真のボケに素早く返したのは、やっぱり関西人である。

「いっしょに住み出したんは、少し前や言うとるやろ」

「前の旦那《だんな》さんの子ども？」

「ああ、歳は優真と、あんまり変わらんかったはずや」

「その子とは、いっしょに住んでないの？」

「これが、ほんまに悪ガキでなぁ。それも小学生の悪たれ坊主やのうて、中学生の不良かいうほどや。せやのに怜美は、『セイちゃん、セイちゃん』言うて、何かと甘やかしよる。あいつの扱いには、ほとほと俺も手を焼いとってな。幸い怜美の両親が、ちょっと離れたとこに住んどる。誠一《せいいち》も祖父《じい》さん祖母《ばあ》さんには、まぁ素直やから、そこで預かってもろてるんや」

　叔父の義理の息子になるかもしれない少年は、名前を「誠一」というらしい。

「誠が一番て、そんな性格やないで」

　ひとしきりぼやいたあと、叔父はしげしげと優真を見やりながら、

「お前のような子やったら、ほんまに良かってんけどな」

　どう返事をするべきか、優真は迷って窓の外に視線を向けて、ふと先ほどから気になっていたことを口にした。

「高速を降りてから、お店どころか家もないけど」

「朱雀の町は、あっちや」

　叔父が進行方向の右手を指差しながら、

「下白庄へ行くには、町の中を通るのが近道になる。でも上白庄と奥白庄は、このまま向かったほうが早いんや」

　その言葉通りに、まさに行く手に別荘地が見えてきた。高い樹々の林に覆われながら

も、綺麗《きれい》に整備された道のそこここに、苔生《こけむ》した重厚な石垣や立派な装飾の鉄柵《てっさく》に囲まれた素敵な別荘の建物が、いくつも現れはじめた。

「一軒ずつが、なんか離れてない？」

もっとも目の前の風景は、優真が想像していたものとは、かなり違っていた。

「優雅なもんやろ。これが下白庄になると、もっと過密になるんやけどな」

ゆったりとした敷地は、確かにかなり贅沢《ぜいたく》に映っている。だがその一方で、ちょっと怖いようにも思えた。日が暮れて辺りが暗くなったら、物淋《さび》しくなりそうである。

いや、それよりも……。

ここで優真は、ものすごく恐ろしい予感に震えた。

今から向かう奥白庄には、そもそも別荘が三軒しかないのだ。それが隣り合って仲良く建っているとは、とても思えない。この上白庄の別荘よりも、もっと離れているのではないか。それこそ他の二軒が見えないくらいに。

この予感を証明するかのように、個性的な別荘の建物が徐々に姿を消し出すと、次第に道が細くなりはじめ、いつしか周囲も背の高い杉並木ばかりになってしまった。四方に目をやっても、別荘は一軒も見当たらない。

やがて本道を外れ、さらに細い道へと入り、しばらく進んだところで、優真は森の中に妙なものを目にした。

太い樹木の陰から、こちらを覗《のぞ》く黒い顔……。

一瞬だったので確かではないが、それは人の顔のように映った。正確に表現すると、黒い顔もどきに……。

どうして、あんなところに？

叔父はまったく気づかなかったらしい。何事もなく前を向いたまま運転を続けている。

……見間違いかな。

そこからは注意して森ばかりに目をやったが、目に入るのは樹木の群ればかりである。一台の対向車も来ない細い道を、なおも走り続けていると、ようやく前方に小室邸らしい外壁が、ちらちらと樹々の間に見えてきた。

あれが、別荘……。

次第に全貌《ぜんぼう》を現す建物を目にして、優真は度肝を抜かれた。別荘とは夏季や冬季などに、あくまでも一時的に滞在する家で、そんなに広くはないと思っていた。上白庄には綺麗で豪華な別荘が多かったが、それでも大きさは普通に見えた。石垣や塀に囲まれた敷地に余裕はあっても、その中に建つ家は、大きくても戸建て住宅の一軒分くらいに映った。

ところが、小室邸は違う。小さなホテルかと見紛《みまが》う見事さである。別荘というよりは、世田谷の世渡家の近くにありそうな、まさに邸宅だった。

車から降りて別荘の前に立った優真に、もしも建築の知識があれば、きっと次のように描写していただろう。

まず小室邸で目を惹《ひ》かれるのは、屋根の黒い瓦《かわら》と外壁の白いスレートの対比である。上が黒で下が白という対照的な配色が、背景となる濃厚な森の緑から、くっきりと浮かび上がっている。それが見る者の眼に、いきなり飛び込んでくる。

初見の興奮が少し静まり、ゆっくり落ち着いて瓦と外壁を観察できるようになると、意外な発見がある。よく見ると瓦は、屋根の正面部分には伝統的な本瓦葺《ぶき》を、側面には本瓦より重量の軽い桟瓦葺が使われていた。外壁も場所によって、蔦《つた》型と鱗《うろこ》型に分かれている。もっとも瓦のように明確な区分はないらしく、蔦型と鱗型がランダムに張り分けされている。

小室邸は一見、左右対称に映るが、すぐに違うことが分かる。南向きの玄関を持つ中央棟の東西に、東翼棟と西翼棟が隣接する格好は、確かにシンメトリーだった。だが、中央棟の東側に突出した付属棟の存在が、それを完全に壊している。

……変なの。

優真は素直にそう感じた。「歪《いびっ》さ」という言葉を彼はまだ知らなかったが、このとき覚えた感情は、まさにそれだった。しかも、この左右非対称の構図が、黒白の配色と妙に合っていた。この場合の「合う」は、決して好ましい取り合わせではなく、むしろ逆の意味を持っている。

二階建てらしく映る中央棟の上には、大きなドーマー屋根がある。屋根面に取りつけられた切妻の小屋根を持つ窓をドーマー窓と呼ぶ。それが取りつけられたのが、ドーマー屋根である。この窓の存在から、そこには屋根裏部屋があると推測できた。いかにも優真が喜びそうな発見だが、まったく彼は気づいていない。そんな知識がなかったせいも、もちろんある。だが一番の理由は、このとき彼の視線が、ドーマー屋根よりさらに上の、まっ白な背の低い柵に向いていたからだ。

……屋上があるのか。

それを見上げながら優真は、とっさに世渡家の同じ場所を思い出して、ものすごく厭《いや》な気分になってしまった。

「どうや、立派なもんやろ」

小室邸の前に佇《たたず》む優真を、叔父は別荘に見惚《みほ》れていると勘違いしたらしい。まるで自分が建てたかのように自慢しはじめた。

優真が適当に聞き流していると、ゆっくりと玄関の扉が開き、ひとりの女性が戸惑うような足取りで現れた。

あっ、怜美さんだ。

とたんに優真は緊張したが、どうやら相手も同じらしい。玄関前のポーチの薄暗がりから、一向に出てくる様子がない。

付属棟を除く各棟の前面には、白い柱と柵に囲まれたベランダが配されている。中央棟の一階は、それがポーチになっているのだが、怜美らしき女性はそこに留《とど》まったまま、そわそわとするばかりである。

叔父は相変わらず別荘自慢を続けている。他人からもらったものを、ここまで臆面《おくめん》もなくほめられるのは、一種の才能かもしれない。

「叔父さん、怜美さんが迎えに出てるよ」

仕方なく優真が小声で教えると、ようやく叔父は気づいたようで、

「そんなとこで何しとる？　ほら、優真を連れて来たで」

怜美はぎごちない歩き方で、ポーチから続く階段を下りてくると、

「こ、こんにちは」

なんとも硬い表情で、無理に笑みを浮かべながら、それでも必死に挨拶《あいさつ》をした。

「は、はじめまして……。優真です」

それが移ったのか、彼の口調もぎくしゃくして、とても不自然になってしまった。

「なんや二人とも、他人行儀やなぁ」

リラックスしているのは、叔父ひとりである。

「だって……」

怜美のあとを受けて、優真が続けた。

「これが、初対面だよ」

ところが、叔父にはまったく通用しない。

「俺と優真は、顔を見合わせたとたん、仲良うなったやないか」

「あなたは、別でしょ」

怜美の言い方に、優真はもう少しで笑いそうになった。

「嫌だ、こんなとこで話してないで、さぁ入りましょう」

怜美の後半の呼びかけは、優真に対してである。

「はい。しばらくの間、お世話になります」

優真が一礼すると、慌てて怜美も頭を下げた。だが、そこには決して小さくない困惑が、なぜか感じられた。

ひょっとして、僕の面倒を見るのが嫌とか。

思わず不審を覚えてしまうほど、怜美の様子は妙だった。ただ、それも少し納得がいく気がした。彼女の第一印象が、「水商売の女性」だったせいだ。

だからといって優真に、差別意識があったわけではない。そもそも父の亡きあと、母が選んだ仕事も同じである。

ただ彼は、ああいう世界で働く女の人は、家事が苦手になるのではないか、と実は密《ひそ》かに思っていた。実際に母は夜の仕事をはじめてから、ほとんど家の中のことをやらなくなった。それほど疲れていたのだと、もちろん今なら理解できる。その証拠に再婚後の母は、完璧《かんぺき》に家事をこなしている。

だけど、怜美さんは……。

最初から家事が苦手なように映る。そこに子どもの世話が加わるのだから、よけいである。もしかすると憂鬱《ゆううつ》に感じているのではないか。

そんな優真の考えが、どうやら顔に出てしまったらしい。急に彼女が、おろおろしはじめた。

「い、いえ、違うの」

怜美は首と片手を同時にふりながら、

「そうじゃないのよ」

必死に打ち消そうとしている。

「なんや、どないした？」

二人の間に横たわる微妙な空気に、少しも気づかない叔父が、優真と怜美を交互に見ている。

「お前ら、相性が合わんのか」

そのうえ、いきなりとんちんかんなことを言い出したので、

「ううん、違うの」

怜美が急いで首をふってから、

「なんて礼儀正しいのかしら……って、ちょっとびっくりしただけなの」

優真が照れるような台詞《せりふ》を、真顔で口にした。

しかし、お陰で彼は合点がいった。叔父から車の中で聞いた、誠一の存在を思い出したのである。きっと彼女は無意識に、我が子と優真を比べたのではないか。

「こいつは手間のかからん、ええ子やからな。よけいな心配はいらん」

叔父も同じように察したのか、噛《か》んで含めるような口調で、

「それに世話するいうても、飯や洗濯くらいや。赤ん坊やないねんから、あとは放っといたらええ。そのほうがお前も、きっと気楽やろ」

最後は優真に対してだったので、

「ひとりでも僕は、まったく大丈夫です」

彼は怜美の顔を見ながら、はっきりと言った。

「よし。荷物は俺が持ってくから、怜美は早《はよ》う家の中へ、優真を入れたってくれ」

叔父の一言で、怜美は先に立つと、優真を小室邸へ招き入れた。

短い階段を上がってポーチを通り、両開きの玄関戸を開けると、広いホールが現れる。正面の右手に二つ、東壁の奥にひとつ、扉が見えている。玄関を入ってすぐ左手に目隠し壁があり、それを過ぎると南側の壁沿いに、支柱のない迫《せ》り持ち式の階段が二階へ延びている。

この光景だけで、もう優真は圧倒された。はじめて世渡家に入ったときに覚えた、あの衝撃と似て非なる驚きにたちまち包まれる。感嘆したのは同じなのに、どこか違うところがある。小室邸のほうが建築様式に凝っているためか。それとも奥白庄という立地のせいだろうか。

玄関ホールの真ん中で、優真は立ちつくしていた。そんな彼の側で、なぜか怜美が右往左往している。その様子が可怪《おか》しくて、再び彼が不審に思い出したときである。

「こんなとこに、なんで突っ立っとるんや」

あとから優真の鞄《かばん》を持って入ってきた叔父が、びっくりしたように怜美に声をかけた。

「ど、どっちにしたらいいかと、思って……」

「何が？」

「優真くんにジュースを出すの、応接室か食堂か……」

「あのなぁ」

叔父は呆《あき》れたように天井を仰いだが、「こっちや」とばかりに優真を促すと、さっさとホールの西へと歩き出した。

階段の前から奥は廊下になっており、突き当たりには正面と左右にそれぞれ扉がある。

「こっちは使用人部屋で、一回も使ってない」

叔父は左手の扉を指差したあと、右側の扉を開けながら、

「この向こうは廊下で、突き当たりの扉が洗面所とトイレと浴室や。とりあえずは、それだけ知ってたらええやろ。ちなみに左奥の扉は、夫人部屋やった。もちろん今は使うとらん」

それから叔父が正面の扉を開けると、応接室が現れた。

「疲れたやろ」

促されるままに、ひとり用のソファに座ったとたん、ほっと優真はため息をついた。

車の乗り疲れが少しあったが、特に疲労するようなことは何もしていない。にもかか

わらず怠《だる》い気がするのは、急激に環境が変化したせいだろうか。そこにはじゃじゃ森にまつわる話の影響も、ひょっとするとあったかもしれない。

「この部屋が一番、ここでは落ち着くなぁ」

一気に疲労感を覚えた優真と違って、叔父は相変わらず元気である。長ソファに半ば寝そべる格好で、ゆっくりと室内を見回している。

応接室は正面に当たる南側に二つ、西側にひとつ、両開きの大きな窓がある。そのため日の光がふんだんに射し込み、室内は明るい。窓は全開になっているので、心地好い風も吹きこんでくる。窓枠の形に切り取られた樹々の緑も鮮やかで、いつまで眺めていても飽きない。

東側の壁は入ってきた扉しかないが、北側の中央には暖炉があった。本物の暖炉を目にするのは、はじめてである。

この暖炉の裏は夫人部屋で、先ほどのトイレと浴室に通じる廊下の、左手の奥に見えた扉から入れるらしい。その部屋にも暖炉があり、応接室のものと背中合わせだと教えられ、優真は大いに面白いと思った。

「冬は寒いの？」

「ああ。一回しか来たことないけど、それで懲りた。最初は暖炉が珍しゅうて、喜んで火をつけとったんや。ところが、薪代《まきだい》がめちゃくちゃかかる。そっからは、もう夏しか利用せんようになってな。ここに住めたら、ほんまはええんやけど。そういうわけで冬は金がかかるし、すぐ近くに店はないしで、まぁ不便なとこや」

そこへ怜美が、盆にジュースの入ったコップと菓子を盛った皿を載せて、ちょっと危なげな足取りで現れた。

「お待たせ」

そう言いながら、ソファの前のテーブルに盆を置く様を見て、なんとなく優真は納得できた。

この家に、まだ慣れてないんだ。

それなのに子どもの面倒まで見なければならない。いくら叔父と付き合っている女性とはいえ、世渡家とは何の関係もないのに。優真を前にして、彼女がぎこちない態度をとるのも、無理はないのかもしれない。

そんな風に理解しながらも、叔父以外の同居人の存在に、優真も正直ためらいを覚えていた。彼女に気を遣わなければならない生活が、少しだけうとましく感じられた。

だが、まだ彼は知らなかった。彼女の様子が気になるくらいですめば、どんなに良かったことか。そう思うような目に、その夜まさか遭うはめになろうとは……。

八　真夜中

応接室のソファに座った叔父《おじ》は、ジュースを前にして不満そうだった。どうしてビールではないのかと、どうやら思っているらしい。

「だって、また出かけるかも……」

それを察した怜美が、やんわりとたしなめたのだが、

「今日は優真を連れてくるだけで、もう車の運転はせんて、ちゃんと言うたやろ」

叔父が少し怒った顔をしたとたん、慌てて応接室から出ていった。

「叔父さん、なんか偉そうだね」

もちろんからかったのだが、意外にも真面目に返された。

「あらかじめ予定を知らせても、怜美はよう忘れよるんや。そんな難しいことやないのに」

「でも、もう少し優しくしたら」

すると叔父は突然、吹き出すように笑い出した。

「何だよ」

「いや、すまん。甥《おい》っ子に、まさか女の扱いを諭《さと》されるとは……って思うたら、つい可《お》笑《か》しなってな」

それから叔父は、怜美が持ってきたビールを飲むと、お代わりまでしたあとで、そのまま長ソファで眠ってしまった。

「お部屋に案内するわね」

怜美は鞄《かばん》を持つと、小声で優真を促した。彼が鞄に手を伸ばしても、「いいから」と言って自分で運んだ。

優真に与えられたのは、階段を上がって二階のホールを横切った先に並ぶ、北側の二つの扉のうち、東側の部屋だった。窓が小室邸の裏に面しており、隣室と繋《つな》がる大きなベランダまでついている。西側の扉が、その隣の部屋のもので、どうやら叔父と怜美の寝室らしい。二つの部屋は壁をはさんで、どちらにも暖炉が設けられていた。実は優真の部屋も、元々は寝室だったという。それを急きょ子ども部屋にしたのだと、怜美は説明した。

「といっても、机と椅子を入れただけなの」

言われてみればベッドは大きくて立派なのに、机と椅子はいかにも安物っぽい。

「僕の勉強用にですか」

それでも一応、優真が感謝の気持ちを込めて尋ねると、

「ここで夏休みの間、ずっと暮らすかどうかも分からないのに、やっぱり変よね」

怜美が焦り出したので、机と椅子は叔父の見立てらしい。

「いいえ、うれしいです」

「良かったぁ」

ほっとする怜美の顔を見て、優真は少し同情を覚えた。おそらく叔父から「ちゃんと面倒をみろ」と、一方的に言われているのではないか。

「家の他の部屋も、案内する？」

せっかくの申し出だったが、ベッドを前にすると、ちょっとだけ横になりたくなった。

「ありがとうございます。でも、あとで結構です」

「そう。さっきの応接室か、あとは食堂にいると思うから、遠慮せずに声をかけてね」

ぎごちない笑顔で部屋を出ていく怜美を見送りながら、どこに食堂があるのか優真が知らないことに、まったく彼女が気づいていないのが、妙に可笑しかった。

探険をかねて、捜せばいいか。

ごろんとベッドに横になり、腹の上にタオルケットをかけて、つらつらと今後のことを考えているうちに、いつしか優真は寝入ってしまった。

肌寒さに目覚めると、部屋の中は真っ暗だった。窓に目を向けてみたが、外も黒々としているばかりで何も見えない。

……とん、とん。

そのとき急に、微《かす》かなノックの音が耳についた。いや、もしかすると何度も、すでに叩《たた》かれていたのかもしれない。

「……は、はい」

ベッドの上に上半身を起こしながら返事をすると、ためらいがちに扉が開いて、おどおどした様子で怜美が入ってきた。

「寝てたの？　あら、窓が開けたままだわ。夕方になると冷えるから、気をつけてね」

「ごめんなさい。家の中を案内してもらうはずだったのに」

「ううん、いいのよ。それよりお腹は空《す》いてる？　夕ご飯の支度ができたんだけど」

夕食と聞いたとたん、優真は空腹を覚えた。ここに着いたあと、ずっと寝ていただけなのに、それでもお腹は空くらしい。

「はい、いただきます」

その礼儀正しい受け答えに、またしても怜美は感動したらしい。しばらくの間、しげしげと優真を見つめてから、はっと我に返ったようになって、彼を一階の食堂まで案内した。

玄関ホールに入ったとき、正面の右手に二つの扉が見えたが、右側の奥が食堂だった。そこにも暖炉があって、優真を驚かせた。しかも食堂の西隣の主人部屋の暖炉と、背中合わせになっているらしい。つまり応接室と夫人部屋、二階の隣同士の寝室、そして食堂と主人部屋、この三ヵ所に六つの暖炉があることになる。

ほんとに冬は寒いんだ。

ここでの冬季の生活を想像しつつ、食卓に座ろうとして、湯気の立つ料理が二人分しかないことに、ようやく優真は気づいた。

「叔父さんは？」

「それがね」

ほとほと困ったという表情で、力なく怜美が答えた。

「今やりかけている仕事で、不測の事態が起きたからって、急に東京へ戻ったのよ」

「そうなんですか」

普通に相づちを打ったあと、えっと優真は慌てて、

「でも、それじゃ飲酒運転になりますよ」

「私も注意したんだけど、どうしても出かける必要があるって……。それに飲んだあと、少し寝たから大丈夫だって……」

叔父の言葉を疑わしく思いながらも、優真は肝心なことが気になった。

「今の仕事って、何ですか」

「それが──」

再び怜美は困惑した顔で、

「私もよくは知らないの」

いかにも叔父らしいと思ったが、いきなり怜美と残されたことに、優真は困惑した。

そこから二人だけの食事がはじまったが、予想通り最初は会話が続かなかった。共通

の話題は叔父である。とはいえ、その私生活を二人ともあまり知らないのだから、どうしても話題は途切れがちになってしまう。

「知敬さんは、優真くんを少しの間だけでも預かれることを、ものすごく喜んだのよ」

怜美は少し迷ったようだが、優真の前では、叔父を「知敬さん」と呼ぶことにしたらしい。

「僕も叔父さんたちと暮らせて、良かったと思ってます」

　叔父さんと、と言いそうになって、とっさに叔父さんたちと、に変えることができて、優真は心の中で胸をなで下ろした。

「知敬さんの口癖、知ってる？」

「いいえ、何ですか」

「お酒を飲んで酔うと、『八のつく歳には、いいことがある』って、必ず言うの。知敬さんが十八歳のとき、この近くの別荘地でアルバイトをしたんだけど――」

「あっ、知ってます。子どもが行方不明になって、それで叔父さんが見つけたから、この別荘をもらえたんですよね」

「アルバイトをしてる学生が、こんな立派な別荘の持ち主になったんだから、確かにすごいわよね」

「二十八歳のときは？」

「めったにやらないギャンブルで、大当たりを出しそうになったらしいの。けど結局は、少しもうけただけだったみたい」

「それって、いいことなんですか」

確かにギャンブルに負けてはいないが、大勝したわけでもないらしい。

「彼が言うには、それも考えようなんだって。とても少ない元手で、もう少しで大金をつかめるところだった。結果的には失敗したけど、少しとはいえ利益もあった。これは間違いなく、八のつく歳の御利益だって……」

いかにも叔父らしい考え方に、優真は苦笑した。

「それで今年、三十八歳でしょ。きっと何かあるに違いないって、ずっと言っていて。そんなときに、優真くんを預かる話があって。知敬さんは、これを吉兆だと信じてるみたい」

「きっちょう？」

とっさに漢字が浮かばなかったので尋ねると、

「えーっと、幸運の徴《しるし》ってこと」

そんな風に叔父から見られていると教えられて、優真は自分でも顔が赤らむのが分かった。

「知敬さん、妙に勘はいいの。無意識に働くっていうか。ただ、それが仕事に結びつかないところがあって……。今度は本当に、上手《うま》くいってくれると、いいんだけどね」

だが怜美の口調に、妙な引っかかりを覚えた彼は、すぐ元の顔色に戻った。

「叔父さんのことで、何か心配でもあるんですか」

すると怜美は、意味ありげな眼差《まなざ》しで、ぐるっと食堂内を見回しながら、

「この別荘をもらったことが、そもそも幸せだったのかどうか……」

「えっ？」

「八のつく歳に必ずいいことがあるなら、八歳のときはどうだったのって、彼に訊《き》いたの。そしたら、別に何もなかったって。はじまったのは、十八歳で小室邸を手に入れたときからだって。だったら八のつく歳がどうのって、そもそも言えないんじゃない？　二十八歳のときも、結局はギャンブルでの大勝を逃がしたわけでしょ。いくら少しだけもうけたからって、それは『いいこと』なの？　そう考えると、知敬さんが幸運のはじまりだったと信じてる、この別荘が……」

　と言いかけたところで、あっという表情を怜美が浮かべた。

「ご、ごめんなさい。変なこと言っちゃったわね。きっと昨日、なんだか気味の悪い上白庄の別荘の管理人さんに、可怪《おか》しな話を聞かされたせいよ」

「この家……、何かあるんですか」

「ううん、そういうわけじゃないの」

　怜美は自分の失言を撤回するように、ぶるぶると首をふって否定しかけたが、

「……でも、ひとりでいると、やっぱり怖いわ」

　ぽろっと本音を漏らした。

「いつから、こっちに？」

「昨日の夜からよ。それなのに知敬さん、こんな広い家に、私ひとり残して……」

「ええっ、叔父さんは帰っちゃったんですか」

「そうなの。仕事があるからって」

優真は頭を下げながら、

「怜美さんは、僕のために。ごめんなさい」

「ち、違うの。そういう意味で言ったんじゃないから」

またしても怜美は、ぶるぶると首をふった。

彼女が上白庄の別荘の管理人から聞いた話というのが、優真はとても気になった。しかし今ここで訊いても、なかなか教えてくれないだろうとあきらめた。明日の日中にでも、それとなく聞き出すしかない。

夕食後は応接室で、子ども向けのアニメ映画をＤＶＤで観た。怜美によるとテレビは映る局が少ないうえ、面白い番組もあまりないらしい。かといってアニメ映画が楽しかったかと言えば、かなり微妙だった。優真には少し幼稚に思えたからだ。念のために訊くと、選んだのはやはり叔父だと分かった。

普段から僕のことを、しっかりしてると叔父さんはほめるくせに、精神年齢は幼く見過ぎてるんじゃないか。

次に会ったとき、苦情を言おうと考えながら風呂《ふろ》に入り、優真だけ先に寝室へ上がった。怜美は応接室で寝酒を飲んでいる。

夕食まで寝入ってしまったため、なかなか寝つけないかと心配したが、ベッドに横たわって数分で、彼は眠りに落ちた。本人が自覚している以上に、おそらく疲れていたのだろう。それはまさに熟睡だった。

ところが、やはり夕方の中途半端な睡眠が良くなかったのか、いきなり夜中に目覚めてしまう。枕元の時計を見ると、午前二時十四分である。しかも、そのうち尿意を覚えはじめた。

トイレに行きたい。

アニメ映画を観ながら飲んだジュースのせいだろう。叔父と高速のサービスエリアでとった昼食を入れると、どう考えても昨日は飲み過ぎている。

でも……。

寝る前に一度、ちゃんとトイレはすませた。それなのに今、一階まで下りなければならないのは、なんとも気が重い。

こんな真夜中に、この広い家の中を、たったひとりで……。

そう想像しただけで、もうベッドから出たくなくなった。とはいえ尿意は、少しも収まる気配がない。むしろ次第に高まっている。

そのうち我慢できなくなった優真は、意を決するとベッドから出て、そっと静かに部屋の扉を開けた。ホールを歩いたくらいで、隣室の怜美が目を覚ますとは思わないが、できるだけ足音を立てずに階段へ向かう。

……ぎぃっ。

時折そうやって軋《きし》む段があり、思わずぎょっとする。別荘内は怖いほどの静寂に包まれているため、微かな物音でもはっきりと響く。それが優真には、とにかく恐ろしくて仕方ない。

二階のホールにも階段にも常夜灯が点《とも》っており、真っ暗でないのは救いだった。もっとも弱い明かりのせいで、光が届かない場所の闇は黒々としている。そこに何かが潜んでいても、まず絶対に見えないだろう。そんな風に思うと、もう駄目だった。

階段の折り返しの暗がりに、それが隠れていたら……。

下り切った廊下の隅で、それが待ち伏せしてたら……。

それとは何なのかも分からないのに、いつしか優真の両足は、がくがくと小刻みに震え出していた。普通に階段を下りることが、満足にできない。

そんな状態の彼を奮い立たせたのが、生理現象だった。漏らすわけにはいかない、という思いだけで、どうにかトイレまで辿《たど》り着けた。

ほっとしたのも束の間、寝室まで戻ることを考えると、またしても怖くなった。かといってトイレの中に留《とど》まっているのも恐ろしい。怜美ではない何かがやって来て、とん、とん……と扉をノックされたらどうするのか。

この家には、彼女と僕しかいない。

だから何かのノックなんて、あるわけない。

そう強く自分に言い聞かせるのだが、いったん怖気《おぞけ》が立つ想像をしてしまうと、もはやそれから逃れられなくなる。今にも目の前の扉が、とん、とん……と響くのではないかと、気が気ではない。かといって開けるのも怖い。扉の向こうに、それが立っているかもしれないからだ。

そんなものいない。

ありったけの勇気をかき集めて、優真はトイレの扉を開けた。

……何もない。

ただ短い廊下が延びているだけである。

「ふうっ」

思わず安堵《あんど》のため息が出る。夜中にトイレへ行くのは、絶対に止めようと決意する。自分の意思でどうにかなることではないが、とにかく二度とごめんである。今は一刻も早くベッドに戻りたい。

短い廊下を足早に辿り、目の前の扉を開けようとして、はっと優真は立ち止まった。

……どこかで、物音がした。

何の音かは分からない。籠《こも》っていたので近くではないだろう。感覚的には食堂の辺りのような気もするが、確かではない。

しばらく待ってみたが、新たな物音は聞こえない。そこで扉に手をかけ、玄関ホールに通じる廊下に出ようとしたところで、再び彼は固まった。

……した、した、した。

誰かが歩いている。わずかしか扉が開いていないため、はっきりとは聞こえないが、その気配だけは伝わってくる。

怜美さん？

食堂に酒を取りに行って、応接室に戻る途中なのか。しかし、もう夜中の二時を過ぎている。優真がいるのに、そんな夜更かしをするだろうか。いくら何でも変ではないか。

だったら、誰が……。

と考えたとたん、ぞわっと二の腕に鳥肌が立った。つぶつぶのひとつずつが分かるほど、はっきりと浮き上がっている。その様があまりに気色悪くて、優真が泣きそうになっていると、それの気配が突然、ふっと消えた。

謎の足音が聞こえている間も怖かったが、訳も分からず急に途絶えてしまった状態は、もっと恐ろしかった。

優真は扉のノブに手をかけたまま、必死に聞き耳を立てた。

……ぎぃぃ。

すると本当に微かな物音が、階段のある方向から聞こえた。

二階へ上がってる？

だとしたら、やはり怜美ではないのか。喉《のど》が渇いたので、食堂に下りただけかもしれない。

少し迷ってから、優真は廊下に出た。ただし忍び足で、物音を立てないように注意する。相手が怜美なら、別に見つかっても構わない。トイレに起きたと言えばよい。そう思うのだが、できれば顔を合わせたくない。このまま寝室に戻りたい。

そこで優真は、彼女の寝室の扉の開閉音がしてから、階段を上がろうと考えた。それなのに一向に聞こえない。もう二階に着いているころである。どうして彼女は寝室に入らないのか。

僕の様子を見る気だとしたら……。

その可能性に思い当たった。もしそうなら空のベッドを目にして、きっと怜美はショックを受けるだろう。そうなる前に、わざと足音を立てながら、階段を上がるべきではないか。

優真が悩んでいると、ものすごく微かな物音が耳についた。

……きゅっ。

扉の開閉音ではない。そもそも二階のホールではなく、もっと違う場所で鳴った気がする。

…………ぃ。

再び聞こえたが、かなり遠ざかっているらしい。

優真はできるだけ速く、しかし足音を立てないように、階段を上がった。そうして二階に着いたところで、じっと聞き耳を立てた。

……ぎっ。

すると同じような軋みが、もっと上から響いた。

三階？

怜美が就寝している寝室の扉の近くに、さらに上へと続く階段がある。外観を目にしたとき、てっきり二階建てに屋上が設けられているのだと思った。だが実際は中央棟のみ三階建てらしいと知り、彼はびっくりした。その三階部分に、どうやら彼女は上がっているらしい。

でも、こんな真夜中に、いったい何のために？

三階に延びる階段の真下に立つと、優真は耳をすませた。しかし階上からは、もう何の物音も聞こえてこない。

すぐ側の扉を目にして、彼は大いに迷った。ここを開けて、怜美がベッドにいるかどうか、その確認をするべきか否か。

このままじゃ眠れない。

そう判断した優真は、ゆっくりと右手でノブを回すと、そっと静かに少しだけ扉を開け、その隙間から室内を覗いた。

……寝てる。

ベッド脇で点るスタンドの豆電球の明かりの中、確かに怜美の寝顔が見えている。

だったら今、三階にいるのは……。

がたがたと震え出した右腕を、しっかり左腕で押さえながら、どうにか扉を閉める。

それから三階に続く階段を見上げた。もちろん上るつもりなど全然ない。だが、どうしても視線が外せない。階上の闇を、じっと見つめてしまう。

あっ、叔父さんかも……。

きわめて合理的な解釈が浮かび、知らぬ間に入っていた両肩の力が抜けた。あの叔父なら夜中に三階へ上がっても、それほど不思議ではない。仕事上の問題が予想よりも早く片づいたので、彼がトイレに入っている間に、実は帰ってきたのかもしれない。

優真は二階のホールを横切ると、南側の窓を開けてベランダに出て、小室邸の正面を見下ろした。

……車は、ない。

叔父の車が見当たらない。つまり帰っていないのだ。怜美は寝室で寝ている。では、三階にいるのは誰なのか。

急いでベッドに戻った優真は、その中で震えながら、ひたすら夜が明けることだけを念じ続けた。

九　探索

翌朝、優真はベッドの中で目覚めたとき、いつの間にか自分が寝入っていたことに、まず驚いた。あまりの恐ろしさに、とても眠れないと思ったのに。

ちゃんと寝られたんだ。

意外の感に打たれながら起きようとして、いきなり昨夜の恐怖が蘇《よみがえ》った。そのとたん、

この家には、もういられない……。

とてつもない戦慄《せんりつ》に囚《とら》われた。どうしようもなかったとはいえ、よくこんな家で就寝できたものだと、思わず身震いした。

怜美から叔父《おじ》に連絡を取ってもらい、ここには泊まりたくないと伝える。世田谷の世渡家に戻るのが無理なら、叔父のマンションでもいい。とにかく別の場所に移りたいと、真剣に訴える。少なくともベッドから出たときは、そう強く決心していた。

ところが、寝室のカーテンと窓を開けて、朝日を浴びながら、ひんやりした気持ちの良い風を頬に受けていると、昨夜の悪夢が少しずつ遠ざかっていく気がした。怖かったのは確かだが、明るくて心地好い朝の日差しに身を委《ゆだ》ねていると、そこまで大騒ぎする

ほどだろうか、という気分に不思議となってくる。

もう少し様子を見てから、でも……。

寝室を出るころには、そう考えるまでに少し落ち着いていた。

一階に下りて、洗面所で顔を洗って歯を磨き、食堂へ行く。しかし怜美の姿はない。もちろん朝食の用意もされていない。

まだ寝てるのかな。

念のため東翼棟の調理室を覗《のぞ》いたが、やはり彼女はいない。優真は少し迷ってから、二人分のハムエッグを作ることにした。

よく考えてみると、彼は別にお客さんでも何でもない。義父が叔父に世話を頼み、その叔父がまた怜美に世話を頼んだために、彼女とこの家にいるだけである。叔父の妻でもない怜美からしてみれば、優真の面倒を見る義務など何もないのだ。

朝ご飯くらい、お返ししないと。

とはいえ優真も、それほど料理が得意なわけではない。危なげな手つきでフライパンに油を入れ過ぎたところへ、

「ごめんね。寝坊しちゃった」

怜美が顔を出したので、正直ほっとした。

「あら、何か作ってくれるとこだったの。ありがとう。あとは私がやるから」

優真は喜んでバトンタッチをしたあと、食堂に食器を並べるなど、彼でもできる手伝

いをすることにした。

　しばらくして朝食がはじまったが、怜美のハムエッグは焼き過ぎで、決して上手とは言えなかった。それでも優真が気にしなかったのは、質問するタイミングを計っていたからである。

「僕が来る前の日、この家に、ひとりで泊まったんですよね」

　さり気なく口にしたつもりだったが、かなりとうとつだったかもしれない。

「ええ、そうだけど」

　その証拠に怜美は、怪《け》訝《げん》な顔をしている。にもかかわらず彼女が、

「てっきり知敬さんといっしょだと思ってたら、あの人は仕事があるからって、私ひとりを残して……。ひどいわよね」

　すかさず愚痴るところを見ると、ひとりで小室邸に泊まった体験が、本当に恐ろしかったのだろう。

　この怜美の反応を目にして、優真は吹っ切れた。

「そのとき、妙なことが起きませんでしたか」

「ええっ」

　ところが予想以上に、彼女は驚いたようで、

「どういう意味？」

　ものすごく心配そうな顔で、逆に尋ねてきた。

「そういう変な目に、優真くんは遭ったの？」

とっさに彼は迷ったが、トイレに起きたことは言わずに、夜中に妙な物音が聞こえたとだけ答えた。

「どんな音だった？」

「よく分かりませんが、似た物音だと、階段が軋《きし》んだような……」

「ああ、それは家鳴りよ」

とたんに怜美は、ほっとした表情を浮かべると、

「この家は古いでしょ。だから時々あちこちで、木材が軋むらしいの。実は私もね、一昨日の夜に、そんな物音が聞こえて、もう怖くって……。知敬さんの携帯に電話したら、『阿《あ》呆《ほう》、家鳴りに決まっとるやろ』って怒られたわ」

つまり怜美も、似た物音を耳にしているのだ。しかし彼女は優真のように、夜中に屋内を歩いている何かの気配までは、おそらく感じていない。だから叔父の言葉に、あっさり納得できたのではないか。

「ひとりだったので怖くて、気のせいもあったと思うの」

そう補足してから、怜美はかなり困惑した表情で、

「お家に帰りたくなった？」

と優真に尋ねたので、彼は慌てて首をふった。

「そんなことありません」

「だったらいいんだけど……。何か嫌なことがあったら、すぐ私に言ってね」

優真の心配をする以上に、おそらく怜美は叔父のことを気にしている。優真の面倒を彼女が満足に見られないとなれば、間違いなく叔父は不機嫌になる。場合によっては怒るかもしれない。それが予想できるため、怜美はおろおろしているに違いない。

「夜はとても静かなので、ちょっと神経質になっただけだと思います」

彼女に迷惑はかけたくないので、優真は適当な言い訳をした。

「分かるわぁ。私もひとりだったとき、なかなか眠れなかったもの」

しかし怜美には思いの外、それが通じたらしい。

朝食後、優真はひとりで小室邸内を見て回った。怜美は案内すると言ったが、彼の目的は「見る」ではなく「探る」だった。そこには「捜す」もあったかもしれない。つまり「謎の同居人捜し」である。

普通なら怖くてできないが、日中なら大丈夫のような気がした。それに確かめておかないと、今夜も恐ろしさのあまり寝られない。家のどこかに必ず怜美がいることも、彼にとっては心強かった。とはいえ彼女について来られるのは避けたい。

「ひとりのほうが、探険してる気分になれるから」

そこで再び適当な理由をでっち上げ、やんわりと断った。実際に屋内を「探る」気が満々だったので、まったくの嘘ではない。

「やっぱり男の子ね」

すると彼女は、あっさりと認めてくれた。勝手に外へ出てはいけないと注意されただけで、あとは自由に探索して良いと言われた。

一階の中央棟と西翼棟で未見だったのは、前者では玄関ホールに付属した納戸、食堂と背中合わせの主人部屋、その両方から出られる裏のテラスで、後者では夫人部屋だけだった。ちなみに中央棟の東側に突出した付属棟は、がらんとした空っぽの空間があるだけで、いささか拍子抜けした。小室富久弥が主人だった時代には、きっと何かの部屋だったのだろう。

まったく未知の東翼棟には、調理室、小食堂、倉庫室、準備室、小倉庫室といった部屋が、いくども折れ曲がった廊下でつながっており、ちょっとした探険の気分を味わえた。中央棟や西翼棟とは明らかに雰囲気が異なっている点も、優真には魅力的だった。

特に興奮したのは、倉庫室の床に跳ね上げ戸を見つけたときである。落とし戸とも呼ばれる床の扉は、その存在だけで秘密の匂いがした。彼の冒険心が大いにくすぐられたのも無理はない。しかし残念ながら、そこには鍵《かぎ》がかかっていた。あとで怜美に訊《き》いてみたが、まったく使っていないので、一度も開けたことがないと言われた。叔父が戻ってきたら、真っ先に鍵の有無を尋ねなければ、と優真は強く思った。

それに比べると東翼棟の二階は、四つの客室があるだけだった。小室邸内でもっとも面白くないエリアかもしれない。

ところが、一方の西翼棟は違った。扉を開けて足を踏み入れたとたん、優真は目を丸くした。二階にもかかわらず、そこが屋根裏部屋だったからだ。

三階があるのに。

思わず優真は首をひねったが、これは彼の勘違いである。三階を持つのは中央棟のみで、他は二階までしかない。しかも彼は見逃していたが、中央棟と同じく西翼棟にもドーマー屋根は備えられている。

屋根裏部屋にはいくつもの段ボール箱が、あちこちに積まれていた。よく見ると大きさも印刷された文字も、グループによって違っている。同じ場所にある箱の中には、どうやら同一のものが入っているらしい。ただし難しい漢字や英語の表記が多く、優真には読めない。それでも段ボール箱の正体については、一応の想像がついた。

叔父さんの商売が失敗した結果、抱えるはめになった在庫の山……。

この見立ては、おそらく間違っていない。これまでに本人から、「今度こういう商品を仕入れるんやが、これは爆発的に売れるで」という話を、もう何度も聞かされている。きっと目の前の箱の中には、まったく売れなかった商品が眠っているのだろう。

雑多に積まれた段ボール箱が窓を塞《ふさ》いでいるせいで、屋根裏部屋はかなり薄暗い。おまけに箱と箱の間を歩くため、ちょっとした迷路を進んでいる気分になる。最初はそれが面白かったが、そのうち少し怖くなってきた。思っていた以上に奥行きがあり、なかなか部屋の反対側に着かないことも、妙に不安を煽《あお》られる。だが何よりも気にかかったのは、行く手に次々と現れる段ボール箱の山だった。

前方に積まれた箱の陰から、昨夜この家の中をうろついていた何かが、ひょいっと顔を覗かせそうで、どうにも気味が悪い。今は朝だから大丈夫だと思っても、屋根裏部屋の薄暗さが、それを否定する。

あれは少しでも暗がりがあれば、出てくることができる。

そんな勝手な想像を、ついしてしまう。この部屋ほどあれに相応《ふさわ》しい場所はないと、いつしか確信している自分がいる。まったく何の根拠もないのに。いや、そもそも昨夜の物音の正体も、実は分かっていないのに。

かといって途中で引き返すと、小室邸の隅々まで探るという当初の目的を、情けなくも放り出すことになる。第一このまま探索を止めてしまえば、西翼棟の二階の屋根裏部屋が、中途半端に謎の場所として残ってしまう。

ここまで頑張ったんだから……。

この部屋の西の端まで、とりあえず行こうと優真は決心した。

そこからは意外と早かった。段ボール箱の迷路を三度ばかり曲がると、もう屋根裏部屋の西壁に到達していた。面白かったのは途中で、いきなり四角い煉瓦《れんが》の柱が現れたことである。

これは、いったい何だろう？

まわりを回ってみたが、まったく見当もつかない。床から天井まで、屋根裏部屋をぶち抜くように立っている。

この下は……。

と考えたとたん、ぱっと答えが閃《ひらめ》いた。

暖炉だ！

柱に見えたのは、西翼棟の一階の応接室と夫人部屋の境に設けられた、あの大きな暖炉の煙突だったのである。

屋根裏部屋を戻るときも早かった。相変わらず段ボール箱の陰には少し怯《おび》えたが、奥へ進んだときほどではない。慣れたのもあったが、いよいよ残るのは中央棟の三階と屋上だと思うと、それどころではなかったからだろう。

優真は二階のホールまで戻ると、怜美の寝室の前から延びる階段を、ゆっくりと慎重に上がりはじめた。

昨日の夜、ここを……。

何者かが上っていったと考えると、自然に足取りが重くなる。それが今も、三階にいるとは思えないのに、どうしてもためらいを覚える。

もしも上で、僕を待ってたら……。

つい有り得ない想像をしてしまう。優真は向こうの存在に気づいているが、そのことを相手が知るはずがない。だから大丈夫だと自分に言い聞かせるのだが、あまり効果はない。やっぱり怖いものは怖いからだろう。

階段は途中で一度、完全に折り返していた。そこで急に薄暗くなったため、まるで西翼棟二階の屋根裏部屋に、再び入るような気分を覚える。

この優真の予感は正しかった。しかし彼が、西翼棟の二階と同じ空間を予想していたとしたら、それは大きく外れることになる。

階段を折り返して見上げると、三階に籠《こも》る薄暗い闇が、どっと頭上に降りかかってくる気がした。思わず足が止まる。

この上は、屋根裏部屋なのか。

下からの眺めと、他の部屋に比べてあまり日差しが感じられないことから、その可能性にようやく気づいた。

昨夜のあれは、屋根裏で暮らしてる……。

そんな風に考えると、確かめたいという好奇心と、止めておくべきだという不安感に、交互に優真はゆさぶられた。

……どうする？

自問した結果、どうにか決心がついたのは、このまま放置しておいたら、今夜はとても眠れそうにないと強く感じたからである。

ゆっくりと残りの階段を、一歩ずつ上がっていく。ずっと見上げているので、さすがに首が痛い。しかし、そんな痛みを忘れるような光景が、徐々に優真の眼前に現れはじめた。

中央棟の三階の屋根裏部屋には、まるで蜘蛛《くも》の巣かと見紛《みまが》うような、無数の水平材と斜材が走っていた。それらが高い天井を支えているのだが、木材の間からはドーマー窓が覗き、そこから日の光が射し込んでおり、ただの屋根裏ではない不可思議な空間を作り出している。

秘密基地。

ぱっと優真の脳裏に浮かんだのは、この場を表現するのに相応しい言葉である。そのため階段を上りきって三階に立ったとき、幸いにも恐怖心は薄らいでいた。

次に彼の目を惹《ひ》いたのは、そこに置かれた古い家具類だった。叔父が仕舞いこんだわけではなく、前の持ち主の小室富久弥が残していったものに違いない。そう言えば階下の部屋にも、古いけれど価値の高そうな家具が、あちこちに見受けられた。あれらも全部、元から小室邸にあったのだろう。

ここにしまわれた家具も、高価なのかな。

その間を進みながら眺めるが、もちろん優真には判断できない。ただ、少しでも価値があると見なせれば、とっくに叔父が売り飛ばしているようにも思えた。

自分の想像に、ふと笑いそうになったときである。目の前にベッドが現れた。蒲団はなかったが、まだ充分に寝ることができそうに見える。近くの箪笥《たんす》の中には、もしかすると毛布が入っているのかもしれない。

……ここで寝てる？

そう考えたとたん、急に怖くなった。今にも家具の陰から、ばぁっと謎の同居人が姿を現しそうで、とっさに周囲を見回す。

そのとき部屋の隅に、天井まで延びる木製の梯子《はしご》を見つけた。背の低い白い柵《さく》に囲まれた屋上へ出るには、あれを上ればよいのだろう。いくつもの水平材と斜材が交差している、どこか幻想的な屋根裏の空間の中で、まっすぐ天へと立ち上がる梯子は、ものすごく現実的に映った。それだけが本物のように感じられた。

しかしながら優真は、世渡家の屋上を思い出して、すぐに目を逸《そ》らした。だが、もう遅かった。もっとも忘れたい義父との会話が、たちまち脳裏に蘇ってしまった。

東京に引っ越したあと、大崎彰と電話で話したとき、彼は義父の仕事について、「A国で生産されたものをB国に売る。その仲介をしているようなものかな」と説明したことがある。叔父も同じような表現をしていたので、なんとなく優真も理解できた。

ある日の夜、義父に誘われて屋上に出たとき、いつものように一方的な説教を受けた。最初は黙って聞いていたが、かなり鬱憤《うっぷん》が溜《た》まっていたのだろう。思わず父のことを口にした。

登勢対馬という作家として、いかに創造的な仕事をしていたか。

それを優真は、静かながらも熱を帯びた口調で語った。義父の仕事と違って、父は芸術を生み出していたのだ。という意味のことを、彼なりに訴えた。義父を批判したつもりはなかったが、そういう感情までは隠せなかったかもしれない。

意外だったのは、義父が珍しく口をはさまなかったことだ。だから優真も、純文学作家の登勢対馬を、義父としても認めざるを得ないのだと思った。

「純文学とは何なのか、私は知らない。それでも小説の執筆が、かなり創造的な仕事だということは分かる」

義父のこの言葉にも、優真は喜んだ。

「しかしな、どんな仕事にも創造性は求められる。こっちの商品をあっちに売るという行為にしても、そこには創意工夫が必要になってくる。分かるか。創造的でない仕事など、ほとんどないんだよ」

優真はいったん納得しながらも、こう続けた。

「でも、父の小説は、何もないところから生まれてます。すべて一から作り上げているんです。影響を受けた作家や小説はあるみたいだけど、父の作品は、父だけにしか書けないものです。これってやっぱり、すごいことじゃないですか」

「そうだな。その仕事で、ちゃんと生活ができていればだけど」

たちまち優真は凍りついた。

「小説を書くことで、ちゃんと妻と子どもを養っていれば、それは立派な仕事だと言える。そうでないなら、いくら創造的でも、それは仕事ではない」

違う——と優真は叫びたかった。純文学とは、小説とは、創作とは、もっと別のものなのだと力説したかった。しかし彼には、その語彙《ごい》がない。否定したいのにできない。このもどかしさに彼は苛立《いらだ》った。

そんな優真に対して、義父は追い討ちをかけるように、

「純文学作家としては、どうだか知らないけど、別のペンネームではお父さんも、確か認められたんじゃなかったかな」

すうっと優真の顔から血の気が引いた。

……知ってるんだ。

父が純文学作家の登勢対馬だっただけでなく、官能小説家の星斗罵終でもあったことを、義父は承知しているらしい。

母さんが教えたから……。

そうとしか思えない。母が積極的に喋《しゃべ》ったというより、きっと義父が聞き出したのだ。いつか優真と、こういう話をするときのために。

お前なんか、死んじゃえ！

とっさに義父の死を、彼は望んだ。一時の怒りにかられたとはいえ、それは本心だった。もっとも続けて、こうも願っていた。

そして父さんが、この人の代わりに戻ってくればいいのに……。

絶対にあり得ないと分かっていても、義父の死と父の甦《よみがえ》りを、天上に広がる星空に心から祈りたかった。

このあと優真は、いつも通り義父の説教を一方的に聞くはめになった。あのときの義父の得意満面な顔が、彼は今でも忘れられない。

いずれ屋上へ上がるにしても、今日は無理だと優真はあきらめた。

結局、謎の同居人がいるのかどうか、さっぱり分からないままである。それでも、さらに昨夜の恐怖が薄まったのは、一通り屋内を見て回ったせいだろう。この探索をやり遂げたことが、彼に何かしらの自信を与えたのは間違いない。

小室邸内の検《あらた》めを終えると、ちょうど昼食の時間だった。そこで怜美から、かなり戸惑うニュースを聞かされた。

「知敬さん、仕事のトラブルが長引きそうなんだって。もしかすると一週間くらい、こっちに帰れないって言うのよ」

「そんな……」

仕方ないとは思うものの、実は大変な事態なのではないか、と優真は不安になった。

「あっ、食品だったら大丈夫よ。いっぱい買ってあるから」

彼の反応を見て、怜美が微笑んだ。

もっとも朝食のパンとハムエッグ、それにフルーツ以外、昨夜の夕食も目の前の昼食も、どちらも冷凍食品であることは一目瞭然《りょうぜん》である。そのため食事については、優真もあまり期待していない。ただ叔父の車がないと、色々と不便なのではないかと心配した。

それが怜美にも伝わったのか、

「でも日用品とか、車で買いに行く必要のあるものが、そのうち出てくるわね」

「叔父さんは、何て？」

「私が少し愚痴ったら、『こっちは、それどころやないわ』って、えらく怒られた」

叔父の立場で考えれば、当然の反応かもしれない。とはいえ、こんな人里離れた別荘に、車もない状態で残された二人にとっては、まさに大問題だったのも確かである。

「いざとなれば、上白庄の別荘の管理人さんに頼んで、町まで送り迎えしてもらえるけど――」

と怜美は断りながらも、浮かぬ顔をしている。

「あの人、ちょっと苦手なのよね」

そう言えば彼女は昨夜、その管理人に可怪しな話を聞かされたと言っていた。それを聞きたかったが、昼間からする話題ではないだろう。

「別荘のまわりで遊ぶのは、禁止ですか」

優真が尋ねると、怜美は困った表情で、

「森の中に入らなければ、たぶん問題ないと思うの。でも知敬さんは、あなたを預かった責任があるので、できれば家の中にいて欲しいみたい」

過去の神隠し事件が、きっと叔父の頭の中にあるからに違いない。

「叔父さんの心配は分かりますが、家の中の探険も、もうやったし……。こんなことなら、いっぱい本を持ってくるんでした」

「ああっ、ごめんなさい」

いきなり怜美が、すっとんきょうな声を上げた。

「優真くんが退屈しないようにって、知敬さんが朱雀町で買っておいた本が、何冊もあるのよ」

そう言うが早いか、慌てて彼女は食堂から出ていった。

さすが叔父さん！

優真はうれしくなった。こういうところは、本当によく気がつく。ここまで気配りができる人なのに、どうして仕事はいつも上手《うま》くいかないのだろうか。それが彼には不思議だった。

怜美はすぐに戻ってきて、書店のビニール袋を渡してくれた。どきどきしながら本を取り出した優真は、思わず「わあっ」と歓喜の声を上げた。

ジェフリー・トリーズ『この湖にボート禁止』、フィリパ・ピアス『トムは真夜中の庭で』、イアン・ローレンス『呪われた航海』、マーヴィン・ピーク『行方不明のヘンテコな伯父《おじ》さんからボクがもらった手紙』、クリス・プリーストリー『モンタギューおじさんの怖い話』など、彼が好きそうな本ばかりが入っている。

対象年齢が上の作品もあるが、まったく問題なかった。それくらい難なく読めたからだ。きっと叔父も分かったうえで購入したのだろう。

優真の様子を見て、怜美はほっとしたらしく、

「他にいるものがあったら、早目に言ってね。何とかするから」

「はい。ありがとうございます」

新しい本を手にして、うきうきした気分のまま優真は応《こた》えた。

どこで読もうか。

応接室が良いかと考えたが、せっかく別荘にいるのだからと、表に面した西翼棟のベランダにした。そこに籐《とう》の寝椅子があったことも、場所選びの決め手になったかもしれない。

一冊ずつ本を眺めながら、どれから読もうかと悩んだ結果、『呪われた航海』を選ぶ。優真自身は気づいていなかったが、今の彼が置かれた状況と、まったく違う世界を描いた小説を、実は無意識に選択していた。

三時ごろ怜美に、「おやつを食べよう」と声をかけられるまで、優真は読書に夢中だった。おやつタイムの間も、彼女との会話は上の空で、早く続きが読みたくて仕方なかった。小説のことばかり考えていた。

そのため小室邸の前を、車の通る気配がしたときも、顔さえ上げずに本を読んでいた。叔父の車なら門から入ってくる。第一それほど早く戻れるわけがない。そういう意識もあったからだと思う。

ただし、その車がいったん、この別荘の門扉の前で停まったような気がしたのは、妙に引っかかっていた。だから十数分ほど経ってから、再び車の走行音が聞こえてきて、またしても別荘の前で停まったとき、さすがに優真も顔を上げた。

小室邸の敷地と別荘の前を通る細い道の境には、大人の胸の高さくらいの生垣がある。

そこから一人の男が、こちらをじっと見つめていた。歳のころは六十代の後半だろうか。作業着のような服をまとっていることから、別荘に来ている人ではなさそうである。町の住人かと思ったが、ひたすら優真を見つめる眼差《まなざ》しが、どうも尋常ではない。

気持ち悪くなった彼が、もう家の中に入ろうとしたときだった。

その男は生垣から右手をあげて出すと、くい、くいっ……と四本の指をそろえて動かした。それを何度も繰り返した。

薄気味の悪い男は、「こっちにお出《い》で」とばかりに、なんと優真を誘っていた。

十　過去

もちろん優真は、謎の男の誘いを無視しようとした。だが、彼が籐《とう》椅子から立ち上がり、家に入る素ぶりを見せたとたん、男の手招きが激しくなった。その必死さはどこか狂信的で、さらに優真を怯《おび》えさせたが、同時に彼を引き留めもした。

僕に何か言いたいことでもあるのか。

それを聞かなければ、もしかすると後悔するかもしれない。そんな気に優真は、ふっと囚《とら》われた。とはいえ怖い気持ちに変わりはない。結局どっちつかずの状態が、まったく彼を身動きできなくさせてしまった。

とりあえず優真が家の中に入らないと分かり、男は明らかにほっとした様子を見せた。いったん右手の動きが止まったことでも、相手の安堵《あんど》感が伝わってくる。

そこから男は再び右手をあげると、今度は手招きといっしょに、うんうんと頭を何度も縦にふりはじめた。ゆっくりと優しく、何かを訴えかけるかのように、ひらひらと掌《てのひら》がゆれ、こっくりこっくりと頭が上下している。

その緩慢な動きを見ているうちに、まるで催眠術にかかったかのごとく、優真は呼ばれるままに庭を横切りはじめた。近づくべきではないと、まだ心のどこかで思っているのに、その意に反して足が前へと出る。

　何かあれば、怜美さんを呼べばいい。

　そう考えるのだが、いざというときに大きな声を出せるのか、まったく自信がない。むしろできない気がする。それなのに足が止まらないのは、どうしてなのか。

　あの人の話を聞かなければ……。

　という気持ちが、やはり心のどこかにあるからではないか。彼の無意識が、しきりに忠告しているからではないだろうか。

　もやもやした心持ちのまま、気がつくと男の前に立っていた。生垣の隙間越しには、道に停められた軽トラックが見える。相手との距離は一メートルもない。それでも安心できたのは、きっと生垣をはさんでいたからだろう。

　とはいえ今すぐ回れ右をして、優真は逃げ出したかった。実際、もう少しで踵《きびす》を返すところだった。

「君は、世渡くんの子ども？」

　彼を止めたのは、この一言である。

「……い、いいえ、違います。……甥《おい》です」

　ちょっと迷ったが、これくらいなら言っても差し支えないだろう。

「甥っ子か。夏休みだから、遊びに来たの？」

「……はい」

本当は違うが、家庭の事情まで説明する必要はない。この人が何者なのか、まったく分からない状況ではなおさらである。

「うちの叔父《おじ》を、ご存じなんですか」

思い切って優真が尋ねると、男は驚いたような顔で、

「しっかりしてるね。小学……五年生くらいかな」

「六年生です」

「ごめんごめん。でも君なら、私の話を真剣に聞いてくれるかもしれないな」

男は先ほどから、かなり小さな声を出している。まわりに誰もいないのに、まるで何者かに盗み聞きされるのを恐れるかのように。

「あのー、叔父とはどういう……」

「もう二十年も前になるか。彼は上白庄の別荘地で、アルバイトをしていたんだが、そのとき仕事を教えたのが私でね」

「あっ、上白庄の別荘の、管理人の吉俣さんですか」

「そうそう、やっぱり世渡くんは、あの話をしてたんだな」

とたんに吉俣は笑顔になったが、優真も相手の正体が分かり、思わずほっとした。

「はい。少しは聞いてます」

「この別荘については、どんな話を叔父さんはした？」

すると吉俣は急に真顔になって、そう尋ねてきた。

「ここに来る車の中で――」

優真は知っていることを素直に話した。しかし吉俣の表情が優れなかったので、なんとなく叔父を庇《かば》うかのように、

「そこで僕が、ちょっと怖がってしまったので、叔父さんは続きを話さなかった……みたいなんですけど」

「まだ話す素ぶりが、彼にはあったんだね」

車中の様子ではそんな風に見えたので、こっくりと優真はうなずいた。

「だったら私が教えても、別に問題ないだろう。いいや、君のような子どもには、これは言い聞かせておくべき話なんだ」

後半は自分を納得させているような物言いをしてから、吉俣は周囲を見回したあと、

「あっちで話そう」

優真を生垣の西の隅まで促した。それまで門に近い場所にいたため、怜美に見《み》咎《とが》められる心配をしたのかもしれない。

「叔父さんが、この森に入るなと言ったのは正しい」

小室邸の背後に広がる森を見やりながら、相変わらず吉俣は小声で話した。

「でも、その恐ろしさを君に、まだ充分には伝えていないと思う」

「………」

「別に君を、怖がらせたいわけじゃない。ただ、ああいう子どもを……」

と言いかけたところで、吉俣はふいに森へ目をやった。反射的に優真も視線を向けたが、特に気になるものはない。高い樹木の群れと茂った藪《やぶ》とが、どこまでも広がり続けているだけで、どう見てもただの森である。

ところが吉俣は、さらに声を絞った。ほとんど囁《ささや》きに近い。そのため聞き取りにくくて仕方なかったが、優真は必死に耳を傾けた。

「子どもの神隠しは、どの地方にも昔からあった。ここだけじゃないし、もちろん田舎だけでもない。都会でも普通に起こる現象だった。多くは迷子に過ぎなかったが、その中には事故や人攫《さら》いもあった。子どもが戻ってきても、帰ってこなくても、あとから原因が推測できる場合は、まぁ問題なかった。そもそも神隠しじゃないからな。本人や親にとっては、もちろん別だったわけだけど……。結局その地域社会において、ちゃんとした対応ができるかどうか、最後はそこが問題になるからね」

優真が少し考える仕草を見せていると、

「ちょっと難しいかな。もし分からないことがあれば、遠慮せずに訊《き》いてくれ」

「えーっと、いなくなった子どもが戻ってこない場合は、本当は何があったのか、誰にも分からないんじゃないですか」

「ほうっ。なかなか君は頭がいいな」

吉俣の口調には、「あの世渡くんの甥とは思えない」という気持ちが入っていそうで、優真はもう少しで笑うところだった。

「子どもが見つからなくても、そのときの状況から、消えた原因を推測することが、それほど困難ではない場合がある。たとえば大雨で川が増水していて、その辺りで最後に子どもが目撃されていれば、誤って川に落ちた可能性が、まず考えられる。子どもが見つからなくても、流されてしまったからだと、難なく判断できるわけだ」

優真がうなずくと、吉俣は満足そうな表情を見せてから、

「しかし、子どもが見つからないせいで、なぜ消えたのか、まったく分からないことがある。そういう状態になったとき、昔の人はそれを神隠しと考えた。子どもがいなくなる、という恐ろしい事態が起きているのに、その説明が一切つけられない。人間は訳の分からないものに遭遇すると、なんとか理由づけをしようとする。でも、どうしてもできない場合は、人知を超えた力が働いたと見なす。そういう存在を信じざるを得ないからだが、それだけじゃない。安心したいからだよ。謎のまま放っておかれるほど、この世に怖いこともないからな。神隠しだと認めても、もちろん何かが解決するわけじゃない。それでも『神隠しだったんだ』と、みんなが納得する必要があった。分かるかな」

「……はい、なんとなく」

吉俣は急に顔を近づけてくると、

「ところが、子どもが見つからず、いったい何が起きたのか、まったく不明な謎の状態よりも、もっと恐ろしい目に遭ってしまう場合がある」

「だ、誰がですか」

「子どもの親や、地域の人たちだ。それがどういう目か、君には分かるか」

怖がらせたいわけじゃない……と言いながらも、吉俣の問いかけは、明らかに優真を怯えさせていた。

「い、いえ。分かりません」

「それは子どもが見つかったのに、何があったのか、依然として謎のままの状態だよ」

「どうして――」

ですか、と尋ねかけて、「あっ」と優真は声を上げた。

「記憶がないからですね。小室久志くんのように……」

「やっぱり君は、かなり賢いな」

吉俣は再び満足そうな表情で、

「子どもが見つかって、両親も地域の人も、当たり前だが喜ぶことになる。でも、少し落ち着いてくると、なぜいなくなったのか、どこへ行っていたのか、誰かといっしょだったのか、行方不明の間いったい何をしていたのか……といった疑問が出てくる。そして当然、当人には答えられるはずだと、誰もが思う。しかし、子どもは何も覚えていない。いなくなる直前と、見つかる寸前の記憶はあるのに、肝心な部分がすっぽりと抜け落ちている」

子ども自身も、きっと気持ち悪いに違いない。

「親にしてみれば、我が子が無事に戻ってきて、とにかく良かったと思う。でも、まったく何も覚えていないと分かったとたん、どんな体験をしたのか、やっぱり気になる。たとえば行方不明中に起きた何かによって、自分の子どもの将来に影響が出るかもしれない。そういう心配を、きっとするはずだ」

「せっかく見つかったのに」

「子どもが帰ってきたことで、皮肉にも別の不安が生まれるわけだ」

「その場合は、やっぱり神隠しになるんですか」

「ああ。子どもは無事に発見されたのに、神隠しに遭ったとしか説明がつかない、そんな状態だからな」

と答えながらも、なおも吉俣は顔を近づけてくると、

「でもな、これ以上に恐ろしい目に遭うことが、実はあるんだ」

さらに小声で、そっと優真に囁いた。

「分かるか」

優真が首をふる。

「それはな、子どもは無事に戻ってきた、しかし記憶が一切ない、だから何が起きたのか分からない、というところは同じだけど、そのあとが違う」

本当は聞きたくないと思いつつも、優真は尋ねた。

「どんな風に、ですか」

すると吉俣が、妙なことを言いはじめた。

「小室富久弥さんは、この家に滞在中、よく上白庄の別荘地の近くを散歩していた」

この家とは、もちろん小室邸である。

「それで私とも、顔を合わせれば、よく立ち話をしたものだ。といっても話題は、別荘地や町のことばかりで、あとは天気くらいだったか」

吉俣はいったん言葉を切ると、なぜか意味ありげに森のほうを見てから、

「久志くんが見つかったあと、私の記憶では二回、小室富久弥さんとは会っている。この家を世渡くんに譲渡する件も、そのときご本人から聞いた。ただし二回とも、彼は可《お》怪《か》しなことを口にしていた」

「何です？」

「森で世渡くんが見つけたのは、久志じゃない気がする……って」

「……えっ？」

まったく意味が分からず、優真は戸惑った。

「叔父さんが森で保護したのは、確かに小室久志くんだった。当たり前だが、彼に似た別人なんかじゃない。小室さんだけでなく、ご両親も会って、『うちの久志に間違いない』と、言わば確認したわけだ」

「そ、そうですよね」

「にもかかわらず小室さんは、久志じゃない気がする……と感じた」

「記憶がなかったから、じゃないんですか」

「最初は小室さんも、そう考えたらしい。とにかく大変な目に遭ったんだから、少しくらい変でも普通だと思った。ところが、ちょっとした仕草や言葉遣いなどに、どうも違和感を覚える。ひとつずつは些《さ》細《さい》なことなのに、ふっと気づけば、それが溜《た》まりに溜まっていて、もはや見過ごせなくなっている。そんな感じらしい」

「久志くんの、お父さんとお母さんは？」

「小室さんが遠回しに探ったところ、父親は行方不明の後遺症と考えていたけど、母親は息子の異常に気づいてるんじゃないかって……そう言ってたよ。ただ小室さんの前で、それを認めることはなかった。むしろ本当の久志くんだと、なんとか信じようとしていた。小室さんには、そう映ったらしい」

「結局、どうなったんですか」

その続きが知りたくて、優真はたまらなくなった。

「どうもなっていない」

しかし吉俣の答えは、なんとも呆気《あっけ》なかった。

「でも……」

「別人だという証拠は、まったく何もなかった。むしろ指紋などを調べたら——今ならＤＮＡかな——間違いなく本人だと判明しただろう。だけど、小室さんも久志くんの母親も、帰ってきた彼には、どうにも違和感があった。本人ではない気が、なぜかした」

そこで優真は、当然の疑問を覚えた。

「久志くんは、その後……」

「家族といっしょに帰ったのは、私も見送ったから間違いない。けど、その後のことは、さすがに分からなかった。ただ折にふれ、小室財閥に関するニュースは、できる限り収集するようにした。そこで小室久志の名前が、見られるんじゃないかと思ってね。しかし今のところ、彼は出てきていない。もっともまだ若いから、もし登場するとしたら、きっとこれからだろう」

「取り替え子みたい」

ぽつりと優真はつぶやいただけだが、吉俣は過剰に反応した。

「何のことだね？」

「ヨーロッパの昔話に、妖精が人間の子どもを攫うお話があるんです。そのとき代わりに、攫った子どもにそっくりの、妖精の子を置いていきます」

「ほうっ」

「でも、妖精の子どもは人間の子より頭がいいので、そのうちばれてしまうんです」

「よく似てる」

吉俣は急に思い出したという顔で、

「小室さんが言っていた。戻ってきた久志は、変に聡《さと》くなった気がする……って」

「さとく？」

「賢いって意味だ。ただし小室さんは、それを肯定的には使わなかった。つまり久志くんの頭が急に冴《さ》えるようになって、良かったとは決して思っていなかった。なぜなら彼の聡さに、狡《ずる》さを感じたからだよ」

「悪賢いってことですか」

「うん。ただ、そこまではっきりしたものでは、きっとなかったんじゃないかな。そもそも久志くんの変化が、微妙だったみたいだからね」

「でも、久志くんをよく知ってる小室さんや、彼のお母さんは、どこか変だと気づいていた……」

「だからこそ私は、ぞっとしたんだ」

取り替え子の話を読んだとき、優真はかなり怖かった。あのときと似た恐ろしさが、間違いなく久志の件にも感じられる。

「……僕、森には絶対に入りません」

「うん、それがいい」

吉俣が真剣な眼差《まなざ》しで応じたところで、てっきり話は終わりだと優真は思った。だが、どうやら違っていたらしい。

「古泉正人《こいずみまさと》くんのことは、聞いてるかな」

新たな子どもの名前が突然、吉俣の口から出てきた。

「いえ、知りません」

「小室久志くんの場合は、叔父さんも立派な手柄話になるけど、古泉正人くんは違うからなぁ」

「まさか……」

「そうなんだ。久志くんの事件から十年後の夏、下白庄の別荘に遊びにきていた、古泉正人くんが行方不明になった」

「上白庄じゃなくて、今度は下白庄の……」

「うん。ただし古泉家は下白庄の中でも、どちらかというと上白庄に別荘を持つ人たちに、まぁ近かったと言えるかな」

「お金持ちだったんですね」

もっとも優真に言わせれば、上白庄であれ下白庄であれ、別荘を持っているだけで、その家は裕福だという認識が普通にある。

「古泉正人くんは、小室久志くんと同じくらいの歳の子でね。お祖父《じい》さんに『ちょっと森を散歩してくる』と言って出かけた。当然その森は、別荘の近くの下白庄の森だと、家の人は考えた。だけど正人くんがいなくなって、警察と消防、それに町の青年団で、その辺り一帯の捜索をはじめて、それでも見つからないとなったとき、誰が言うともなく、もしかすると奥白庄の森に行ったんじゃないか……と、みんなが不安がった。あとから分かるんだけど、正人くんの自転車もなくなってたから、よけいにその心配が考えられた」

「お家の人は……」

「じゃじゃ森の噂については、まったく知らなかった」

　神隠しの話を聞かされたとき、どんな気持ちになったことか。

「けど正人くんは、きっと小耳にはさんだんだろう。彼は好奇心が旺盛《おうせい》で、おまけに負けず嫌いだった。だから大人に、『あそこの森は怖いから、子どもが近づくんじゃない』とか言われたら、おそらく反発して、どんなところか見てやろうとする、そんな子どもだったらしい」

「そのとき叔父さんは、まだ別荘の仕事を？」

「いやいや、それは学生の間だけだ。ただ、バイトを辞めてからもしばらくは、夏になるとこの家に来ていた。だから私も顔を合わせれば、よく彼と話をした。でも最近はご無沙汰《ぶさた》なんで、ついに彼も、ここを手放す気になったのかと思ってたんだが……」

　意味ありげな物言いが、優真には大いに引っかかったが、吉俣は話を元に戻した。

「古泉正人くんがいなくなって二日目、叔父さんがやって来た。行方不明事件はニュースになっていたけど、彼は知らなかったようで、かなり驚いていた。それでも捜索に協力したいと、叔父さんは申し出てくれた。実は古泉正人くんのお祖父さんから、ぜひとも世渡くんの手を借りたいと、私は頼まれていてね」

「かつて久志くんを発見しているから、ですか」

「そうなんだ。おそらく町の人が、叔父さんのことを喋《しゃべ》ったんだろう。そこで私は、彼に連絡を取ろうとした。だけど、前の年に聞いた電話番号は、すでに不通になっていた。いっしょにバイトしていた彼の先輩と違って、叔父さんは人当たりも良くて、どんな仕事もできる能力があるのに、飽きっぽいというか、ひとところに落ち着くのを嫌うというか」

「よく分かります」

優真の相づちに、吉俣は顔を少し綻《ほころ》ばせながら、

「で、すっかり困ってるところに、ひょっこり現れた。お祖父さんの願いを伝えると、ものすごく叔父さんは張り切った。久志くんを見つけたのが、行方不明の翌日だったこともあり、今回もきっと見つかると、どうやら彼は思ったらしい」

「でも……」

「うん。古泉正人くんを見つけることは、とうとうできなかった」

「叔父さんも、ショックだったでしょうね」

「彼がこの家に足を向けなくなったのも、あの事件が原因だったんじゃないかな」

「その子は、今でも……」

「行方不明のままだ」

そう応《こた》えたあと吉俣は、改めて優真を見つめると、

「あれから、もう十年が経ったんだなと思って、岩壁荘に行く途中でこの家に目をやったら、君がいたんで、それはもうどきっとした」

「岩壁荘って、奥白庄にある三つの別荘のひとつですよね」

「ああ。あの別荘の話は？」

「朱雀神社の神官が建てたってことくらいしか、叔父さんからは聞いてません」

吉俣は少し迷う素ぶりを見せてから、

「あまり子どもに言う話じゃないけど、決して岩壁荘に近づいてはいけないという、これも警告だと思って欲しい」

「……はい」

「もう三十年近く前になるか……。あそこで高校生鏖殺《おうさつ》事件が起きた」

「おうさつ？」

「皆殺しのことだよ」

「…………」

とんでもない答えに、優真は言葉も出ない。

「別荘を持つ神社の娘と、その友だちが滞在していたんだが、全員が殺された」

「は、犯人は……」

「謎のままだ。実は密《ひそ》かに捕まえて、精神科の病院に入れたらしい……という噂もあったけど、本当のところは分からない」

吉俣は、またしても意味ありげに小室邸を眺めてから、

「君の叔父さんには悪いけど、奥白庄にある三つの別荘は、どれも曰《いわ》くつきと言わざる

を得ないと、私は思ってる。三軒目も、吉川清《よしかわきよし》という子どもが――」

　と言いかけたところで口籠《ごも》ったのは、よけいなことを喋り過ぎたと思ったからか。

「だから私は世渡くんに、早くこの家を売るか、それが無理ならもう二度と使わずに、ただ荒れるに任せておく。それがいいと、前にも言っておいたんだけどね」

　優真の脳裏に、昨夜の怜美の言葉が蘇《よみがえ》った。

　この別荘をもらったことが、そもそも幸せだったのかどうか……。

　あのときの彼女の様子から見て、どうも吉保のことを薄気味悪く思っているようだが、この家に対して懼《おそ》れを覚えるという点では、二人とも同じなのかもしれない。

「この家にいては、いけないってことですか」

　奥白庄で残る三軒目の別荘にも、優真は大いに興味を覚えながら、口から出たのは小室邸のことだった。

「特に君のような子どもはね」

「でも、古泉正人くんが行方不明になったのは、この家じゃありませんよね」

「そうなんだが、小室邸の背後に広がる森に入ったに違いないと、当時は誰もが思った。神隠しの森とも呼ばれる、このじゃじゃ森だよ」

　吉保の森を見つめる眼差しには、畏怖《いふ》の念が籠《こ》められている。

「森でいなくなった子どもは、他にもいるんですか」

「昔はな。それでも朱雀地方の子は、まだ見つかっていたほうだ。それが他所《よそ》の子になると、ほぼ絶望的だった。そういう意味でも小室久志くんの例は、かなり珍しいかな」

そこで吉俣は、はっと思い出したように、

「待てよ。そう言えば、古泉正人くんがいなくなる一年ほど前だったか、町の子どもがひとり、行方不明になったことがあったな」

「そ、その子は？」

「すぐに見つかった。ただ、普段から平気で嘘をつく子どもで、そのときも『俺は誘拐された』と言ったものだから、一時は大騒ぎになったが、どうやって攫われたのか何の説明もできなかったので、親に思いっ切り叱られて、それで終わりだったな」

吉俣は失笑しながらも、

「ただな、完全に子どもの嘘だと決めつけるのは、私は危険だと感じたよ」

「どうしてです？」

「じゃじゃ森が本当にその子を、ひょっとすると攫いかけたのかもしれない。でも、何らかの理由で失敗した。だけど子どもは、森の影響を少しとはいえ受けてしまった。それで記憶の一部が消えて、肝心の説明ができなかった。そんな風にも考えられると、私は思うんだ」

吉俣は再び森を見やってから、優真に顔を戻すと、

「じゃじゃ森という名称の由来について、叔父さんから聞いてるかな。どうして、そんな名前がついたのか、その理由だな」

「神々櫛っていう村からだって」

「よく神隠しが起こる村だから、神々櫛村ではなく神隠し村だと、昔の人は言い替えた。まるで言葉遊びだが、こういう通称めいた呼び名は、決して莫迦《ばか》にできない。名は体を表す、という言葉を知ってるかな」

「はい。意味は分かります」

「だったら理解できるかな」

と言いながらも吉俣は、すぐに否定するように、

「いや、それでもこじつけと思うか。私が笑われるだけかもしれない」

「何のことですか」

怪訝《けげん》そうに優真が尋ねると、

「小室邸の『小』は『しょう』と、『室』は『しつ』とも読む。この『しょう』を『消える』の『消』に替えて、『しつ』を『失《う》せる』の『失』にしたら――」

吉俣は漢字を一通り説明してから、本当に奇妙なこじつけを口にした。

「小室邸は『消失邸』になるじゃないか」

十一　二日目の夜

「ゆうまぁくぅーん」

家の中で響く怜美の呼び声が、微《かす》かに聞こえてきた。そのとたん吉俣は、慌てて軽トラックまで戻ってしまった。怜美が管理人を良く思わないように、彼も彼女が苦手なのかもしれない。

だが吉俣は、そのまま乗車することなく、さっとふり向くと、

「できるだけ早く、この家を出たほうがいい。叔父《おじ》さんに言えば、きっと理解してくれる。それで駄目なら、私から忠告を受けたと、彼に伝えなさい」

相変わらず声は抑えていたが、ちゃんと優真に聞こえるように、苦労して叫んでいる。

「それから、私の見間違いかもしれんが、気をつけたほうが——」

と何か言いかけたのだが、

「ゆうまくん？」

そこへ怜美の声が応接室から飛んできたので、とっさに吉俣は生垣の陰に隠れた。

「はーい」

優真は反射的に返事をして、家のほうを見やった。すると彼女がこちらに気づいて、ちょうどベランダに出てくるところだった。

「そこにいたの」

「あっ、はい。ちょっと庭をぶらついてました」

怜美を家の中に入れなければ、おそらく吉俣は車を出せないだろう。そう考えた優真は、すぐにベランダまで戻ると、そのまま彼女と応接室へ入った。

「もしかしたら、森に行ったんじゃないかって、心配してたの」

「すみません」

「ううん、庭にいたのならいいの。家の中ばかりじゃ、息がつまるものね」

「じゃじゃ森に入らなければ、外に出るのは問題ありませんか」

最後に吉俣は何を言おうとしたのか、それが気になっていた。確認するためにもう一度、彼に話を聞きたい。それには上白庄の別荘地まで行く必要がある。

「そうねぇ」

怜美は困った顔をしながら、

「でも悪いけど、私が勝手に許可できないの。やっぱり知敬さんに訊《き》かないとね。それに外へ出ると言っても、奥白庄の他の別荘には、誰も人がいないみたいよ。かといって子どもの足では、とても上白庄まで歩いていけないし」

確かに彼女の言う通りだった。上白庄の別荘地から小室邸まで、叔父の車でも少し時間がかかった。あの距離を徒歩で移動するのは、かなり大変である。

「今夜にでも、知敬さんに訊いてみるね」

ところが、そう応《こた》える怜美の表情は、あまり冴《さ》えない。叔父が今、仕事のトラブルを抱えているからだろう。「優真の面倒は、お前がちゃんと見ろ」と言われるだけで終わると、おそらく彼女も予想しているのだ。

「お願いします」

ぺこりと頭を下げながらも、優真が少しも期待していないと感じたのか、

「もう少ししたら、夕食にするからね」

その罪滅ぼしのように、ことさら怜美は明るく告げると、応接室から出ていった。

お腹は空《す》いたけど……。

今夜も冷凍食品かと思うと、早くも母の手料理が恋しくなる。

あっ、吉俣さん！

優真が念のためにベランダへ出て、軽トラックが停まっていた辺りに目を凝らすと、生垣越しに辛うじて車体が見えた。まだ、そこにいるらしい。

話の続きを聞きたいという意味で、彼は右手をあげたのだが、とたんに車のエンジン音が響いた。怜美がいなくなった合図だと、どうやら吉俣は勘違いしたらしい。それから門の前を走り過ぎる軽トラが、すぐさま目に入った。怜美は食堂にいるはずなので、この走行音は聞こえていないはずである。

行っちゃった……。

あたかも無人島に取り残されたような気分を、このとき優真は味わった。

また、ここを通るかな。

その可能性が考えられるのは、岩壁荘ともう一軒の別荘の見回りのときだろう。しかし、毎日ではないはずだ。

一週間に一回は、いくら何でも多いか。二週間に一回？　もし一ヵ月に一度だったら、どうしよう……。

それなら正直に、すべて怜美に打ち明けて、吉俣に連絡して呼んでもらうべきか。

けど……。

　怜美は吉俣のことを、「なんだか気味の悪い」人だと言っていた。決して良い印象は持っていないようだった。そんな彼女に、さっきの話をしたら、「やっぱり可怪《おか》しな人」だということにならないか。「あんな人と話しちゃ駄目」と、むしろ反対されないだろうか。

　叔父さんに頼んだら……。

　二人の仲は悪くないように思える。とはいえ不安も実はある。吉俣に「小室邸は使わないほうがいい」と忠告されているのに、叔父が無視しているからだ。もしかすると「いらぬお世話や」と、苦々しく思っているのかもしれない。吉俣が叔父を評価するほど、叔父は吉俣を好いていない場合もある。

自転車があったら、上白庄まで往復できるのに。

義父が買ってくれた数少ないものの中で、優真が本当に心から喜べたのは、真《ま》っ新《さら》の自転車だった。自分の自転車が持てたことが、とにかくうれしくて仕方なかった。

両親とアパートで暮らしていたとき、友だちが「チャリンコ」または「チャリ」と呼ぶ自転車を、彼は持っていなかった。だから「どこそこに、何時に、チャリで集合」と誰かが言っても、優真だけは参加できずに悔しく淋《さび》しい思いをした。一度だけ走って、友だちの自転車についていったことがある。だが、みんなが優真に気を遣って、自転車をゆっくり走らせるので、その一回だけで止めてしまった。

自転車があればなぁ。

ベランダから上白庄の方向を見つめながら、何度もそう思っているうちに、少しだけ肌寒くなってきた。真夏の東京では、まず考えられない変化である。

応接室に戻ろうとして、優真の視界の隅に小室邸の西側の森が、ふっと入った。その刹那《せつな》、またしても信じられないものを、彼は目にした。

重なり合った樹木の陰から、こちらを覗《のぞ》く顔と思《おぼ》しき黒い影……。

はっと目を戻したが、それはもう消えていた。改めてその場所を確かめて、管理人の吉俣とないしょ話をした庭の隅に、そこが近いことに気づいた。

立ち聞きしてた？

でも、いったい誰が？

そもそも今の黒い顔は、昨日ここに来る途中の森の中で目撃した、あの影のような顔と同じなのだろうか。

じゃじゃ森に棲《す》む化物……。

まさかと思いながらも、完全には否定できない自分がいる。子どもの記憶を一部とはいえ消したり、その子を別人に変えたり、丸ごと隠してしまう森なのだ。魔物や化物がいても、まったく不思議ではない。

すでに薄暗くなりはじめている森を眺めながら、首筋に冷たい空気がまといつくような慄《おのの》きを、ひしひしと優真は感じた。

応接室で読書に戻っても、なかなか集中できない。目は字面を追っているのに、頭の中では吉俣から聞いた話がぐるぐると回っている。仕方なく本を読むのをあきらめたところで、怜美が夕食を告げにきた。

食堂での話題は、昨夜に続き叔父のことだった。二人とも互いに相手のほうが、叔父の仕事や私生活に通じていると思っていた。それが違うと、昨夜の会話で分かった。そのため今夜は、まずそこから話がはじまった。

「知敬さん、都合の悪いことは言わないから」

「仕事で成功した話はしますけど、失敗談はあまり聞いたことがないかも」

「そっちのほうが、絶対に多いのにね」

二人は共犯者めいた笑いを交わしたあと、

「けど、それで潰《つぶ》れてしまわないのが、彼の良いところなの」

「叔父さんなら、最後にはどうにかするだろうって、僕も思います」

世渡知敬に対する意見の一致を見た。

ただし、そんな叔父が今、どうやら悪戦苦闘しているらしい。それが優真は非常に気がかりだった。

「大変な事態になってるのは、私も理解できるの。でも、どうすれば良いのか、私なんかじゃ分からない、無理よ。知敬さんが、なんとか乗り切ることを信じるだけ」

そこで優真を改めて見つめながら、

「本当なら叔父さんと、いっしょに過ごすはずだったのにね。そうしたら少しくらいは、森の探険もできたでしょうに」

「えっ、ほんとに？」

びっくりする優真に、ものすごく慌てた様子で怜美が、

「知敬さんがいたら、の話よ。優真くんひとりじゃ、絶対に駄目だからね」

「はい。けど叔父さんは、そんなこと言ってたんですか」

「あなたに、森の中を見せてやりたいって。例の行方不明の子どもを見つけたときの話を、きっとそこで自慢したいのよ」

いかにも叔父らしい、と優真は苦笑いした。自分がいっしょにいれば、何ら危険はないと思っているのだろう。

けど吉俣さんなら、それでも入るなって言うだろう。

そこから優真は、じゃじゃ森について怜美に訊いてみたが、むしろ彼の知識のほうが多いと分かっただけだった。ただ、叔父が小室久志を発見した樹木の洞《うろ》について、なんとも妙なことを彼女は口にした。

「知敬さんが言うには、その中の空気がね、なんか違ってたらしいの」

「穴の中だから？」

「換気が悪いとか、空気が籠《こも》ってるとか、そういうんじゃなくて……。そこに何時間もいたら、変な影響を受けそうな気がするっていうか、そんな感じみたい」

優真が黙ってしまうと、

「気持ち悪いわよね」

怜美が気遣う素ぶりを見せたが、彼はあることを考えていた。

小室久志くんが別人みたいになったのは、変な影響を受けたせい……。

しかし、仮にそれが事実だとすれば、古泉正人はどうなるのか。彼は問題の洞に入らなかったのか。それとも洞の中で、別の影響を受けたのか。だから帰ってこられなかったのか。二人の運命は、そこで分かれたのか。だとしたら古泉正人は、いったいどこへ消えたのか。

優真が考え込んでいると、いきなり怜美が本の話をはじめた。彼が応接室で読んでいる本について、わざとらしく感想を訊いてきた。

「まだ途中ですけど、なかなか面白いです」

優真は答えながらも、もっと森の話をしたいと願った。自分の知らない森の姿が、まだありそうに感じられてならなかった。

けど今は、この家のほうが問題か……。

昨夜の体験を忘れたわけではないが、日中の探索を終えたあと、それほど気にならなくなっていた。叔父が指摘した「家鳴り」や、怜美の言う通り「気のせい」だったのかもしれない。明るい日の光の下にいると、やはり現実的な考え方をするらしい。

ところが、吉俣と話した結果、小室邸に対する新たな恐怖が、じわじわと芽生え出している。最初は何の実感もなかったのに、日が暮れはじめると、再びこの家に怯《おび》えている自分がいることに、彼は気づいた。

吉俣さんに昨日の夜の話をして、どうするべきか訊けば良かった。

ものすごく後悔したが、もう遅い。かといって怜美に打ち明けても、「家鳴りと気のせい」だと言われるだけだろう。仮にそこで彼女が信じても、きっと怖がるばかりで、まったく役立たないのではないか。

とにかく寝室に入ったら、もう朝まで出ない。

優真は強く決心した。そのため水分は、なるべくとらなかった。夕食時も、そのあと応接室に移動して、またしても叔父が選んだ子ども向けの洋画をＤＶＤで観ているときも、いくら怜美に勧められてもジュースは飲まなかった。風呂《ふろ》から出たとき、さすがに冷たい水を欲したが、なんとか我慢した。

「おやすみなさい」

寝酒を楽しむ怜美に挨拶《あいさつ》をして、優真は昨夜より早く寝室へ上がった。そしてベッドの中で読書の続きをした。

世渡家に引っ越して良かったと思える数少ない変化に、ベッドでの就寝があった。いちいち蒲団《ふとん》を敷く必要のない楽さもあったが、何よりも優真が喜んだのは、寝る前に読書ができることだった。ヘッドボードに枕を立てかけ、そこに頭部をあずけた格好で本を読む。なんと贅沢《ぜいたく》な行為だろうか。

昨日は疲れていたうえ、本もなかった。しかし今夜は違う。東京に来てからの習慣を、彼は復活させた。少しでも普段と同じことをして、ともすれば増殖しそうな恐怖心を、なんとか抑えようとした。

お陰で優真は、ごく自然に寝入ることができた。本が中途半端に開いたまま、枕元に転がっている状態からも、彼の眠りが自然だったと分かる。もっとも朝になって起床したとき、きっと彼は後悔するに違いない。寝落ちする前に、ちゃんと本を閉じておくのだった……と。

しかし、そうはならなかった。なぜなら、またしても真夜中に目覚めてしまったからである。

えっ……。

どうしてと疑問に思う前に、優真は強烈な喉《のど》の渇きを覚えた。過度の水分の節制が、どうやら完全に裏目に出てしまったらしい。

朝まで我慢しよう。

当然のようにそう決めたが、次第に耐えられなくなってきた。冷たいものが飲みたいという願いだけが、そのうち頭の中を占め出した。他にはまったく何も考えられない。

……駄目だ。

優真はベッドから起き上がると、そっと寝室を出た。彼がもう少し大きければ、恐怖心に勝てるもののひとつが生理的欲求である、という真理を学んだかもしれない。

とはいえ優真は、二階の薄暗いホールを横切る間も、暗がりの階段を下りているときも、昨夜ほど怖くないことを不思議に感じていた。慣れたのかと思ったが、たった一日でいくら何でもそれはないだろう。

では、どうしてか。

と考えようとしても、とにかく冷たいものを飲みたい、という願いが強過ぎて頭が働かない。仕方がないので、そのまま素直に東翼棟の調理室を目指した。

階段を下りて、一階の玄関ホールを右手に進む。二階よりもひんやりとして、さらに薄暗い。ホールの東側に辿《たど》り着き、目の前の扉を開ける。左右に廊下が延びているはずだが、真っ暗で何も見えない。手探りで壁のスイッチを押そうとして、左手奥の廊下の床の辺りに、ぼうっとした光の筋のようなものを認めた。

何だ、あれ……。

とっさに思い浮かんだのは、気味の悪い軟体動物めいたものが、ずるずると這《は》った跡である。だが、すぐに室内の明かりが漏れているのだと分かり、たちまち怖くなった。

……誰かいる？

左右に延びる廊下を右手に行くと、中央棟の東側に突出した付属棟の扉にすぐ当たる。それに対して左手は、かなり先まで続いている。廊下を左に向かって進むと、中途の右側に調理室の、その斜め向かいに食堂の扉が見え、その突き当たりは小食堂になる。ちなみに東翼棟に入る扉の右斜め前には、同棟の二階に通じる階段があった。

こういった間取りは昨日の午前中の探索で、すべて確認ずみだった。そのため室内の明かりが漏れているのは、調理室だと見当がつく。

怜美さん？

と思ったのも束の間、昨夜の体験がまざまざと脳裏に蘇《よみがえ》り、さらに怖くなった。

あれが調理室にいる。

反射的に逃げかけたが、その正体を確かめるチャンスかもしれない、という考えがちらっと脳裏をかすめた。

……冗談じゃない。

思わず自分で、己に突っ込みを入れる。そんな恐ろしいことを、こんな真夜中に、たったひとりでやれるわけがない。

にもかかわらず優真が、すぐに踵《きびす》を返さなかったのは、怖いもの見たさの心理だったのか。

ぼふっ。

そのとき調理室内から、微かな物音が聞こえた。馴染《なじ》みがあるようなのに、それでいて何の音かは分からない。

扉に耳を当てれば……。

室内の様子が、もっと手に取るようにつかめるだろうか。再びそんな考えが頭に浮かび、その場を動けなくなった。

とはいえ真っ暗な廊下を進んで、調理室の前まで行くことを考えると、もう駄目だった。とてもではないが無理である。かといって廊下の電気を点《つ》けると、あれに気づかれるかもしれない。調理室の明かりが消されたとたん、今度は扉をはさんで逆の現象が起きるからだ。

やっぱり逃げよう。

優真は東翼棟の扉をそっと閉めると、足音を殺しつつ玄関ホールを半ばまで戻りかけたところで、

……待てよ。

右手の扉が目に入り、ひとつのアイデアが閃《ひらめ》いた。

もしも食堂から覗けば……。

東翼棟の廊下をはさんで、調理室と食堂は向かい合っている。両者の扉は斜めに位置しており、しかも東翼棟の扉に近いほうに、好都合にも調理室の扉がある。あれが調理室から出たあと、昨夜と同じく三階へ上がるとしたら、廊下の奥へは進まずに、きっと東翼棟の扉のほうに行くだろう。だとしたら調理室から出る瞬間、その姿を食堂の扉の陰から覗けるかもしれない。

このアイデアに優真は魅せられた。依然として恐怖心はあったが、ほぼ安全にあれの正体を目にできる、またとない機会が目の前にある。これを逃す手はない。

……やるか。

実は読書中の本の主人公が、今まさに自分の過酷な運命に、たったひとりで立ち向かっているところだった。つまり本人は気づいていないが、その少なからぬ影響を今、彼は受けていたのである。

優真は玄関ホールから食堂に入ると、明かりを点けた。それから東側の壁まで行き、そっと扉を少しだけ開けて、東翼棟の廊下を覗いた。

すると予想していたように、調理室の扉の下から漏れる光が目に入る前に、当の食堂から廊下に射し込む細長い明かりが見えて、大いに焦った。

もしも今、あれが調理室から出てきたら、食堂から覗いていることが、あっさりばれてしまう。

彼は慌てて食堂の電気を消した。その瞬間、真っ暗になった。裏庭に面した窓からは、微かに月明かりが射し込んでいる。しかし、いったん人工の光に曝《さら》された目には、食堂内は真の闇に映った。

……怖い、怖い、怖い。

圧倒的な戦慄《せんりつ》に包まれ、優真は固まった。逃げ出したいのに、少しも足が動かない。仕方なく片手を伸ばして、とりあえず食堂内の電気を点けようとした。

がちゃ。

そのとき調理室の扉が、急に開いた。その物音が、目の前のわずかな隙間から、はっきりと聞こえてきた。

あれが出てくる。

そう思うや否や、彼は扉の隙間から覗いていた。

調理室内の明かりが消えるのと、それが廊下に出てくるのとが、ほぼ同時だった。そのため彼に見えたのは、影だけである。

それは間違いなく、ひとつの人影だった。

ただし、優真が予想だにしていなかったことに、なんと子どもの影だった。

……ひた、ひた、ひた、ひた。

真っ暗な廊下を、それが歩き出した。まったく何も見えないが、優真の読み通りに、玄関ホールに通じる東翼棟の扉に向かっているのは間違いない。

あのホールなら、薄明かりがあるから……。

今よりもはっきりと、人影を見極められるのではないか。そう考えた彼は、そっと扉を閉めようとした。

きぃ。

そこで急に、扉が軋《きし》んだ。ほんの微かな物音だったが、静まり返った東翼棟の廊下には、大き過ぎるほどの響きだった。

ほとんど同時に、人影の足音が途絶えた。

廊下には闇しかなく、まったく何も見えない。それでも影の動きが止まったのは、はっきりと分かった。

ふっ。

暗闇の中で空気が揺らいだのは、それがふり向いたからだろうか。影は今、わずかに開いた食堂の扉を、じっと見つめているのではないか。

……ううん、そんなことない。

優真は必死に否定した。廊下も食堂内も、どちらも真っ暗である。こんな状態では、何も目に映るはずがない。このまま動かずに、それが立ち去るのを待つ。そうすれば、きっと助かる。

ところが、まったく何も見えない闇の中で、それが両の眼をいっぱいに見開きながら、こちらを凝視している姿が、どうしても脳裏に浮かぶ。

じぃぃぃっと優真を見ている。ひたすら見つめている。少しも瞬《まばた》きすることなく、いつまでも見続けている。

やがて影は静かに、ゆっくりと忍び足で、こちらへ向かってくるに違いないと、優真はものすごく怯えた。その前に扉を閉めて、さっさと逃げるべきだと思うのだが、またしても両足がぴくりとも動かない。

どれほどの時が過ぎただろうか。

実際は数秒ほどだったが、優真には数十分にも感じられた。

……ひた、ひた、ひた。

再び影が歩き出す気配がして、もう少しで彼は声を上げるところだった。

だが幸いにも足音は、遠ざかっていた。それから扉が開く物音がして、それが完全に廊下から立ち去ったのが、はっきりと感じ取れた。

はぁっ。

思わず優真は心の中で、大きくため息をついた。その場に座り込みたかったが、なんとか耐える。そして細心の注意を払って、そっと扉を閉めた。もう聞かれる心配はなかったが、物音を立てずに閉め切った。

明かりを点けようとして、なんとか思い留《とど》まる。玄関ホールを通っているそれが、食堂の扉の下から漏れた光を見つけるかもしれない。そんな危険は冒せない。

椅子に座りたかったが、どうしても動くことができない。あまりの恐怖に、かちこちに身体が強張《こわば》っている。それに暗がりの中を移動するのは厭《いや》だった。ここまで我慢して耐えたが、もう限界かもしれない。

とはいえ食堂の電気を点けるのには、まだためらいがあった。あの影は、とっくに三階へ上がってしまったはずである。だから一向に構わないと頭では分かっているのに、どうしても壁のスイッチが押せない。

明かりを点《とも》せず、椅子にも座れず、ただ暗闇の中で立ち竦《すく》むだけの自分に、優真は泣きそうになった。

……喉が渇いた。

久しく忘れていた渇望が、ここで急に蘇った。

……からからで、唾《つば》も出ない。

いったん意識すると、もう駄目だった。なんとしても冷たい飲み物を口にしたい。それしか考えられなくなった。

つい先ほど閉じた目の前の扉を、そっと開ける。東翼棟の廊下が現れるが、もちろん暗過ぎて何も見えない。あっという間に恐怖心がぶり返す。

廊下の明かりのスイッチは……。

こちら側にあったかどうか、彼は知らない。となると食堂の電気を点けるしかないが、やっぱりためらいがある。

優真は勇気をふり絞って両目をつぶると、思い切って廊下を斜めに横切った。そして調理室の扉のノブを、手探りで必死に捜した。

……ない？

パニックに陥り、あと少しで叫び声を上げそうになったところで、左手がノブをとらえた。急いで両手で扉を開けると、すぐに調理室の壁を手探りし、スイッチを見つけて押した。

ぱっと明かりが点った瞬間、どれほどうれしかったことか。少し前とは別の意味で、優真は泣きそうになってしまった。

冷蔵庫から炭酸飲料の缶を取り出すと、一気に半分ほど飲み干す。喉が焼けるように痛かったが、それが同時に心地好くもある。

ようやく渇きが満たされたところで、次は座りたくなったが、室内を見回しても椅子がない。仕方がないので、目についた脚立に腰を下ろす。座り心地は悪かったが、今の彼にとっては、それで充分だった。

あの子どもの影は、いったい……。

少し落ち着き出すと、どうしても人影について考えてしまう。できれば朝まで思い出したくないのに。

僕と同じくらいの、身長だったような……。

そこで真っ先に浮かんだ名前がある。あり得ないと分かっていながらも、それ以外の名前はむしろ思いつけなかった。

……古泉正人。

しかし彼は、じゃじゃ森で行方不明になったはずである。この家に滞在していた小室久志ならまだしも——だけど久志は無事に戻ってきている——上白庄の別荘にいた正人と小室邸は、まったく何の関係もない。

それに今の彼は、もう成人していないと可怪しい。だが、あの人影は、どう見ても優真と同じくらいだった。

そこまで考えたところで、とても厭な想像が、彼の脳裏に浮かんだ。

古泉正人の幽霊……。

だから死んだときの姿のまま、あれは出たのではないか。この小室邸の中に現れたのは、じゃじゃ森に一番近い家は、ここしかないからではないだろうか。

ぞおぉぉっとした震えが、優真を襲った。ここまで「幽霊」という存在をまったく思い描かなかったわけではないが、改めてその可能性に目を向けると、やっぱり恐ろしい。

もう考えるのは止めよう。

このままでは恐怖心が増すばかりで、二階の寝室に戻ることもできなくなってしまう。それを彼は何よりも懼《おそ》れた。

炭酸飲料の残りを飲み干すと、調理室の扉の前まで戻る。そこで明かりを消さないまま、扉を開けた。あとは食堂に入って電気を点けてから、調理室に戻って明かりを消すつもりだった。これなら暗い廊下を横切るだけですむ。

優真は調理室から漏れる光を頼りに、食堂の扉まで行こうとして、はっと立ち止まった。

扉が少しだけ、開いてる……。

さっき廊下に出たとき、完全に閉めなかったのか。と思いかけて、すぐに否定した。東翼棟の廊下をはさんだ食堂と調理室の扉は、いったん開けても放っておけば、そのまま自然に閉まるようになっている。両室の間で料理を運んだり、食器を下げたりするため、そういう作りになっているのだろう。

だったら、なぜ……。

首をかしげかけたところで、何が起きているのか、瞬時に悟った優真の項《うなじ》が、ぞわぞわっと粟立《あわだ》った。

あれが食堂の扉の隙間から、こちらを覗いていた。

十二　別人

優真は調理室に戻ると、急いで扉を閉めた。鍵《かぎ》をかけたいが、ここの扉にはない。内開きのため、バリケードになりそうなものを必死に捜す。しかし、いくら室内を見回しても、まったく何も見つからない。

仕方がないのでノブを握ったまま、扉を押さえつけた。あまりにも恐ろし過ぎて、とても扉の前から離れることができない。

今にもあれが食堂から出てきて、調理室の扉を開けようとする。

その懼《おそ》れがある以上、ここを一歩も動けない。扉のノブから手を離すなど、まったく考えられなかった。

とはいえ緊張の連続で、さすがに疲れが溜《た》まっていたのだろう。いつしか扉を背に座り込むと、とうとう彼は寝入ってしまった。

そして数時間が経って……。

ぼんやりとした目覚めを迎えたとき、まず身体の痛さに、優真は顔をしかめた。それから今の自分が置かれた状況をふいに思い出して、慌てて起き上がった。

……扉は、開かれてない。

その前で寝ていたのだから、当然である。壁の時計を見ると、六時を過ぎている。とっくに夜が明けているらしい。

ほっとしたが、それでも扉を開けて廊下を覗《のぞ》くのに、かなりの勇気がいった。

……誰もいない。

恐る恐る廊下に出ると、閉まったままの食堂の扉が目に入る。ここでも勇気をふり絞り、なんとか扉を開けたところ、眩《まばゆ》い朝日に照らされた、無人の食堂が現れた。

……助かったんだ。

ようやく心から安堵《あんど》できたものの、もう優真はふらふらだった。まだ怜美が起きてくる時間ではないだろうが、彼女に見つかる前に、寝室へ戻りたかった。

食堂を通り抜け、玄関ホールを横切り、そして階段を上がるだけで、このときの彼には、ものすごく長い道程に感じられた。何度も途中で、その場に座り込みたい誘惑にかられる。でも必死に我慢して、なんとか二階の寝室まで辿《たど》り着いた。

あとはベッドに横になったとたん、優真は深い眠りに落ちていった。

怜美に起こされたのは、九時だった。それでも眠くて仕方ないため、もう少しだけ寝ることにした。

だが、次に目覚めると正午を過ぎていたので、びっくりした。今は夏休みであり、滞在しているのは叔父《おじ》の別荘である。そのうえ予定などまったくないのだから、何の問題もないと思うものの、なんとなく後ろめたい気分になる。いっしょにいるのが、まだそれほど親しくない怜美だからだろうか。

　やや頭がぼうっとした状態で、ゆっくりベッドから起き上がる。寝室を出ようとしたところで、カーテンを開けていないことに気づく。叔父なら放っておくだろうが、優真にはできない。

　窓際まで戻って、ゆるゆるとカーテンを開く。すると日差しの眩《まぶ》しさに、一瞬くらっとした。

　半分ほど窓を開けると、ひんやりとした風を身体に感じて、完全に目が覚めた。

　小室邸は今日も、煌《きら》めく陽光と澄んだ空気に包まれている。だが、その背後には薄暗くて気味の悪い森が、どこまでも広がっていた。

　じゃじゃ森。

　地元民が名づけた響きの邪悪さに、改めて優真がぞっとしていると、当の森の中から妙な物音がした。

　何だろ？

　野鳥の類《たぐい》だろうと推測しながらも、ちょっと気になったので目を凝らしていると、なんと森から人影が現れた。

　えっ？

　急いでレースのカーテンの陰に隠れ、その隙間から覗く。すると人影が木戸を潜《くぐ》り、そのまま小室邸の裏庭に入ってくるではないか。

誰？

と不審に思ったのも束の間、その人物の正体が分かり優真は驚いた。

叔父さん！

どうやら彼が寝ている間に、小室邸に帰っていたらしい。出迎えることができなかった自分を、優真は恥じた。昼まで寝ている彼に、叔父も呆《あき》れているのではないか。

けど、どうして森に……。

その疑問の答えは、すぐに察しがついた。怜美の言葉を思い出したからだ。

あなたに、森の中を見せてやりたいって。

おそらく叔父は、その下見をしていたのだろう。古泉正人の捜索以来、もしも森に入っていないのなら、すっかり不案内になっているに違いない。そんな姿を、きっと優真には見せられないと思ったのだ。

叔父が家のほうを見やったので、優真はレースのカーテンから顔を出した。そして手をふろうとして、そのまま固まった。

ぎょっとした表情で、叔父がこちらを見上げている。

まるで白昼に、幽霊でも見たかのように……。

だが、それも一瞬だった。すぐさま優真を認めたらしく、向こうから手をふってきた。

慌てて彼も応《こた》えたが、頭の中はものすごく混乱していた。

どうして叔父さんは、あんな顔をしたのか。

僕を見たから……じゃないよな。

まだ優真が寝ていることは、きっと怜美から聞いていたはずだ。だから二階の寝室に彼の姿を目にしても、何ら驚く必要はないことになる。

だったら、なぜ……。

そこまで考えを進めて、はっとした。ひとつの恐ろしい可能性が、ふっと頭に思い浮かんだ。

叔父さんは僕を、あの人影の子どもと勘違いした……。

もしかすると叔父は、この家にあれが出ることを知っているのではないか。

いや、でも……。優真がいると分かっている寝室の窓を見ているのに、そんな間違いを犯すだろうか。仮に顔がはっきりせずに、子どもの人影にしか映らなかったとしても、普通はそれを優真だと思うのではないか。

そこで彼はさらに、恐ろしい可能性に思い当たった。

叔父さんが見上げていたのは、この部屋ではなくて、三階の屋根裏だったのではないか……。

その三階の窓から、あれが外を覗いていたのだとしたら……。

ぎょっとした表情になったのも無理はない。直前に二階の寝室の窓辺に、もしも優真を少しでも認めていたら、よけいである。

結局、叔父はあれの存在を知っているのか、そうでないのか。ここまでの推理では、どちらとも決められない。

それを確かめるためにも、優真は一階へ下りた。

「あら、起きたの。ちょうど今、昼食ができたところよ」

玄関ホールを歩きはじめてすぐ、食堂から怜美が現れた。

「すみません、寝坊してしまいました。叔父さん、帰ってるんですね」

「そうなの」

彼女は喜びの声を上げながらも、同時に浮かない顔をした。

「けどね、明日の朝早くに、また出かけるみたい。お仕事がね、どうも上手《うま》くいってないようなの」

「大変ですね」

そんなときに、じゃじゃ森の案内をしてもらうのか。この家に何か出るのではないかと尋ねるのか。優真は大いに悩んだ。

そういう彼の考えなど、怜美に分かるはずもなかったが、

「だからって、優真くんが遠慮する必要ないのよ」

いきなり彼女に言われ、どきっとした。

「知敬さんが疲れてるのは間違いないけど、あなたの相手をすることで、きっと元気を

もらうと思うの。だから彼には、せいぜい甘えてあげて。ねっ」

「……はい」

すぐさま納得できたわけではないが、とりあえず返事をしておく。実際は叔父の様子を見て、そのうえでタイミングを計り、話題にしても大丈夫と判断してからでないと、とても話せないなと優真は思っていた。

「よう。ゆっくりのお目覚めで、ええ身分やなぁ」

食堂に入ると、すでに昼食をとっている叔父に、明るく声をかけられた。

「ベッドの中で遅くまで、叔父さんに買ってもらった本を、夢中で読んでたから」

玄関ホールから食堂に移動するまでの間で、とっさに考えた言い訳を口にした。しかし、それが棒読みのようになってしまった。なぜなら叔父の顔に浮かんだ疲労の色が、ものすごく濃いことに気づいたせいだ。

「大丈夫？」

そのため反射的に訊《き》いた口調には、かなりの実感が籠《こも》っていた。

「ああ、運転疲れもあるからな」

確かに東京から白庄まで、車で移動するだけでも疲れるかもしれない。

「朝は抜いたんやろ。まぁ座って食べろ」

勧められるままに優真は食卓につくと、叔父や怜美といっしょに、昼食をとりはじめた。もうお腹はぺこぺこである。

「今日は休めるんだ？」

「俺が向こうにおっても、しゃあないからな」

決して自嘲《じちょう》的に言っているわけではなく、どうやら本心らしい。

「仮に仕事の責任者やったとしても、その場におらんとあかん場合もあれば、おっても何の役にも立たんときもある。そういう状況を見極めるんも、仕事をするうえで大切なことなんや。分かるか」

「休めるときには、ちゃんと休めってこと？」

「ほら、こいつすごいやろ」

叔父がうれしそうに笑いながら、怜美に顔を向けている。

「まだ小学六年やのに、ちゃんと分かっとる」

「私のときとは、えらい違いよ」

「俺もそうや。優真くらいのときは、ただの阿呆《あほう》なガキやったからなぁ」

それから二人は、いかに子ども時代に阿呆なことをしたかを、まるで自慢するように話し出した。そのエピソードがどれも面白く、優真は何度も笑った。

昼食後、叔父は思い出したように、

「そうや。兄貴に一度、電話しといたほうがええやろ」

優真を見ながら言ったので、逆に彼は尋ね返した。

「どうして？」

「無事でやってますって、そら報告するためやないか」

当然だろうという顔を叔父はしたが、すぐに察したように、

「別にママでも、もちろん構わんけど」

叔父は携帯電話を耳に当てながら、母を呼ぶようにと頼んでいる。世渡家の固定電話にかけたところ、きっと手伝いの女性が出たのだろう。

母が電話口まで来るのを待つ間、

「ママに元気でやってますって言うて、とりあえず安心させといたらええ」

叔父は小声で、そんなアドバイスをした。

「あっ、義姉《ねえ》さんですか。今、優真に代わります」

叔父に携帯を渡され、とっさに優真が口籠っていると、

「もしもし、優真？　大丈夫やの？」

心配そうな母の声が聞こえてきた。

「うん。元気でやってる」

「ふらふらとひとりで、勝手に出歩いたりしてへんやろね」

一瞬、どきっとした。じゃじゃ森のことを、母が知っているのかと焦った。だが、すぐに違うようだと分かった。

「叔父さんがおらんときは、家で遊ぶようにしなさいよ」

単に母親らしい注意を、優真に与えているだけらしい。

「うん。何冊も本を買ってもらったから、それを読んでる」

「テレビは？」

「観てない」

DVDは鑑賞しているが、テレビ番組を観ているわけではないので、別に嘘ではないだろう。

「ちゃんと食べてるの？」

「うん。家にいるときと同じ」

本当は冷凍食品ばかりだが、それを言うわけにはいかない。母が心配してしまう。それに側には怜美がいる。

「それから――」

このまま話していると、母の質問攻めが続きそうだったので、優真は眼差《まなざ》しで叔父に助けを求めた。

「代わりました、知敬です。義姉さん、優真くんは大丈夫ですよ」

叔父は目配せをすると、携帯電話で母と話しつつ、そのまま食堂から裏庭へと出ていった。

「お母さん、心配してた？」

怜美に尋ねられ、優真は恥ずかしげにうなずいた。

「うるさいって思うかもしれないけど、母親ってそういうものなの」

このとき彼女は、今は離れて暮らしている息子の誠一のことを、もしかすると想っていたのかもしれない。だが、さすがに訊けない。

裏庭から戻ってきた叔父は、なんとなく浮かない顔をしていた。その後は応接室へ移って、昼食時の叔父と怜美の会話が再開されたが、いまひとつ盛り上がらない。

母さんとの電話のせいかな。

叔父の神経が図太いことは知っているが、今は仕事上のトラブルを抱えているため、優真は少し心配になった。

もしかすると母さんに、何か言われたとか。

それとなく探ってみようかと思っていると、叔父がビールを飲み出した。すると子どものころの思い出のはずが、いつしか法螺《ほら》話のような内容になりはじめた。そうなると怜美も、聞き手に回るしかない。

あとは叔父の独壇場だった。優真と怜美は何回も突っ込みを入れながら、とにかく爆笑し続けた。

そのうち叔父がソファで寝入ってしまうと、怜美は昼食の片づけに戻ったので、優真は本を開いた。叔父が目を覚ますまで、読書をするつもりだった。叔父が起きるのを待って、その場に怜美がいなければ、母との会話内容と、あれと森のことを尋ねる。そのときの叔父の様子によっては、後者に質問を絞るかもしれない。今の優真には、母に何を言われたかよりも、あれと森のほうが重要だったからだ。

ところが優真は、すっかり読書に熱中してしまった。はっと気づけば、すでに夕方でひどく驚いた。もう少しで夕食になるだろう。そして食後も三人で、応接室で過ごすとしたら。叔父と二人になれる機会は、今を逃すともうないかもしれない。

とっさにソファの叔父に目をやって、彼はぎくっとした。そこに信じられないものを見て、危うくパニックになりかけた。

叔父は依然として、ソファに寝た状態だった。ただし、その両の眼は開いていた。しかも、これまで優真が見たこともない、なんとも冷たく気色の悪い眼差しで、じぃーっと彼を見つめている。

な、何……。

と優真が訊くよりも早く、すっと叔父の両の目蓋《まぶた》が閉じた。

い、今のは……何？

まったく理解できないことが、ものすごく怖かった。あんな眼差しを向けられた覚えは、これまでに一度としてない。本当にはじめての経験だった。

ちらっと優真を見つめた、その叔父の両の瞳《ひとみ》は、まるで別人のもののように映った。決して本人ではないが、見た目はそっくりな、まったく別の存在が、目の前のソファに横たわっている。

そんな気がして、たちまち優真は震え上がった。

十三　変化

……いや、あり得ないか。

それでも少し時間が経つと、叔父《おじ》を別人と感じたことが、さすがに滑稽《こっけい》に思えてきた。

あの冷たい眼差《まなざ》しは、もしかして母さんとの電話のせい？

何か母から機嫌を損ねるようなことを言われたのか。そう考えて悩んだものの、どうも違う気がする。確かに母は、決して叔父に良い印象は持っていない。とはいえ優真が世話になっているのに、ずけずけと文句を口にするような人ではない。仮にそうしたい場合でも、きっと遠回しに伝えるはずである。叔父がショックを受けるほど、きつい物言いなどしないだろう。第一あの叔父が、母に何か言われたくらいで、深刻なダメージを受けるとも思えない。

だったら僕の面倒を見るのが、やっぱり嫌になったとか。

しかし叔父は、学校帰りの優真を車に乗せて、マンションに連れていってくれたことが何度もある。うち二回は、そのまま泊まった。こういうところが母に嫌われる点だが、もちろん優真は喜んでいる。そんな甥《おい》っ子想いの叔父が、別荘に三日滞在しただけで、優真を疎ましがるだろうか。そもそも彼の面倒を見ているのは、叔父ではなく怜美である。むしろ叔父は、優真を小室邸に連れてきた以外は、ほとんど何もしていない。

どういうこと？

頭の中がぐちゃぐちゃで、胸がずきずきと痛んだ。このまま応接室にいてはいけないと感じるものの、ソファから立ち上がることができない。

再び叔父が目を覚まして、あの眼差しで見つめられるかもしれない……と想像するだけで、ものすごく気分が悪くなった。そこには得体の知れぬものに対する恐怖心だけでなく、思わず怖気《おぞけ》立つ生理的な嫌悪感もふくまれていた。

優真が絶望のあまり呆然《ぼうぜん》としていると、

「そろそろ夕食の支度ができるわよ」

怜美が応接室に入ってきた。

「おぉ、もうそんな時間か」

叔父がゆっくりと、ソファから起き上がり、大きく伸びをした。

「ちょっとぉ。今までずっと寝てたの？」

それを見た怜美が、呆《あき》れたような声を出した。

「ほんまに熟睡やったなぁ」

叔父が笑いながら、こちらを向きかけたので、

「手伝います」

優真は気づかないふりをして、すかさず怜美に顔を向けた。

「よし、俺もやるか」

「知敬さんは、あんまり役に立たないでしょ」

「なんやとぉ」

怜美とやり合う叔父の様子は、ごく普段通りだった。可怪《おか》しいところは何ひとつない。優真を意識しているようにも、まったく見えない。

さっきのは……。

自分の見間違いだったのか、と急に自信がなくなった。本に熱中するあまり、白昼夢でも体験したのだろうか。

いいや、そんなことない。

眠っていたのが優真なら、寝ぼけていたとも考えられるが、彼は起きていた。寝入っていたはずなのに、両目を開いていたのは叔父なのだ。

叔父さんは、僕と目が合ったことを、絶対に覚えてる……。

あれをなかったことにしようとしているのか。後ろめたいからか。そもそも叔父は、なぜあんな眼差しを優真に向けたのか。

三人で食堂に移動しながらも、優真は相変わらず混乱していた。そのため怜美の手伝いをするつもりが、むしろ邪魔をしただけだった。それを叔父に冷やかされて、顔が強《こわ》張《ば》りそうになったが、かなり無理をして自然な笑顔を返した。

あの眼差しを覚えてることを、叔父さんに知られないほうがいい。

理屈ではなく本能が告げていた。叔父を油断させておいて、どこか変なところがないかを探る。優真にできるのは、それくらいしかない。

夕食の間も、叔父の面白可笑《おか》しい話は続いた。怜美は心から笑っているようだったが、優真は違った。普段なら腹が痛くなるところだが、今はどちらかというと頭が痛い。

昼食のときと同じほど、すごく笑える話なのに……。

こうも自分の反応が異なることに、優真は戸惑った。人間の感情が主観によって大きく左右される事実を、このとき彼は学んだのかもしれない。

昼寝のお陰で、叔父さんは元気になった。

いつもなら、そう思っただろう。元気な叔父の姿を目にして、心から良かったと安心したに違いない。

けど、この叔父さんは違う気がする。

何がどう異なるのか、それは分からない。ただ、どうも無理をしている気がする。必死に取り繕っている感じがする。もちろん、そんな風には少しも映っていない。その証拠に怜美は、先ほどから自然な笑いを見せている。何の疑いも持っていないからだろう。

でも、この叔父さんは違う気がする。

優真が覚えた違和感は、夕食がすんで場が応接室に移っても、少しも払拭《ふっしょく》されることはなかった。むしろ次第に増していった。

「もう寝ます」

まだ早かったが、優真は妙に疲れていた。

「おいおい、昼まで寝てたんやろ」

叔父が半ば笑いながらも、呆れたような顔をしたが、

「うん、そうしたほうがいいわ。ちょっと優真くん、疲れた顔をしてるから」

怜美が案じた声を出すと、すぐに納得したらしい。

「環境が劇的に変わったからなぁ。それに遊び疲れもあるんやろう。まぁ夏休みなんやから、好きなだけ寝たらええ」

そう言った叔父は、本当にいつもの彼のように見えた。

……元に戻った？

優真は希望を持ったが、確信できるほどではない。たった今まで「黒」だったのが、「灰色」に近くなった感じである。

「おやすみなさい」

「はい、おやすみなさい」

「寝る前にトイレ行って、歯も磨けよ」

就寝の挨拶《あいさつ》をして、優真は応接室を出た。叔父に言われた通り、まずトイレをすませてから、洗面所で歯を磨く。そこで少し迷ったが、東翼棟の調理室まで行って、冷蔵庫の中を覗《のぞ》いた。一リットルのペットボトルしかないように見えたが、隅に一本だけ五百

ミリリットルの水があるのを見つけ、それを取り出す。夜中に喉《のど》が渇いたときの用心である。もしもトイレに行きたくなっても、最悪このペットボトルで用が足せるかもしれない。

こういうのを、一石二鳥って言うのかな。

母が知ったら怒られるだろうと思いながらも、優真は自分のアイデアが気に入った。ちょっと得意でさえあった。

ペットボトルを手に、二階の寝室に向かいながら、ふと彼は考えた。

どうして急に、こんなに疲れたんだろ。

ふり返ってみると、夕食がすんで応接室に移動してからではないか。でも、すでに食堂からはじまっていたようにも思える。そう感じたところで、あっと気づいた。

ずっと無理に笑ってたからだ。

まだ食事中は、なんとか誤魔化せた。口に料理が入っているので、上手《うま》く笑えないふりができたからだ。しかし応接室に移ると、その手は使えなくなった。叔父の話に合わせて、怜美が爆笑するタイミングを計って、彼も笑わなければならない。そんなことを続けていたのだから、疲労を覚えて当然である。

寝室に入ってパジャマに着替え、ベッドに横たわったとたん、優真は寝入っていた。それほど精神的に疲弊していたのである。

もっとも熟睡できたのは、三時間ほどだった。隣の扉が閉まる物音で、ぼんやりと目覚めてしまった。しかし、それだけだったら、再び眠りに落ちていただろう。いったん閉まった扉がまた開き、誰かが一階に下りたあと、すぐに上ってきて扉の開閉音がしたため、すっかり起きてしまった。

怜美さんかな。

一連の気配は二人ではなく、ひとりのように感じられた。かといって叔父だけが先に、ひとりで寝るだろうか。明日は朝から出かけるらしいが、そんな叔父を放っておいて、彼女だけ応接室に残るのは不自然だろう。いっしょに寝室へ上がるのではないか。まさか怜美ひとりで、寝酒をしているとも思えない。

寝室にいるのが怜美さんだとしたら、叔父さんは何をしてるのか。

仕事か。とはいえ寝る前になって、慌ててするだろうか。それまでに時間は、いくらでもあったはずなのに。

いったん気になると、もう我慢できなくなった。あの眼差しがなければ、もちろん優真もここまで考え込まなかった。だけど今は、少しでも叔父に可怪しい言動があれば、それを見逃せない気持ちになっている。

とはいうものの、なかなかベッドから出られない。一日目はトイレで、二日目は喉の渇きという生理的な欲求だったが、今夜は違う。何が何でも寝室を出て、一階に下りなければならないわけではない。

けど……。

それが優真には、ものすごく大事なことのように思えた。ここで確かめておかなければ、いずれひどく後悔するような気がして仕方ない。

「ふうっ」

優真は大きく深呼吸してから、そっとベッドを出た。

そこから忍び足で扉の前まで行き、静かにノブを回す。慎重に扉を開けて、そして閉める。隣の寝室の前を、やはり忍び足で通る。階段は軋《きし》む箇所を避けて、ゆっくりと下りる。お陰で一階に着いたときには、嫌な汗をかいていた。

玄関ホールから延びる廊下を辿《たど》り、応接室の前に立つ。そこまでは順調だったのに、扉を前にしたとたん、思わず優真は戸惑った。

このまま開けたら、気づかれるんじゃないか。

しかし、扉越しでは叔父が何をしているのか、さっぱり分からない。どうしようかと悩んでいると、室内から話し声が聞こえてきて、ぎくっとした。

誰かと喋《しゃべ》ってる……。

だが客など、ひとりもいない。それとも優真が寝室に上がったあと、訪問者があったのか。だから叔父ひとりが、応接室に残ったのか。

……なんか可怪しい。

扉に耳を当てて、室内の様子を探っていた優真は、そこで妙なことに気づいた。

ひとりしかいない？

会話をしている感じではない。誰かひとりが、ぼそぼそと同じ調子で話している。その人物の声しか、室内からは聞こえてこない。

しかも、それは叔父ではなさそうだった。なぜなら標準語を話していたからだ。

いったい誰が……。

叔父さんは、どこへ行ったの？

まったく訳が分からずに、優真はひどく混乱した。だが、さらに彼を追いつめる事実が、扉越しに室内の様子を窺《うかが》っているうちに、はっきりとし出した。

……えっ？

まさか……お、叔父さん？

正体不明の人物の声だと思っていたのが、じっと耳をかたむけてよくよく聞くと、叔父のものらしいと気づいたのである。

でも……。

どうして叔父が標準語を話しているのか。しかも、あたかも芝居の台詞《せりふ》を棒読みするような、なんとも不自然な口調なのだ。しばらく聞き耳を立てていると、うじゃうじゃと無数の小さな虫によって、耳の穴が侵された気分になってくる。

まるで人間の言葉の練習をしてるみたい。

声は叔父さんなのに、本人じゃないような……。

と感じたところで、あっと優真は声を上げそうになった。

……別人？

昼間、優真が二階の窓から裏庭を眺めたとき、叔父は森から現れた。それまで彼は、じゃじゃ森の中に入っていたのだ。

行方不明のあと、小室久志は無事に戻ってきた。その間の記憶はなかったが、心身ともに異常は見られなかった。ただし祖父の小室富久弥は、上白庄の別荘の管理人である吉俣に、こう言ったという。

森で世渡くんが見つけたのは、久志じゃない気がする……。

同じ疑いを、久志の母親も抱いていたらしい。だが結局、どうにもならなかった。戻ってきた彼を本人として、祖父も母親も受け入れるしかなかった。

この話を聞いたとき優真は、ヨーロッパの昔話に出てくる取り替え子を連想した。国や時代は異なれども、子どもが見舞われる怪異に、あまり違いはないのだと震え上がった。しかし実は、それが大人にも起きる現象だとしたらどうか。

じゃじゃ森に入った叔父さんは、出てきたら別人になってた……。

応接室のソファで寝ているふりをして、密《ひそ》かに優真を見やったのも、そんな自分の正体がばれていないかを、そっと探っていたからではないのか。

……ほんとに？

ものすごく納得する一方で、それを認めたくない自分がいることに、優真は気づいた。

だが、応接室内の無気味なひとり言を耳にすればするほど、あれが叔父とは似て非なるものだ、という解釈が正しく思えてくる。

それが決定的になったのは、叔父の言葉の中に、義父や母や優真自身の名前が、はっきりと出てくるのを聞いたときだった。

僕たちに呼びかける練習を、あれはしてる……。

そうとしか考えられない。他にどんな訳があるというのか。仮に別の理由が存在するなら、それは優真の想像を絶するほど、きっと恐ろしいものに違いない。

……逃げなきゃ。

この場からか。この家からか。実は優真にも分からなかった。ただ、ここでじっとしているのは命取りになり兼ねないと、本能が必死に告げている。

応接室の扉の前から、そっと忍び足で離れた。とりあえず今は、寝室に戻るしかない。

そう考えて階段まで行き、一段目に足をかけようとしたところで、優真は固まった。

二階で扉の開く音がした。

誰かが階段を下りてくる。

もちろん怜美に違いない。トイレだろうか。それとも叔父に用事があるのか。いずれにしろ彼女に見つかっても、別に問題はない。「トイレに起きた」と言えば良いのだ。

優真はそのまま階段を上ろうとして、はたと足が止まった。

怜美さんが、すでにあれの仲間だったら……。

とんでもない想像が浮かんだ。何の根拠もないのに彼女を疑うのか、と自分でも呆れたが、すぐに厭《いや》な事実に思い当たった。

僕が寝室に上がったあと、彼女はあれと応接室で二人きりだった……。

そのときに何かが起きたのではないか。怜美が違和感を覚えて、あれを問い質《ただ》した。そのせいで彼女は、あれによって似て非なるものに変化《へんげ》させられた。

ここまで優真が難しく考えたわけでも、何分間も立ち止まっていたわけでもない。ほとんど一瞬で、隠れたほうがいいと判断して、彼は階段から離れた。

ただ、そこから少し迷った。最初はトイレに通じる扉へ逃げ込もうとしたが、怜美も来る可能性がある。かといって玄関ホールの北側に面する、主人部屋か食堂を目指した場合、その扉に行き着く前に、階段を下りている彼女の眼に留まる懼《おそ》れがある。

とっさに優真が選んだのは、玄関を入ってすぐ左手に設けられた、目隠し壁の向こう側だった。その壁は訪問者から、階段を隠す役目が本来ある。まさに今の彼に相応《ふさわ》しい、そこは隠れ場所と言えた。

優真が足音を立てずに移動して、目隠し壁の玄関側に回った直後、怜美が階段の踊り場まで下りたらしい気配がした。まさに間一髪である。彼女が階段を下り切るのを待って、そっと彼が覗いてみると、トイレへは向かわずに応接室の前に立ち、扉をノックしてから入っていった。

今のうちに……。

階段を上がろうとして、待てよと思い留《とど》まる。すぐに怜美が応接室から出てきたら、簡単に見つかってしまう。もしかするとあれといっしょかもしれない。そういう危険は冒せない。

二人とも二階へ上がるまで、ここに隠れてるしかないか。

そう優真が考えていると、扉が開く音がした。足音はひとりだけ。それが階段を上がりはじめるのを待ち、そっと覗く。

怜美さんだけだ。

すぐさま出ていかなくて正解だったと安堵《あんど》したが、あれが応接室に残っていることが、ものすごく気になった。

あの気味の悪いひとり言を、まだ続けてるのか。

怜美さんは、あれの正体を知ってるのか。それとも知らないままか。

優真はもう一度、応接室の扉に耳を当てて、室内の様子を探りたかった。しかし、再びあそこまで行く気力がもうない。それに彼が移動している最中に、あれが扉を開けて出てきたら、いったいどうするのか。

そこからが長かった。実際には十数分だったはずだが、数時間にも感じられた。叔父の姿をしたあれが、ようやく応接室から現れ、そのまま階段を上がっていくのを、目隠し壁の陰から優真は目にした。

これで、やっと……。

自分も寝室に戻れると喜んだが、あの二人が少しは寝入るまで、しばらく時間を置く必要があると気づき、たちまちがっくりきた。

この家に来てから毎晩、こんなことをしてないか。

これまでの出来事を、すべて彰に相談したい。今ほど大崎彰と話したいと切実に感じたことは、ひょっとしてなかったかもしれない。彼ならきっと適切な助言を与えてくれるに違いない。

いつしか目隠し壁にもたれるように、優真は座り込んでいた。そのうち彼は、こっくりこっくりと船をこぎはじめた。

はっと目覚めたとき、くしゃみが出そうになり、慌てて口を押さえた。それでも小さくない音を発してしまい、思わずひやっとした。とっさに耳をすませたが、しーん……として何の物音も聞こえない。この家で起きているのは、どうやら彼だけらしい。

ゆっくりと立ち上がり、目隠し壁の陰から出て、まっすぐ階段に向かおうとした、まさにそのときである。

……かちゃ。

背後で微《かす》かな物音がした。

優真が恐る恐るふり返ると、東翼棟に通じる扉が、静かに開きはじめた。そして扉の向こうの暗闇から、ぬっと真っ暗な影が出てきた。

それは昨夜、優真が東翼棟の廊下で目撃した、あの子どもの人影だった。

十四　影

優真が反射的に後退《あとずさ》りすると、ずずっと影が前へ出てきた。

どこへ逃げる？

とっさに思い浮かんだのは、二階の叔父《おじ》と怜美の寝室しかない。この影から無事に逃れられるのなら、あれのところへ駆け込んでも良いと思った。

だって、まだ人間だから……。

相手を刺激しないように、ゆっくりと後ろに下がる。しかし次の瞬間、ずずずっと影も前へ出てくる。

優真が後退る。影が前へ出る。それをくり返しているうちに、いつしか影は玄関ホールの薄明かりの中に、その姿を曝《さら》していた。

やっぱり、子ども……。

かなり目つきが鋭いせいで、優真より年上に見えたが、実は同じくらいかもしれない。

そう感じたのは、こちらを睨《にら》みつける眼差《まなざ》しのどこかに、あたかも怯《おび》えのような感情を、ふっと覚えたせいだろうか。

そのため優真の足が自然に止まると、ぴたっと影も立ち止まった。薄暗い玄関ホールの中、彼と影は無言で見つめ合った。

「お前、あの二人と暮らしてんのか」

いきなり声をかけられ、優真はぎょっとした。その一方で、相手が普通に話せることに、少し安堵《あんど》した気もする。だから彼も、つかえながらも返事をした。

「……く、暮らしてるっていうか、夏休みの間だけ、こ、ここで世話になってる」

「どういう関係なんや」

「えっ？」

「せやからお前と、あの二人や」

「叔父さんと……、その彼女かな」

優真の頭の中には、とっさに「恋人」と「愛人」という二つの言葉が浮かんだ。しかし両者の違いを、彼は知らない。そこで無難に「彼女」と表現したのだが、それに対する影の反応には、ちょっと驚いた。

ふっと影が嗤《わら》ったのだ。あたかも二人の関係などお見通しだと言わんばかりに、まるで大人が浮かべるような嫌な笑みを見せたのである。

その瞬間、相手の正体が分かった気がして、優真は非常に興奮した。

「ひょ、ひょっとして……セイちゃん？」

怜美の息子の誠一ではないかと、ぱっと彼は閃《ひらめ》いた。

「へぇ、よう分かったな」

とたんに彼が、とても人懐っこい笑顔を見せた。それまでの喧嘩《けんか》を売るような目つきや、子どもらしくない嗤いからは想像できないほど、その笑みは輝いていた。

「叔父さんに、少しだけ聞いてたから」

だが、そう優真が応《こた》えると、すうっと彼の眼差しが鋭くなった。

「そうか。知敬が俺のことを、お前に教えたんか」

しかも叔父を、いきなり下の名前で呼び捨てにしたので、優真はどきっとした。いや、そればかりではない。

「まぁ怜美が説明するよりも、そら良かったかもしれんけど」

自分の母親までも……と優真は心底びっくりした。

これが、ほんまに悪ガキでなぁ。それも小学生の悪たれ坊主やのうて、中学生の不良かいうほどや。

叔父の誠一に対する評価が、たちまち脳裏に蘇《よみがえ》る。あのときは、そんなやつには会いたくないと真剣に思った。仮に叔父の話を聞いていなくても、実の母親を呼び捨てにする相手に、普段の優真なら決して良い感情は持たなかっただろう。

にもかかわらず彼には、どこか惹《ひ》かれた。目の前の少年からは、とても不思議な魅力が発せられていた。

「こんなとこで、立ち話もできんか」

そう言って優真を食堂へ誘いながら、

「俺のことは、セイって呼んでくれ」

と当たり前のように言われたので、優真も気安く応えることができた。

「僕は優真だから、そうなるとユウになるかな」

「英語のyouみたいで、なんや気色悪いな。ユウマのままでええやろ」

出会って数分で、まだ相手をろくに知らないのに、互いの呼び名が決まってしまった。

それが優真には、とにかく信じられなかった。

「何か飲むか」

セイの提案で、そのまま食堂から調理室へ向かう。そこで優真が二つのコップにジュースを注いでいると、彼は冷蔵庫の中を漁《あさ》りはじめた。

「ユウマも食うか」

「いらない。昨日も一昨日の夜も、食べ物を探しに、ここへ来た？」

影の正体がセイだと知ってから、ずっと気になっていた質問をする。

「ああ。隠れてるんは、別に苦やないけど、やっぱり腹は減るからな」

「三階の屋根裏の、ベッドで寝てるの？」

「お前、鋭いなぁ」

セイに言われると、なぜか得意な気分になる。

「もっとも隠れてるんは、あの部屋だけやないけどな」

　そこで彼は、にやっと笑った。

「他にも隠れる場所が？」

「ああ、ある。ユウマも知ってるはずやぞ」

「使われてないから何も入ってない、収納スペースの中とか」

「悪うないけど、開けられたら終わりやろ。三階の屋根裏は、まず二人とも上がってこんから安全なんや。そういう場所が、まだあるやないか」

　優真は必死に考えたが、どうしても分からない。

「駄目だ。どこ？」

　セイが右手の人差し指を、調理室の床に向けるのを見て、

「そうか。倉庫室の下だ。あの跳ね上げ戸を開けた下の、地下室だ」

　叔父が戻ってきたら、鍵《かぎ》について尋ねようと強く思っていたのに、すっかり失念していた。

「あの下には、やっぱり地下室があるの？」

　うなずくセイを見ながら、優真は尋ねた。

「けど、鍵は？　あの戸には、鍵がかかってただろ」

「知敬の部屋で、鍵は見つけた」

「鍵がなくなってることに、もし叔父さんが気づいたら……」

　優真が心配すると、セイは何でもないとばかりに、

「いったん開けたあと、すぐに鍵は返したから大丈夫や。あの二人は地下室どころか、倉庫室さえ使ってないから、絶対にばれんよ」

優真は二つのコップを持って、セイは自分の食べ物を抱えて、ともに食堂へ戻った。そこで椅子に座り、改めて相手と対峙《たいじ》したとたん、優真の脳裏に次々と素朴な疑問が浮かんできた。

「ここに来てることを、お……怜美さんは、もちろん知らない？」

お母さん——と口にしかけて、とっさに止めた。本人が下の名前で呼んでいるのに、優真がそう言うのも変だろう。

「当たり前や。わざわざ断ったら、えらいことになる」

彼は祖父母と暮らしていると、確か叔父が話していた。

「お祖父《じい》さんと、お祖母《ばあ》さんは？」

するとセイが突然、神妙な顔つきになって、

「俺も祖父ちゃんにだけは、心配をかけとうないからな」

「だから半分、嘘をついたんだ」

こっくりとセイがうなずく姿に、優真は自分の推理が当たったことを確信した。

つまりセイは祖父母に、夏休みの間だけ怜美といっしょに暮らすと言ったのだろう。半分は本当だが、半分は嘘である。当の怜美が、その事実を知らないのだから。彼女は今でも、セイが祖父母たちと暮らしていると、無心に信じているに違いない。

そんな風に優真は考えたのだが、あまり突っ込んで訊《き》くのは、やはりためらわれる。

そこで話題を変えて、しかし優真にとっては気になる、別の質問をした。

「ここまで、どうやって来たの？」

「自転車や」

「ええっ、東京から？」

びっくりする優真に、セイは呆《あき》れた顔で、

「そんなわけあるか。白庄までは、もちろん車や」

「誰の？」

「ヒッチハイク」

あくまでもセイは冗談っぽく答えたが、彼ならやりかねないと優真は感じた。

「でも、それなら自転車は？」

「こっちのレンタサイクルを利用した」

その手があったか、と優真は喜びかけた。だが、小室邸にいたのでは、そのレンタルもできないのだと、すぐにがっかりした。

「俺ばかりやのうて、ユウマの話もしてくれよ」

そんな風に促されて、亡き父のことから母の再婚、引っ越し、義父についてまで、はっと気づいたときには、かなり詳しく話していた。意外にもセイは、なかなか聞き上手である。

　この流れのまま、次はセイの個人的な話を聞き出せれば、と優真は思った。だが壁の時計を目にして、ひどく慌てた。

「もうこんな時間か」

「夏休み中やろ。夜更かししても、別にええやん」

　何が問題なのか、という顔をセイはしている。

「叔父さんは明日の――いや、もう今日か、朝早くに、ここを発《た》つんだ。その前に、できれば会っておきたいから」

「お見送りってやつか」

　セイの口調には、どこか莫迦《ばか》にした響きが感じられる。「違う。目的は別にある」と優真は説明したかったが、そんなことをしていると時間を食うばかりである。

「詳しい話は、次のときに――」

　教えると言いかけて、またセイに会えるのかどうか、優真は急に不安になった。

「なんや事情がありそうやな」

　優真の様子から、さすがにセイも何かを察したらしい。

「うん。説明したいけど、一言じゃ無理だし……」

「分かった。ほんなら明日、あぁ今日か」

　セイは笑いながら、優真に尋ねた。

「自由に動けるんは、いつになる？」

「朝食と昼食の時間を除いたら、あとは大丈夫だと思う」

「朝は寝坊するかもしれんし、昼飯までの時間を考えると、あんまり余裕ないか。となると昼飯のあと、倉庫室で会うのが一番やろ」

「何か食べるもの、そのとき持ってくよ」

にこっと人懐っこい笑みを浮かべると、セイは首をふった。

「気にすんな。ほな、あとでな」

片手を上げながら東翼棟の廊下側の扉に向かう彼に、優真は声をかけた。

「屋根裏で寝ないの？」

「昼過ぎに倉庫室で会うんやから、地下室で寝たほうが都合ええやろ」

なるほどと納得しつつ、優真も片手を上げて挨拶《あいさつ》すると、そっと食堂を出た。

とっくに叔父も怜美も熟睡しているはずだが、玄関ホールに出る前から、できるだけ物音を立てないように注意する。階段は当然として、二階のホールを横切るときは、特に意識して足音を殺した。

寝室へ戻ってベッドに入った当初は、まだ興奮が残っており、なかなか寝つけなかった。しかし、しばらくすると優真は眠っていた。色々とあったこの三日間で、もっとも寝つきが良かったのは、このときだったかもしれない。セイとの思いがけない出会いが、どうやら彼に悪くない影響を与えたらしい。

朝の早い時間に、優真は目覚まし時計で起こされた。自分でセットしておきながら、うるさく鳴るベルに腹が立ったが、それも一時だけだった。

叔父さん、まだ出かけてないよな。

急いで着替えて食堂に下りると、ちょうど叔父が朝食をとっていた。

「おおっ、えろう早いな」

「あら、おはよう」

びっくりしている叔父と怜美に、

「見送ろうと思って……」

優真はさり気なく応えたつもりだったが、声音が少し裏返ってしまい、ぎくっとする。

「大丈夫か。なんや眠たそうやけど」

それを幸いにも叔父は、まだ寝ぼけているせいだと思ったらしい。

「……うん、眠い」

「顔を洗ってきたらええ」

優真は洗面所へ向かいながら、「食堂にいるのは、確かに叔父さんだ」という判断をしている自分に気づいた。

……あれじゃない？

今朝になってみると、昨日の叔父を似て非なるものだと考えたこと自体が、なんだか莫迦らしく思えてくる。たった一度だけ向けられた眼差しのせいで、叔父が叔父ではない別人だと認めるなど、実は優真自身が可怪《おか》しくなっているのではないか。

すぐ裏の、じゃじゃ森の影響で？

いくら何でも信じられない。その森に一歩も入っていないのに。とはいえ小室邸に来てから、奇妙なことばかりが起きている。それは事実だった。

優真は食堂に戻って朝食をとりながら、できる限り叔父を観察した。普段の彼と違う言動が少しでも現れないかと、ずっと注視し続けた。

だが、妙なところは特にない。

本当にいつもの叔父である。

「早くても戻ってこられるんは、明後日になるかな」

玄関先に停められた車に乗り込む前に、叔父がそう言った。

「けど、また出かけるんでしょ」

不安そうな怜美に、叔父は鋭い眼差しを向けながら、

「もしも明後日に戻れても、その翌日には出かけるはめになりそうや。でもその前に、いくら何でも片がつくやろ」

後半は優真に顔を向けたので、とっさに彼はうなずいた。もちろん優真に分かるはずはなかったが、叔父は満足そうな顔をしている。

「また連絡する。優真、怜美の言うこと聞いて、あとはしっかり遊んどれ」

二人に声をかけると、叔父の車は小室邸の門から外へ出て、あっという間に見えなくなってしまった。

「ほんとに忙しい人ね」

怜美が家の中に入ったあとも、しばらく優真は玄関先に佇《たたず》んでいた。

いつも通りの叔父さん……だったよな。

叔父に変化を見出《みいだ》せなかったのが、果たして良いことなのか悪いことなのか。それさえも優真には、もう分からなくなっていた。

十五　友

優真は急いで食堂へ戻った。叔父《おじ》の変化《へんげ》について判断できないのなら、朝食の片づけをする怜美の手伝いをしながら、今度は彼女を観察しようと考えた。なまじ親しくない怜美のほうが、ひょっとすると小さな差異にも気づけるかもしれない。という淡い期待からである。

しかし、少なくとも怜美は変わっていないのではないか。そんな感じを優真は受けた。初対面のときより彼に慣れた雰囲気はあるが、それ以外は普通である。

だからといって叔父に対する疑惑が、あっさりと晴れたわけではない。あれが怜美のことをまだ仲間にしていない、という可能性も残っている。

それともすでに、もう怜美さんも……。

似て非なるものに変化させられているのか。それを巧みに隠しているだけなのか。

頭の中が混乱したまま、どうやら優真は変な目つきで、怜美を見つめていたらしい。急に彼女は怪訝《けげん》な顔をすると、まじまじと彼を眺め出した。

「どうしたの？」

何でもないと優真は首をふったが、怜美は納得しない。

「なんか変ね」

さらに彼のことを、しげしげと見つめてくる。

「あ、あの……」

必死に優真が言い訳を考えていると、

「やっぱり眠いんじゃない？」

彼女が願ってもない勘違いをしてくれたため、それに彼は飛びついた。

「昨日の夜、またベッドで遅くまで本を読んだから……。でも叔父さんを、どうしても見送りたくて……」

「そうなの。だったら、また寝る？　けど夏休みが終わる前には、夜型の生活を直さなきゃ駄目よ」

「はい。今は寝ますけど、そのうち元に戻します」

実際そのつもりだったが、今だけは仮眠を取りたかった。午後からセイと会うためである。そのあと二人で何をするのか分からないが、睡眠不足では困るだろう。

ほんの二、三十分だけ寝るつもりが、目が覚めると昼前だった。怜美に起こされる前に、自分で目覚めたのが、せめてもの救いかもしれない。

食堂に下りると、すでに怜美が昼食の食器を並べていた。

「よく眠れた？」

こっくりとうなずく優真に、彼女はにっこり微笑みながら、

「お腹は空《す》いてる？」

「……はい」

朝食のあと寝ていただけなのに、もう空腹を感じる。それが恥ずかしくて、彼が下を向いていると、

「よく食べて、よく遊んで、よく寝るのが、子どもだからね」

怜美が可笑《おか》しそうにフォローしてくれた。

「よく学んで、も入りませんか」

「やっぱり優真くん、優等生だわぁ」

どうやら皮肉ではなく、彼女は心から感心しているらしい。

「セイちゃんもねぇ、もう少し……」

いきなり怜美が、息子の誠一の話をはじめたので、彼は大いに焦った。今この家に当人が隠れ住んでおり、昼食のあと会うことになっているのだから当然である。

だがまずいことに、それが顔に出てしまったのか、

「どうしたの？」

彼女が不思議そうな眼差《まなざ》しで、問いかけてきた。

「えーっと……」

とっさに優真は、ものすごく考えた。この場を自然に収めるためには、何と応えるべ

きか。

「セ、セイちゃんて？」

そこで思わずとぼけた。しかし叔父が、怜美の息子について優真に話していることを、もし彼女が知っていたら駄目である。と気づいたが、もう遅い。

「あら、知敬さん、話してなかった？」

心配した通り、彼女が怪訝な顔をしている。

「あの……」

再び優真の頭は、目まぐるしく回転した。

「ひょっとして、セイちゃんて、誠一くんのことですか」

「ええ、そうよ。あっ、知敬さん、私がセイちゃんて呼んでることまで、言わなかったのね」

「……聞いたかなぁ」

叔父に確認されれば、すぐにばれてしまう。だが、そこまで怜美がするとは思えない。

「母親の私には、もうずっと反抗してるけど――」

それに彼女の意識は、早くも息子に向けられていた。

「幸いお祖父《じい》ちゃんお祖母《ばあ》ちゃんには、とても懐いてる子でね。今も二人に、面倒を見てもらってるの」

「ここに遊びにきたことは？」

ぶるぶるっと怜美は首をふりながら、

「ないわ。知敬さんと、ちょっと折り合いが悪くて……。だから別荘のことも、あの子には隠してあるの」

ところが当人には、とっくにばれてるわけだ。

そう思って可笑しくなった優真は、また顔に出ないようにと、わざと険しい表情をした。それを彼女が、どうやら勘違いしたようで、

「子どもはね、母親と暮らすのが一番だと、私も思うわ。けど大人には、子どもには理解できない事情が、色々あるのよ」

なんだよ、それ……。

怜美に抱いていた好意が、急に減じた気が彼はした。自分が当の子どもだという事実を差し引いても、勝手な言い分ではないかと憤りを覚えたのだが、

……あれ、お父さんは？

そう言えば叔父の話にも、父親がまったく出てこなかった。本当に止むに止まれぬ事情が、怜美たち親子の間にはあるのかもしれない。

そんな風に考え直そうとしたが、どうしても引っかかる。優真自身が、まさに当事者に近い立場にいたからだろう。

昼食の間、怜美は息子の話を避けた。もちろん彼も、あえて尋ねなかった。

「午後からは、どうするの？」

彼女に訊《き》かれ、無難に読書と答えようとして、はたと優真は悩んだ。

セイと二人で何を行なうにしても、怜美に見つからないように、きっと用心するに違いない。読書と言った場合、応接室にいるのが当たり前になる。しかし覗《のぞ》かれたら、いないのがばれてしまう。かといって小室邸内の探索は、一昨日やったばかりである。

一瞬で頭を働かせた優真は、一か八かの賭《か》けに出た。

「ずっと家にいたので、散歩しようかな」

予想通りに、怜美の顔色が変わった。

「あっ、でも、じゃじゃ森には入りませんから。……上白庄のほうに、ちょっと歩いてみるつもりです」

奥白庄の他の別荘のほうに、と最初は言おうとした。その方向なら、じゃじゃ森にも近い。万一そちらから戻ってくる姿を見られても、なんとか言い訳できる。だが、上白庄の別荘の管理人の吉俣が、もしも岩壁荘事件などの話を彼女にしていたら、藪蛇《やぶへび》になってしまう。そこで上白庄の名前を出すことにした。

「うーん、どうかしら……」

それでも怜美は心配らしく、言葉を濁している。

「叔父さんに電話して、許可を取らないと無理？」

「知敬さんに訊いたら、まず絶対に駄目って言われるわよ」

「ただ散歩するだけです。別に危ないことはしないから」

優真が懇願する顔と口調で頼むと、しばらく怜美は黙ったまま悩んでから、

「そうね。男の子だもんね」

自分自身を納得させるようにつぶやいた。

「いいの？」

「うん。でも、おやつまでには帰ってくること」

それではセイに文句を言われるかと思ったが、ここは妥協するしかないだろう。

昼食後、怜美に見送られて小室邸の門を出た優真は、彼女が家の中に戻るのを生垣越しに確認してから、別荘の敷地内に取って返した。あとは身を屈《かが》めながら生垣に沿うように、東翼棟の東側へと近づいていく。

改めて見上げた小室邸は、晴れ渡った夏の青空と森林の濃緑を背景に、黒屋根と白壁の装いをくっきりと浮かび上がらせている。はじめて別荘を見たとき、その鮮やかさに彼は目を見張ったが、今こうして眺めていると、ふっとある連想が働いた。

……お葬式。

葬儀の際に張られる黒白の幕が、優真の脳裏に浮かんだ。そこから父の死を思い出しそうになり、彼は慌てて首をふった。

東翼棟の東端に辿《たど》り着くと、階段を上がってポーチを進み、前もって内側の掛け金を開けておいた勝手口から侵入した。

優真が足を踏み入れた家は、言うまでもなくこの四日間で馴染《なじ》んだ小室邸である。だが、そんな妙な入り方をしたせいか、まったく別の見知らぬ家屋のように感じられた。本当に自分が「侵入」した気がして、少なからぬ罪悪感さえ覚えたほどである。

勝手口から廊下を辿り、倉庫室の扉の前に立つ。ノックをしようとして、怜美に聞かれる心配から止める。彼女が調理室で片づけをしていたら、耳に届くかもしれない。

そっと静かに倉庫室の扉を開くと、

「よぉ」

すでにセイが、地下室から出て待っていた。

「あのさ」

すかさず優真は、怜美に上白庄方面に散歩すると言ったこと、おやつの時間までに戻る約束をしたことを伝えた。

「三時までか。じゃじゃ森に入るだけやから、まぁ大丈夫やろ」

セイが当たり前のように口にするのを、ぽかんとした顔で優真は見つめ返した。

「どうした？」

「……それは、まずいんじゃないか」

「なんで？」

叔父と吉俣から聞いた神隠しの森の話を、優真が小声で説明しはじめると、

「それくらいは、俺も知っとる」

あっさりセイに返され、びっくりした。

「だったら……」

「ユウマ、それは逆や。せやからこそ、ちょっと覗いてみたい気ぃになる」

「けど、迷ったら……」

「心配すんな。すでに俺は、あの森に入っとるから、道も分かっとる」

「ええっ」

ひどく優真は驚いたが、よく考えると予測できて当然だったかもしれない。

セイは優真よりも前に、小室邸に来ている。しかも、隠れ住んでいる状態である。つまり間違いなく暇を持て余していたに違いない。そんなとき森の噂を耳にした――吉侯が怜美に話したときだろうか――彼が、そのまま放っておくとは思えない。小室邸を探索した優真のように、きっと冒険気分で森に入ったのではないか。

「迷わなかったの？」

「こうして戻っとるからな。ちゃんと道も覚えとるから、まぁ大丈夫や」

そう言われても、すぐには安心できない。無事に帰れたのは、本当に運が良かっただけかもしれないのだから。

「なんや、俺を信用しとらんのか」

セイの眼差しが鋭くなる。

「そうじゃないけど……。子どもだけで入るのは、やっぱり危険じゃないか」

「心配いらんて」

そこでセイは急に、薄ら笑いを浮かべると、

「ひょっとしてユウマ、怖いんとちゃうやろな」

「まさか」

そくざに否定したものの、実際は恐ろしかった。叔父の話だけでも充分に恐怖だったのに、この地の別荘の管理人を長年にわたって務めている吉俣の話まで、そこに加わったのだ。おまけに森へ入って出てきた叔父に、信じられない変化が現れたのである。これで怖がるなというほうが無理だろう。

だが、セイに臆病《おくびょう》者と思われるのも、優真は嫌だった。二晩にわたりセイの影に怯《おび》えていたことも、心の奥底では引っかかっている。それをセイに揶揄《やゆ》されたわけではないが、優真の反応に彼が気づかなかったはずがない。

これで僕が、森に入らなかったら……。

優真は怖がりの臆病者と、きっと決めつけられるに違いない。夏休みが終わったら、もう二度と会わないかもしれない相手に、どう見られようと関係ないではないか。と彼も思うのだが、そう簡単に割り切れるものでもない。

セイを裏切るようなことは……。

できないという気持ちが、心のどこかにある。森に入らないことが、もちろん裏切りになるわけではないが、そういう空気が二人の間に、いつしか漂っているように思えた。

「どうする？　別に無理強いはせん」

「……行こう」

「ほんまに？」

セイはじーっと、優真を見つめた。

「……うん」

ここで首を縦にふれば、もう後戻りできないと思いつつ、優真はうなずいた。

「ほんまにほんまに？」

「しつこいぞ」

優真が怒ると、にやっとセイが笑った。それは決して嫌な笑みではなかった。

「よし。そうと決まれば、さっそく行こか」

セイが大きな声を出したので、慌てて優真が人差し指を唇に当てた。

「しぃーっ。怜美さんに、聞こえる」

「……すまん」

そこから二人は、そっと倉庫室の扉を開けて廊下に出ると、忍び足で勝手口へ向かった。庭に下りてからは、東側の生垣沿いに小室邸の裏へと回る。目指すのは、北側の生垣のほぼ中央に位置する木戸である。

昨日の昼、あそこから叔父さんは戻ってきた……。

ともすれば木戸に釘《くぎ》づけになる目を、なんとか小室邸に向ける。怜美が食堂か調理室にいた場合、裏に面した窓から外を見ていないとも限らない。そんな彼女の姿を認めたら、素早く身を伏せる必要がある。セイは少しも注意を払っていなかったが、そのときは飛びついてでも、彼を地面に倒すつもりだった。

幸い怜美に見つかることなく、二人は木戸まで辿り着いた。そこで小室邸をふり返り、本当は彼女に気づかれたほうが良かったのでは……と優真は思った。が、もう引き返せない。

セイが木戸を開けて、先に潜《くぐ》る。

あとから優真が続き、木戸を閉める。

そして二人で森の中に足を踏み入れたとたん、ものすごい後悔の念に優真は囚《とら》われた。取り返しのつかないことを、自分はしてしまった。そんな思いが、ずんっと伸しかかってくる。怖くてたまらない。

しかし前にはセイがいて、どんどん森の奥へと入っていく。優真は結局、そんな彼のあとを追うしかなかった。

十六　森

じゃじゃ森に入るや否や、日差しが陰った。周囲に高い樹木が聳《そび》えているため、当たり前の現象に過ぎないのに、なぜか違和感を覚える。あたかも森そのものが、日の光を厭《いと》うているかのようで……。

天高く聳える樹木の間に見渡す限り広がる藪《やぶ》は、優真たちの膝《ひざ》を完全に越えている。その中を進むのだから、もう歩きにくくて仕方がない。少し前進しただけで、たちまち汗が噴き出す始末である。

そのため暑くてたまらないのに、森の中はひんやりとしている。だから涼しいかというと、これがどうにも違う。熱を持った身体が、冷えた外気に曝《さら》されているのに、一向に火照りが治まらない。にもかかわらず腹の底から、深々と寒さが増していく。そんな思いに囚《とら》われ、感覚が可怪《おか》しくなる。

そこは優真が知っている、いわゆる自然の森ではなかった。人間の手が入っていないという意味では、むしろ完全な自然が保たれている土地である。だが、それ故に何か原始的なものが強く感じられた。人の存在など、はなから認めない。そんな気配に満ち満ちている。ここは彼が知る森とは、明らかに異なる場所だった。

……異界。

あの「ここではない、どこか別の世界」に、あっさりと足を踏み入れてしまった気が、優真はした。これまでの二度の体験では、紙芝居屋の口上や訳の分からない朗読といった前兆があったのに、三度目はいきなり放り込まれた気分である。

優真は歩きながら、ちらちらと後ろをふり返った。樹木越しに小室邸が見えている間は、まだ戻れる希望がある。そんな淡い期待を抱こうとしたからだが、何度もふり向いているうちに、妙なことに気づいた。

セイは鬱蒼《うっそう》と茂る藪の中を、道などないにもかかわらず、ほぼまっすぐ進んでいる。多少の凹凸はあるものの、ほとんど地面は平坦《へいたん》と言ってもよい。よって後ろを向くたびに小室邸は小さくなるが、枝葉の間から垣間《かいま》見える状態は、それほど変わらない――はずなのに、何度目かにふり返ると、その隙間がなくなっていた。ほんの二、三秒前までは開いていた枝葉の間が、なぜか塞《ふさ》がれている。

森が別の枝と葉っぱで隠した……。

そんな異様な考えが、ふっと脳裏に浮かぶ。あり得ないと否定する一方で、自ら日の光を嫌う森なら、それくらいのことは普通にやるかもしれないとも思う。

周囲の樹木に呑《の》み込まれるように小室邸が消えたのは、そう感じた直後だった。ほんの数メートル後ろに存在しているはずなのに、なぜか遠くに感じてしまう。別荘と優真の間に、奥白庄の森全体が広がっているくらいの感覚がある。

　それにしても……。

　なんとも不思議だった。道などない藪を漕《こ》いでいるのに、なぜ前へ進めるのか。それほど苦労することなく、どうして前進できるのか。

　森に呼ばれてるから……。

　そんな言葉が自然に浮かぶ。この森に入るべきではなかった、という悔やみと恐れは今も充分に覚える。ただその一方で、この森に魅せられつつある自分がいることに、実は優真も気づきはじめていた。

　ものすごく怖いのに、妙に出たくない。

　とてつもなく気味悪いのに、もう少し先へ進みたい。

　なんとも矛盾する気持ちに襲われ、優真は混乱した。それでも自分ひとりなら、ひょっとすると引き返していたかもしれない。

　セイ……。

　声をかけようとして、何を話して良いのか分からず口籠《ごも》る。そう言えば森に入ってから、二人とも一言も喋《しゃべ》っていない。黙々と藪漕ぎをするだけで、まったく口を利いていなかった。

　ざあぁぁぁっ、ざあぁぁぁぁっ……。

　藪を掻《か》き分ける物音だけが、辺りに響いている。藪漕ぎとはよく言ったもので、本当に藪の海を漕ぎながら前へ進んでいる感じがする。ただし一口に藪と言っても、片手で払える葉の茂りもあれば、またぎ越すしかない枝の束もある。葉の周囲がギザギザのもの、枝の表面にトゲトゲが突き出ているものなど、要注意の植物も多い。

もっとも、それ以上に問題だったのは、森の中で動いているのが、まるで彼ら二人しかいないように思えることだった。

「……セイ」

怖くなって思わず名前を呼ぶが、聞こえなかったのか、どんどん先へ進む。だが、ここで大声を出すのは、なぜか分からないがためらわれる。

「おい、セイ」

それでも少しだけ声を大きくするが、まだ立ち止まらない。

「セイ、待てったら……」

どんどん先へと進んでいく。

「セイィ！」

ついに優真が叫ぶと、ようやく彼がふり向いた。

「どないした？」

優真もその場で足を止め、じっと聞き耳を立てる。セイが何か言いそうなのを、片手をあげて制しながら、ひたすら耳をすませる。

「何をしてるんや」

痺《しび》れを切らしたセイに訊《き》かれ、「しぃー」と優真は人差し指を唇に当てつつ、なおも周囲の様子を窺《うかが》ってから、

「この森で物音を立ててるの、僕らだけと違うかな」

「…………」

セイは黙ったまま優真を見つめたあと、ぐるっと四方に目をやって、

「……ほんまや。なーも聞こえんな」

「やばくない？」

もう一度セイは辺りを見回しながら、

「普通の森とは、まぁ違うからやろ」

あっさり応《こた》えたので、優真は唖然《あぜん》とした。だからこそ危険だと言っているのだが、それがセイには通じていないらしい。

「他の物音がしないなんて、普通じゃないレベルとか、もうそういう問題じゃないよ」

「そうか」

「明らかに、異常じゃないか」

「……うん、そうやけど」

優真の訴えが、ようやくセイに届いたらしい。

「もう引き返そう。ここは子どもだけで入るところじゃ、やっぱりないと思う。ううん、大人であれ……そもそも人間が、足を踏み入れるべき場所じゃないんだ」

「…………」

セイは再び黙ったまま、いったん行く手に目をやり、それから優真を見直すと、

「あと少しやったはずなんや。もうちょっとだけ行こう」

ここで優真は、きわめて根本的な問題に気づいた。

「どこまで行くの？」

「小室久志が見つかった、洞《うろ》のある樹に決まっとるやないか」

セイが呆《あき》れた声を出したが、それ以上に優真の叫びのほうが大きかった。

「ええっ！」

「なんや、びっくりするなぁ」

「だって……そんなの聞いてない」

セイは怪《け》訝《げん》な顔をしてから、

「あれ……。言うてなかったっけ？」

優真は迷った。あくまでも強く出れば、セイは同意して引き返すかもしれない。しかし、そのあと気まずさが残るのは間違いない。それは彼としても、なるべく避けたい。いや、それ以上に問題の樹の洞を、この目で見たいと思う気持ちが実はある。

「……ほんまに、もう少しなんか」

「ああ、ほんまや」

にやっとセイは笑いながら、

「ユウマも関西弁に、ふっと戻るときがあるねんな」

「叔父《おじ》さんにも、たまに言われる」

まったく他愛のない会話だったが、これが優真の懼《おそ》れをわずかに紛らわせた。

「ほんとに、もう少し？」

セイは前方を指差しながら、

「あそこに変な格好をしとる樹が、二本あるやろ」

そう言われて目をやるが、どの樹木も優真には歪《いびつ》に見えてしまい、あまり区別がつかない。

「よく分からないけど、ここから遠くないってこと？」

「そうやな。俺の記憶を信じろ」

素直にはうなずけなかったが、セイが自信を持っているのは間違いない。だから優真も、あと少しだけ付き合うことにした。

「よし、行こう」

「さすがユウマや。俺が見込んだ通りやな」

再び歩きはじめて、しばらくは優真も不安を覚えなかった。しかし進むに従い、次第に胸騒ぎがしてきた。その原因のひとつが、周囲に生える樹木だった。

これまで足元の藪にばかり目がいっていたが、セイが前方の目印の樹を指差してから、今度はまわりの樹々が気になり出した。するとどの樹を見ても、異様な姿形をしているように映ってしまう。彼が知るはずの「木」とは、どこか異なる何かに見えてくる。

優真には区別がつかなかったが、じゃじゃ森に林立しているのは、落葉松《からまつ》、赤松、春《はる》楡《にれ》、栃《とち》、水楢《みずなら》といった樹木だった。そこに何か特別な種類が含まれているわけではなく、あくまでも朱雀地方の植物群落に応じたものである。

しかしながら上白庄と下白庄、それに奥白庄の多くの森林地帯と、この森との間には、明らかに異なる何かがあった。その差異を動物たちは、おそらく敏感に察するのだろう。じゃじゃ森に動物が棲息《せいそく》していないのは、そういう理由からだった。仮に森へと迷い込むことがあっても、ほとんどの動物はすぐさま立ち去ったに違いない。ただ人間だけが、ごく一部の者を除き、森の異質さに気づけなかった。だから神隠し事件が起きた。それが連続したことで、ようやく人々はこの森の異常さを認めはじめた。その結果、じゃじゃ森という忌まわしい呼称が生まれた。

二、三メートルほど藪を掻き分けてから、優真はふり返った。小室邸が見えなくなって以降、もう後ろを向くのは止めていたのだが、突然なぜか気になった。

……別に、なんともない。

さらに二、三メートルほど前進して、再びふり返る。

……何の変化もない。

にもかかわらず妙に背後が意識される。この不可思議な感覚は、優真が前進するにつれ、どんどん強まっていった。

そうして何度目かにふり向いたとき、その訳を察した彼は、ぞっとしながらも信じられない思いに駆られ、その場で絶句して立ち止まった。

……樹が動いてる？

つい先ほど通り過ぎた藪の向こうに、すっくと樹木が立っている。そこをセイと優真が歩いたはずなのに、数十年も前から生えていると言わんばかりに、一本の樹が移動している。まるで二人の帰路を塞ぐかのように、意地悪く聳えている。

最初は勘違いだと思おうとしたが、二人が藪漕ぎをした跡が、はっきりと樹木の前に残っている。それが目に入ったとたん、優真は髪の毛が逆立つような恐怖を覚えた。

……樹が動いてる。

「おーい……」

かなり先へと行ってしまったセイを、必死に呼ぼうとするが、ほとんど声が出ない。

「セイ……」

今すぐ引き返さないと、このままでは大変なことになる。いや、すでに手遅れかもしれない。だが焦れば焦るほど、喉《のど》の中が嗄《か》れたようになって、大きな声が出せない。

そのとき、ふいにセイの姿が消えた。前方の二本の樹木の間に呑まれるように、ふっと消えてしまった。

「……セイ」

優真は駆けようとした。しかし、それはプールの中で走ろうとする行為と、ほとんど同じだった。とにかく一歩ずつ、足を前へと出すのがやっとである。後ろをふり返る余裕など、もう少しもない。セイが吸い込まれるように消えた、歪な二本の樹木の間を目指して、ひたすら前進する。大海原にも映る深い藪を漕ぎながら、一心に前へと足を踏み出すだけだった。

……待てよ。

ようやく目的地の前まで来たとき、ふっと優真は叔父の話を思い出した。小室久志を発見する直前、二本の樹木の間を通ったと、確かに叔父は言っていた。

……これが、そう？

樹木は横並びではなく斜め前後に聳えているうえ、その間にも藪が高く茂っており、簡単には向こう側を覗《のぞ》けない。

でもセイは、ここを通った……。

このまま彼を見捨てて、自分だけ逃げるわけにはいかない。だけど、この樹の間は抜けたくない。どうしてか。ここに入れば両側から樹木にはさまれ、押し潰《つぶ》されるような気がするせいか。そんな莫迦《ばか》なことはないと、普段なら優真も思うだろう。しかし背後で、明らかに樹が動いている光景を目にした以上、彼の懼れは決して杞憂ではなかった。

「セイ」

樹の向こうに呼びかける。まったく返事がない。二本の樹木の先には何もなく、セイはもっと奥まで進んでいるからか。声の届かないところまで、すでに離れているせいか。

だったら、早く追いつかないと……。

そう思うのだが、相変わらず優真の足は止まったままである。しかも本当は考えたくない状況が、次々と浮かんできては彼を怯《おび》えさせた。

この先が叔父さんの話に出てきた、あの薄気味の悪い場所だったら……。

そこには洞のある樹が生えていて、その中にセイが入っていたら……。

さらに洞から出てきたセイが、以前の彼ではなくなっていたら……。

そういった想像をするだけで、どんどん辺りの雰囲気が変になっていった。じゃじゃ森に覚えた恐怖が、森全体に対する漠然とした懼れだったとしたら、この忌まわしさは二本の樹の向こうにあるかもしれない世界に感じる、より身近な戦慄《せんりつ》だった。

「……セイ、ごめん」

そんなつもりはなかったのに、気がつくと優真は踵《きびす》を返していた。彼に自覚はなかったが、もはや限界だったのだろう。

……ざざっ。

ところが、優真が戻ろうとした方向から、物音が聞こえた。普通なら注意しなかったかもしれないが、この森では別である。彼ら二人が立てる音の他は、まったくの静寂に支配された世界だったからだ。にもかかわらず今、確かに物音がした。それも藪漕ぎをしているような……。

……ざざざぁぁ。

また聞こえた。それは明らかに、優真たちがやって来たほうから響いていた。

……ざざざっ、ざざざざぁぁ。

しかも次第に、こちらへ近づいている気がする。じっと耳をすますと、少しずつ物音が迫ってきているのが実感できる。

何者かが森の中を動いていた。あたかも優真たちのあとを追うかのように、それが移動している。そんな風に思えた。

けど、誰が？

と疑問に感じたとたん、優真はものすごく怖くなった。それが誰であろうと、まともな人間でないと悟ったからか。もしくは人でない可能性を察したからか。実は本人にも分からない。

とにかく逃げないと。

慌てて周囲を見回すが、どこもかしこも藪だらけで、とうてい素早くは逃げられそうにない。それに左右のいずれに進んだ場合も、姿を隠すほど進む前に、後ろから来る誰かに、きっと見つかってしまう。かといって来た方向に戻るのは、もちろん論外である。

残るのは……。

前進しかなかった。目の前の二本の樹木の間を通り抜ける。それ以外に、どうやら他に逃げ道はないらしい。

でも……。

　なおも優真がためらっていると、かなり近くで藪を漕ぐ音がした。

……ざぁざぁ、ざざざぁぁ。

　ふり返ると、二人の帰り道に立ち塞がったように映る樹木の後ろの藪が、ざわざわっと騒《ざわ》めいている。目を凝らすと藪の一部が、微《かす》かに蠢《うごめ》いているのが分かった。あの樹を何者かが越えてきたら、すぐにも見つかってしまう。

　優真は覚悟を決めると、樹木の間に茂る藪の中へ、あえて勢いよく突っ込んでいった。それくらいしないと尻込《しりご》みをしそうで、逆に怖かった。

　セイが通ったばかりなのに、やたらと進みにくい。ともすれば枝葉に押し戻されそうになる。何度か後ろに倒れかけたが、それで異様な事実に気づいた。

……戻れない。

　彼の背が後ろの枝葉に触れたとき、奇妙な反発力を感じた。そこで回れ右をしたところ、少しも足が進まない。高く聳える二本の樹にはさまれた状態で、ただ立ちつくすしかなかった。それが嫌なら前に向き直り、ここを抜けるしか手はないらしい。

……ざぁざぁ、ざざざぁぁ。

　そうしている間にも、背後から何者かが迫っていた。いずれにせよ戻るという選択肢はないことになる。

　優真は再び覚悟を決め、さらに藪へと突っ込んだ。細い枝葉が目に入らないように、両手で顔を庇《かば》いながら、なんとか突き進んでいく。

ぱっと突然、目の前が開けたと思ったら、せまい草地に出ていた。

ここが……。

叔父の話に出てきた、あの曰《いわ》くつきの場所であることは、まず間違いない。ほぼ円形の草地の向こう側に、幹が太くて背の高い樹木が生えているのだが、その下部には大人が腰を屈《かが》めて入れるくらいの大きな洞が、ぽっかりと口を開けている。

ほんとに、あったんだ。

もちろん叔父を疑っていたわけではないが、実際に目の当たりにして優真は驚いた。こうなると叔父が語った通りであることが、なぜか逆に薄気味悪く思えてくる。

そう言えば……。

叔父もこの場所に、かなりの気持ち悪さを感じたらしい。今こうして対峙《たいじ》すると、そのときの叔父の感覚が、とてもよく理解できる気がする。

小室邸の裏庭からじゃじゃ森に入った瞬間、優真は圧倒的な自然に包まれた。それは彼が知る「森」とは、まったく異なっていた。ある意味「本物」だと思った。だからこそ人である自分など、いつ拒絶されても可怪しくないと感じた。いや、拒絶という表現は、優し過ぎるかもしれない。この森の場合は、やはり「排除」という言葉が似合いそうである。

そんな森の中に、どう見ても人工的に整えられたとしか思えない草地が、いきなり現れた。ここまでの藪漕ぎで、どこにも人の通った跡がなかったことを、優真は知っている。にもかかわらず目の前には、綺麗《きれい》に藪の刈られた草地がある。この眺めは、かなり怖い。

　しかも、不自然な草地の向こう端には、真っ暗な口を開けた洞を持つ大木が生えている。手前の藪を処理して地面を整えたのは、あたかも洞そのものを祀《まつ》るためのようで、そんな風に映るこの場の光景が、なんとも気色悪かった。

　あっ、セイは……。

　異様な場所の出現に気を取られ、優真は一瞬、肝心なことを忘れていた。

　まさか、この洞に……。

　セイは入ったのだろうか。そういう行為をためらいなく、彼ならやりそうである。

　優真は洞の前まで行くと、そっと呼びかけた。

「おい、セイ？」

「そこに、いるのか」

　だが、まったく返事がない。

　優真は恐る恐る洞を覗いてみたが、その中は真っ暗で何も見えない。確かに森自体が薄暗かったが、この闇の濃さは可怪しくないか。まるで暗闇の固体が、ぎっしりと洞に詰まっているかのようである。それは覗く角度を変えても、まったく同じだった。これではセイが、目の前にいても決して分からない。

　ひょっとして、先に行ったのかも……。

そう考えかけたが、すぐに優真は首をふった。セイの目的地は、間違いなくここなのだ。それなのに優真を放っておいて、さらに先へと進むだろうか。むしろ優真が来るまで、ここで待つのではないか。

もしくは好奇心に負けて、ひとりで洞に入るとか……。

その可能性が、もっとも高い気がする。だったら洞に顔を突っ込んで、セイを捜すべきだと思うのだが、どうしてもできない。うわーんっと大口を開けている闇の中に、自分の頭を入れると想像しただけで、ぞわぞわっと背筋に悪寒が走った。

どうしたら……。

何もできずに優真が、ただ洞の前に立ちつくしていたときである。

　えっさかほいさ

どこかで耳にしたようなフレーズが、後ろのほうから聞こえてきた。ものすごく馴染《なじ》みがあるのに、とっさに思い出せないでいると、

　かぼちゃ男

なんとも信じられない言葉が、そのあとに続いた。それでようやく「かぼちゃ頭の

歌」だと気づいたが、むしろ頭は混乱した。

……お、叔父さん？

しかし背後から聞こえてくるのは、叔父の声ではなかった。そもそも叔父は、明後日まで戻れないはずである。

ずぶずぶずっぷん　畑を抜け出し
うんとこどっこい　袋をかついで

優真が固まっている間にも、どこかユーモラスな歌詞なのに、なんとも歌い方が気色の悪い歌声は、ずっと続いていた。

えっさかほいさ　かぼちゃ男
がさごそごっそと　森を抜けて
タマネギ　野原にごーろごろ

ここに来る前に後ろのほうから、誰かが藪漕ぎをする物音が聞こえたが、そいつが歌っているのだろうか。

えっさかほいさ　かぼちゃ男
じゃぶじゃぶじゃぁと　川をわたって
ニンジン　川辺につんつくつん

しかし問題は、そんなことではなかった。その歌声が次第に、こちらへと近づいてくる。もうそこまで迫っていることだった。

えっさかほいさ　かぼちゃ男
とんとことんと　お家に入り
ピーマン　お部屋にばーらぱら

ついに二本の樹木の向こう側まで、それはやって来た。そこからは、ざわわっ、ばきばきっ、ざあぁぁっ……という藪を進む物音と共に、

えっさかほいさ　かぼちゃ男
なんにもないない　からっぽ袋
とうとう最後に　自分の頭を食べさせましたとさ

「かぼちゃ頭の歌」の最後の歌詞が、二本の樹木の間で木霊して、それが草地に姿を現しそうになった。

　がさがさっ……。

　ぬっと藪から、それが出てきそうになる直前、優真は洞に飛び込んだ。他に逃げる場所がなかったからだが、セイが中にいると確信していたことも、彼の背中を押したかもしれない。

　洞に入ったとたん、優真は視力を奪われた。真っ暗で何も見えない。

「……セイ」

　囁《ささや》き声で呼びかけるが、やっぱり返答はない。それでも洞の中をすり足で動きながら、辺りの様子を探った。

　このとき優真の頭の中にあったのは、胎児のような格好で横たわるセイの姿である。叔父が小室久志を発見したとき、その体勢だったことを、おそらく無意識に思い出したからだろう。だから洞の中を歩き回りさえすれば、すぐにセイと出会えると考えた。

　ところが、いくら探り続けても、両足は何にもぶつからない。なぜか妙に平坦な地面が、そこにはあるばかりだった。

……ざっざっざっ。

　そのとき草地を歩き出す足音が、いきなり響いてきた。

……こっちに来る。

何者かは二本の樹木の間を抜けたところで、この場の光景を目にして、おそらく佇《たたず》んでしまったのだろう。その呪縛が解け、追っていた子どもは洞に入ったに違いないと思い、ようやく歩き出したのではないか。

優真がふり返ると、アーチ状に切り取られた光の中を、真っ黒な人影が、ゆっくりと近づいてくる光景が見えた。逆光のため、まったく容姿は分からないが、じっと眺めているうちに、はっと彼は身じろいだ。

あの男かもしれない。

叔父の車で奥白庄へ向かう途中、森の中から優真たちをじっと覗いていた黒い顔。

上白庄の別荘の管理人である吉俣と小室邸の生垣越しに話していたとき、やはり森からじっと覗いていた黒い顔。

あれが優真を、ついに捕まえにきたのではないか。その理由など、もちろん分からない。あえて想像すれば、彼がセイと森に入ったからだろうか。

……逃げなきゃ。

しかし、そこは行き止まりの洞の中だった。

十七　洞

……ざっざっざっ。

真っ黒な人影が、洞《うろ》を目指して迫ってくる。もう少し早ければ、あれが草地の中途を進んでいたときに、洞から飛び出して逃げられたかもしれない。だが、もう遅かった。

まさに今、黒々とした人形の影が、洞の前に達しようとしている。

優真が思わず後退《あとずさ》りすると、たちまち背中が洞の内側に当たった。あの人影が入ってきたら、この中で逃げ回ることなどできない。それこそ難なく捕まってしまう。

……もう、駄目だ。

絶望のあまり、その場に座り込みそうになったとき、ぱっとあるアイデアが閃《ひらめ》いた。

このまま洞の内側に背を当てて、ぐるっと半円を描くように回り、あの影が入ってくるのと入れ替わるように、外へと逃げ出す。向こうには優真が見えないのだから、これは上手《うま》くいくのではないか。

すでに人影は、アーチ状に切り取られた光の中、すぐそこまで迫っている。今にも洞の内部へと入ってきそうである。

優真は背をつけたまま、素早く洞の内側を回りかけて、

「わあっ」

声を上げながら、後ろに倒れそうになった。彼の背から、洞の内側が消えていた。

ど、どういうこと？

手探りすると、角のようなものがある。そこから奥に、どうやら空間は続いているらしい。洞の中に、さらに穴が開いているのだろうか。

悠長に考えている時間はなかった。今の叫び声を聞いたのか、人影が一気に洞へと入ってきたからだ。その悍《おぞ》ましい気配が、ありありと肌で感じられるほど、内部の空気が一瞬で変わった。すぐ側に影がいる。

反射的に優真は、洞の奥に開いた穴へと侵入した。とっさに身を屈《かが》めたのは、そんなに広いわけがないと想像したせいか。実際に体感できたのは、大人ひとりが蹲《しゃが》んだ格好で辛うじて通れるほどの、大きさの穴である。

できるだけ慎重な足取りで、地面から顔を出している無数の根っ子のようなうねりを足元に感じながら、静かに歩を進める。前後左右を手探りしつつ、そっと前進する。しかしながら耳だけは、人影の動向をつかむために、背後へ向けていた。

洞に入った人影は、どうやら両手を振り回しながら、優真を捜しているらしい。四方八方を向きながら、洞の内部を手当たり次第に探っている。そんな気配が伝わってきた。

幸いにも穴の存在には、まだ気づいていないらしい。

……どこまで続いてるのか。

前に伸ばした右手の先が、今にも樹皮の壁に突き当たりそうで、とにかく怖い。それは行き止まりを意味する。つまり遅かれ早かれ、人影に捕まるわけだ。

……頼む。お願いします。

優真は一心に祈った。このまま穴が、ずっと続いているように。少しでも背後の人影から離れられるように。

その願いは、今のところ聞き届けられていた。右手の先には何もなく、蝸牛《かたつむり》のような足取りながらも、確実に彼は穴の奥へと進めていた。

……奥？

そこで急に、ぴたっと優真の足が止まった。

この穴の奥って……。

どうなっているのか、どこなのか、何があるのか、と想像しただけで恐ろしくなった。ここへ逃げ込んだときは、本当に追い詰められていた。だから穴の存在を知っただけで、天の助けとばかりに飛び込んだ。しかし、ちょっと冷静になって考えてみると、かなり変である。

優真が入った洞は、太い樹木の下部に開いていた。つまり樹の内部である。その洞への出入口となるアーチ状の穴のほぼ反対側に、奥へと続く穴があった。では、いったいその穴はどこに存在しているのか。

分厚い樹皮の内部というのが、本来の答えだろう。だが、すでに優真は、少なくとも二メートル以上は歩いている。どれほど樹木の幹が太くとも、とっくに洞の中から外へ出ている距離ではないか。にもかかわらず彼は、まだ穴の中にいる。しかも問題の穴は、まだまだ続いているようなのだ。

あっ、ここは地面の下？

ひょっとすると地中ではないのか、と優真は閃いた。洞の奥から地面に掘られた穴へと、実は通じているのかもしれない。

ところが、周囲を手探りした限り、掌《てのひら》に感じられるのは樹皮と思われる感触だけである。土の手触りなど少しもない。第一ここが地中なら、かなりの角度を下ったはずではないか。でも彼が歩いた穴は、ある程度の凹凸があるとはいえ、ほぼ平坦《へいたん》だった。つまり洞から水平に移動したとしか、どう考えても思えないのだ。

洞のある樹の後ろが、こぶのように膨らんで、どこまでも続いてる……。

それが意味のない空想であることは、優真にもよく分かった。だとしたらこの奇妙な穴は、いったい何なのか。

「……ここか」

そのとき彼の背後で、意外そうな声が響いた。どうやら穴に気づいたらしい。

「こんな穴が……」

かなり驚いているのが、その声音から伝わってくる。

どんっ。

いきなり鈍い音がして、「うっ……」と呻《うめ》くような声が漏れた。

頭を打ったんだ。

とっさに優真は、その状況を理解した。穴が大きくないと予想して、彼が身を屈めたのは正解だったことになる。

だが、喜んでいる場合ではない。すぐにも人影は追ってくるだろう。得体の知れない穴は無気味だったが、とにかく今は奥へ逃げるしかない。

優真は再び歩き出した。穴の存在を気づかれた以上、足音の心配をする必要はない。できるだけ速足で、彼は逃げようとした。しかし足元は、根っ子のようなうねりが続き、相変わらず歩きにくい。転んで膝《ひざ》でも打ったら元も子もない。どうしても慎重な歩みになる。穴の中が真っ暗なことも、彼の足を鈍らせる原因だった。

……ざざっ、ずっ。

すぐに背後から、人影が立てたらしい物音が聞こえてきた。とにかく頭の痛みをこらえて、穴に入ってきたのだろう。こちらは子どもで、向こうは大人である。あっという間に追いつかれてしまう。

焦った優真は、思わず小走りになった。とたんに転んだ。

「…………」

恐れていた通りに膝を打ち、目が飛び出るほどの痛みが走り、思わず涙ぐむ。それでも必死に我慢して、決して声は出さなかった。彼が転んで片膝を痛めたことを、絶対に人影には悟られたくない。こちらの弱味は、できるだけ隠しておくに限る。

打った左膝を庇《かば》いながら、急いで立ち上がる。がくっと倒れそうになり、慌てて踏ん張る。

……くそっ。

両の頬を涙が流れる。痛みからではなく、軽率にも暗闇で小走りしたことに対する、その後悔の念からである。

……ざっざっ、ずずずっ。

そうこうしている間にも、人影は近づいてくる。

優真は左膝に両手を当てながら、ゆっくりと何度も動かしてみた。しばらく左足は引きずるはめになるが、これならどうにか歩けそうである。

しゅっ。

彼の首筋で、ふいに空気が動いた。一瞬、訳が分からなかったが、すぐ事態に気づいた。どうやら人影が伸ばした片手に、もう少しで捕らえられるところだったらしい。

優真はその場を急いで離れた。もっとも足音を立てないように、気配を殺して進むため、どうしても蝸牛のような歩みになる。だが彼に有利だったのは、大人である人影のほうが、せまい穴の中では動きにくかったことである。

優真が歯を食い縛りながら歩を進め続けると、本当に少しずつ人影との距離が開き出した。ふり向いても闇しか見えないが、相手の気配が遠ざかっているのは、おそらく間違いない。

そのうち天井が、低くなりはじめた。優真でさえ頭を下げて屈んだくらいでは、もう通れない高さになってきた。しかも左右の壁も、せばまり出したように感じられる。穴全体が、少しずつ縮んでいるのかもしれない。

周囲の状況が推測できたとたん、急に息苦しさを覚えた。これまでに閉所を恐れた覚えはないが、今の状態は想像を絶している。それに実際、あまりにも穴の奥へと侵入したために、洞内の空気が薄くなっているのかもしれない。

このまま息ができなくなったら……。

暗闇と閉所と追われる恐怖に加え、窒息の懼《おそ》れまで出てきた。それでも逃げ続けたのは、やはり人影の存在が、もっとも忌まわしかったからだろう。

歩く速度が遅いとはいえ、ずいぶんと洞から離れた気がする。それに少しずつだが、やっぱり穴が縮まっているとしか思えない。

算数で習った円すいのように、このまま先細りしていったら……。

いずれは前へ進めなくなり、立ち往生してしまうだろう。そうなったら、もうお終《しま》いである。人影が近づいてくるのを、何もできずに待つだけになる。

いいや、その前に……。

もしかすると優真しか通れない細さに、穴が縮まるかもしれない。その場合、いくら人影が手を伸ばしても、絶対に彼には届かないかもしれないではないか。

　とはいえ優真は、そこからどうするのか。さらに奥へ進むのか。そもそも進めるのか。背後の気配が消えるのを確かめてから、洞まで戻るのか。しかし洞から出たとたん、人影に捕まるのではないか。

　どんな想定をしようと、悪い結果しか浮かばない。もっともこれ以上は、どう考えても悪くなりようがない。と優真が絶望しかけたときである。

……はっ、はっ、はっ。

　後ろから荒い息遣いが、いきなり聞こえてきた。しかも急激に、それは彼のほうへと迫ってきていた。

　まさか……。

　何が起きているのか悟るや否や、優真は中腰の体勢で、頭を前に突き出す格好になると、左右の樹皮に両手をつきながら、一気に駆け出した。もちろん小走り程度だったが、その穴の中で出せる精一杯の速さだった。

　ぽた、ぽた、ぽたっ……。

　顔面から汗が、したたり落ちる。ふいている暇など、もちろんない。

　そうやって必死に逃げる彼を、背後の人影は四つん這《ば》いで追いかけてくる。そうしたほうが速く移動できると、どうやら気づいたらしい。その姿が見えたわけではないが、荒々しい息遣いと気配だけで充分だった。

……はっ、はっ、はっ、はっ。

これまでとは比べ物にならない速さで、人影が追いついてきた。優真も死に物狂いで駆けるのだが、どうしても根っ子に足を取られて、思うように走れない。このままでは捕まるのも、もう時間の問題ではないか。

……いやだ、嫌だ、厭《いや》だ。

どたっ。

優真は転んだ。右肘《ひじ》と右膝を打ち、あまりの痛みに「ううっ」と呻き声が漏れた。

「へへっ」

すると背後で、なんとも厭な嗤《わら》い声が聞こえた。それは彼の、ほんのすぐ後ろだった。

「わあぁぁぁっ」

だが皮肉にも、それが優真に力を与えた。人間が覚える憤怒と恐怖ほど、その人の瞬発力を引き出す感情はないのかもしれない。

とはいえ彼は、とっさに立ち上がれなかった。だから、そのまま這った。しかし、先ほど打った左膝と今の右膝が、地面から顔を出す樹の根っ子に当たり、ものすごく痛い。いくらも進まないうちに、ぽろぽろと涙がこぼれた。

……はっ、はっ、はっ、はっ。

背後に迫る息遣いが、なんとか優真を踏ん張らせた。左右の膝を上げると、両の掌と両足の爪先《つまさき》だけで、彼は駆け出した。

穴の中にもかかわらず、地面は乾いていた。落ち葉なども一切ない。うねうねと隆起する根っ子の群れが、どこまでも続いているだけらしい。こういった自然の穴倉に棲《す》んでいそうな小動物や虫も、まったくいないように感じられる。逃げるのに精一杯で、そんな気配を覚える余裕などなかったが、おそらく間違いないだろう。森全体に対して持った違和感から考えても、きっとそれが正しいに違いない。

真っ暗なせまい穴の中で、四つん這いになって逃げる子どもと、同じく四つん這いになって追う大人のような人影……。

第三者が目にすれば、かなり滑稽《こっけい》な鬼ごっこと見えたに違いない。だが優真にとっては、紛《まご》うことなき悪夢のような逃走劇だった。

そのうち穴の幅が、さらに縮まり出したように思えた。おそらく天井も、もっと低くなっているのだろう。何も見えないにもかかわらず、周囲から受ける圧迫感がものすごい。両手と両足が辛《つら》くなってきたが、これでは立ち上がれないかもしれない。もしも力つきて倒れてしまったら、今度は両肘で這って進むはめになりそうである。

やっぱり穴は、円すいのように……。

次第にせまくなっているのではないか。だとしたら優真は通れるが、後ろの人影は前進できない状態に、本当になるかもしれない。それだけが彼の、唯一の希望だった。

……はぁ、はぁ、はぁ。

背後から響く息遣いも、かなり荒くなっている。疲れてきている証拠だろう。ただし優真も同じであるため、単純に喜んではいられない。

「ううっ」

突然、人影が苦しそうな呻き声を上げた。這うのも止めて、まるで休んでいるような気配が伝わってきた。

優真はさらに前進してから、その場に突っ伏して、同じように休んだ。相手が再び追いかけ出したとき、少しでも距離が開いていたほうが、彼にとっては有利である。

……はぁ、はぁ、はぁ、はぁ。

……ふぅ、ふぅ、ふぅ。

互いに荒い息を吐く音だけが、何も見えない真っ暗な穴の中で、あたかも共鳴するかのように無気味に響いている。

「……お、お、可怪《おか》しく、ないか」

いきなり人影に話しかけられ、優真はびくっとした。これまで片言は耳にしていたが、こんなに長く喋《しゃべ》るのを聞いたのは、はじめてである。

「こ、この穴……、どう考えても、へ、変だろ」

相手が完全に人間らしいと分かり、ほっとできた反面、たちまち別の恐怖に襲われた。

いったい何者なのか。

どうして優真を追いかけてくるのか。

新たな懼れに怯《おび》える彼に、人影はお構いなしに話しかけてきた。

「樹の洞の、奥に……、こんな穴が、開いてて……、どこまでも、ずっと続いてるなんて……、普通じゃ、ないぞ。この穴の、外は、何なんだ？　じゃじゃ森の、中か」

言われてみれば、そうである。じゃじゃ森にいることを、まったく疑いもしなかったが、そんな保証はどこにもない。これほど異様な穴の中にいるのだ。その外がどうなっているのか、優真たちに分かるはずもない。

……異界。

もしかするとここは、三番目の異界ではないのか。ひとつ目は紙芝居屋の口上により、二つ目は訳の分からない朗読によって、優真は異界に誘い込まれた。だとしたら今回は、かぼちゃ頭の歌が原因なのかもしれない。

けど……。

前の二つの口上と朗読を行なった人物は、どちらも正体不明である。同じことが人影にも言えるが、こうやって喋っているのを聞く限り、どうやら人間らしい。しかし前の二人は、そもそも人であるのかどうかも分からない。仮に人間だとしても、別世界の者ではないか。そういう印象を彼は持っていた。

三度目だけ、例外？

そこまで考えたところで、肝心な事実を忘れていたことに、はっと優真は気づいた。

この森そのものが、異界だった……。

だからこそ、かぼちゃ頭の歌が「機能」したのかもしれない。もちろん、そうなった理由は謎である。

「……おい、何とか言えよ」

いつまで経っても優真が黙ったままなので、人影は痺《しび》れを切らしたらしい。

「……だ、誰？」

思い切って訊《き》くと、

「お前の、保護者だ。こんな森に、ひとりで入ったら駄目だろ。大人がついてないとな。だから俺が、わざわざ来てやったわけだ」

なんともふざけた返しを、ぬけぬけとされた。

信用できる人じゃない。

今さらながらに、そう判断した優真は、相手に気づかれないように、そっと手足を動かしはじめた。人影が再び追いかけてくる前に、できるだけ距離を稼いでおきたい。

「こんな穴なんかに、入るもんじゃない。手遅れにならんうちに、さぁ戻ろう。今なら、まだ間に合うから――」

ひとり言のような喋りが、なおも続いた。優真が応《こた》えなくても、特に気にならないのか、愚痴のような内容を、だらだらと垂れ流している。

今のうちに……。

少しとはいえ休んだことが、わずかながらも優真を回復させていた。先ほどの場からある程度は離れられたと思えたところで、彼は這う速度を上げた。

ずざっ。

そのとたん、太い根っ子の上に置いた左手が滑った。はっと身動きを止め、優真が息を殺していると、

「……おい？」

やや遠くから、不審そうな声で呼ばれた。もちろん優真は答えずに、ひたすら背後の様子を窺《うかが》い続けた。

しーん……とした静寂のあと、

「このガキぃぃ」

怒りの声音と共に、ものすごい速さで這い出した人影の気配が、一気に迫ってきた。

優真がショックだったのは、かなり離れたつもりでいたのに、予想以上に近くから相手の声が聞こえたことだ。しかも人影は、相当に腹を立てているらしい。無茶苦茶な速さで這い進んでいるのが分かるほど、凄《すさ》まじい熱気が背後から伝わってくる。

あまりの恐怖から立ち上がりかけると、上に伸ばした片手の先が、すぐ天井についた。今や穴の大きさは、優真が蹲んだくらいになっている。

再び四つん這いになり、すべての力を出し切るつもりで、とにかく一心に前進した。

……はっ、はっ、はっ。

背後の追い上げもすごかった。このまま奥へ入れば入るほど、いずれ大人が通れなくなることを、おそらく察知しているからだろう。その前に、なんとしても捕らえたい。

その並々ならぬ意志が、ひしひしと感じられて恐ろしい。

どうして、僕を？

後ろの人影は、いったい誰？

ともすれば考えそうになるのを必死に我慢する。今はとにかく逃げることに集中するしかない。

……はっ、はっ、はっ、はっ。

だが、背後から迫る息遣いは、確実に距離を縮めていた。このままでは、あと二、三メートルも進まないうちに、相手の片手が優真の片足をつかむのではないか。

さらに這う速度を上げたかったが、そろそろ限界だった。両手と両足は、今にも折れるかというほど疲れ切っている。両の肩と股間《こかん》の痛みもひどい。もはや体力的にも精神的にも、ぼろぼろだった。いつ倒れても可怪しくない状態である。

……もう、無理だ。

ぐにゃっと両手が曲がり、どっと身体が根っ子の上に横たわり、優真は暗がりの穴の中に倒れた。まさに力つきた、という感じである。すぐにも人影が追いつき、彼の身体の上に乗ってくるに違いない。そう覚悟して、思わず身をすくめたとき、

「あうっ」

優真の足元の辺りで、呻き声が上がった。

「くそっ」

ついで悪態が聞こえ、もがいているような動きが伝わってきた。

もはや起き上がる体力もなかったが、さすがに優真も気になった。そこで苦労して身体を反転させ、足元に目をやったが、もちろん真っ暗で何も見えない。ただ、人影の無気味な唸《うな》り声が聞こえるばかりで……。

しばらく周囲に両手を這わして、ようやく彼は合点がいった。さらに穴が縮んでいた。おそらく間違いない。

つっかえたんだ。

子どもの優真はすんなり通れたが、大人の人影は肩幅が穴より広くて、どうしても入らないのではないか。

……助かった。

思わずため息をつくと、足元の動きが急に止んだ。

あきらめた？

次の瞬間、いきなり優真は左の足首をつかまれた。ため息を耳にした人影が、すぐ近くに彼がいると知り、闇雲に片手を伸ばしたのだ。それが偶然、足首に触れたらしい。

「うわっ」

「へっへっ。やっと捕まえた。油断したな」

「は、は、離せ」

「お前こそ大人しく、こっちへ出てこい」

ぐいぐいと左足を引っ張られるのに耐え、優真は根っ子を両手でつかんで踏ん張った。

しかし相手は大人である。ずる、ずる、ずるっ……と少しずつ、彼の身体が向こうへと、否応《いやおう》なく引き寄せられていく。

「……い、痛い」

悲愴《ひそう》な声が口から出るが、それで力を弱めるような相手ではない。

「……や、止めろ」

むしろ楽しんでいる気配さえあるかもしれない。

「……や、や、やだぁ！」

叫び声と共に優真は、右足で自分の左の足首辺りを蹴《け》った。何度も蹴り続けた。

「くっ」

最初は人影も我慢していたが、そのうち手を離した。だが、再び捕まえようと、すぐに片手を伸ばしてきた。それを優真は両足をバタバタさせることで、なんとか防いだ。

それから急いで両手とお尻《しり》を使い、さらに穴の奥へと逃げ込んだ。

……はぁ、はぁ、はぁ。

……ふぅ、ふぅ、ふぅ。

しーんとした真っ暗な穴の中で、二人の息遣いだけが聞こえる。

……はぁ、ふぅ、はぁ、ふぅ。

それは奇妙な二重奏のように、しばらく籠《こも》るように響き渡った。

得体の知れぬ穴に入り込んでしまい、本当なら頼もしく思えるはずの他人の息吹が、ただただ禍々《まがまが》しいとしか感じられない。それほど異様な状況に自分が置かれていることを、優真は改めて思い知らされた。これが外なら人影は三歩も進まずに、きっと彼を捕まえられるだろう。だがここでは、その心配はない。

「おい、いいか」

そんな優真の心中を見透かしたかのように、

「この分じゃ、奥へ入れば入るだけ、穴は小さくなってるぞ。つまりお前も、そのうち先へ進めなくなる」

もっとも恐るべき可能性を、しかし充分に考えられる状況を、人影は口にしはじめた。

……めりりっ。

しかも相手の声に交じって、なんとも妙な物音が聞こえてきた。

「そうなったら、もう戻るしか手はない。だったら今のうちに、引き返したほうがいいだろ」

……ばきっ。

「あんまり穴が細くなり過ぎたら、お前の身体が抜けなくなるぞ」

……ばりばりっ。

「穴につっかえて、前へ進むことも、後ろに戻ることも、どっちもできなくなって、おいおい泣くはめになってもいいのか」

……ぶきっ。

穴の周囲の樹皮を、人影が密《ひそ》かに剝《は》がしている。

それに気づいた優真は、たちまち全身に鳥肌が立って、まったく身動きができなくなった。相手の恐るべき執念に、ほとんど吞《の》まれかけていた。

「おっ、ここは柔らかいぞ」

彼を我に返らせたのは、この人影のつぶやきだった。どうしてかは分からない。強いて理由をあげれば、それまでの優真を説得するような口調と、あまりにも違っていたからだろうか。いずれにしろ、これが彼を救った。

もっと奥まで……、人影が絶対に入ってこれない先まで、逃げないと……。

優真は四つん這いになると、さらに前進した。

「逃げても、無駄だ」

その気配を察したのか、人影の声が後ろから追いかけてくる。しかし無視して、ひたすら奥へと入っていく。

いくらも進まないうちに、さらに穴が縮み出した。優真でさえも、少し窮屈になりはじめた。それでも彼が止まらなかったのは、背後から絶え間なく響く人影の声と、それが穴を広げようとしている物音から、できるだけ離れたかったからである。

そのうち、ついに身体がつかえ出した。ほとんど前進できない状態にまで、穴が小さくなっている。人影が言った通り、これでは戻るに戻れないかもしれない。

……ここで、死ぬのかな。

暗闇の穴の中で身動きが取れなくなり、そのまま餓死してしまう。想像しただけで、頭が可怪しくなりそうだった。

背後では相変わらず声と物音が、無気味に響いている。しかし声は、いつしか訳の分からない絶叫と化していた。そして穴を広げる物音は、まるで重機でも使っているような、とんでもない騒音に変わりつつある。

……これは、普通じゃない。

後ろの人影に、どうやら異変が起きているらしい。本当は異界へ入れないのに、無理に侵入してしまった影響だろうか。いずれにしても人影は、何か違う存在になりかけている。そんな厭な予感に、優真は襲われた。

別の何かに変化《へんげ》してしまったら……。

どれほどせまい穴でも、それは入れるかもしれない。どこまでも延々と、彼を追いかけてくるかもしれない。

うんうんと唸りながら、少しずつ優真は前進した。もう限界だと思いながらも、背後の恐ろしいものから逃れるために、必死に奥へ入ろうとした。

そのうち前へと伸ばした両手に、彼は妙な感触を覚えた。それまでの樹皮とは違う、もっと柔らかな何かである。

……ゴム？

あり得ないと思ったが、ここは異界である。どんなことでも起こりうるのではないか。お陰で進みにくかった穴も、なんとか通れるようになった。とはいえ同じことが、後ろのあれにも言えた。今のうちに、もっと距離を稼がないといけない。

奇妙な弾力のある細い穴の中を、くねくねと身体を動かしながら、とにかく優真は前進した。こうなったら穴の果てまで、もう行くしかないだろう。

それまでゴムのような物質をつかんでいた左手が、次の瞬間には突然、ひんやりとした平らな何かに触れた。

「ひぃぃぃ」

思わず優真は声を上げて、すぐさま左手をあげた。

……な、な、何？

それは非常に冷たくて、とても寒々としたものだった。

今度は恐る恐る右手を伸ばして、その掌で触れてみる。表面は硬く、少しざらついている。手を動かしても平らなままで、やはり冷たい。

……コンクリート？

ようやく頭に浮かんだのは、またしてもあり得ない物質だった。

ゴムのようなものの次が、コンクリートなんて……。

いくら何でも変である。と優真が感じたところで、自分がそのコンクリートの床らしきところに、這うような格好で横たわっていることに、ようやく気づいた。

あれ……。

ゆっくり両手を広げてみると、何にも当たらない。少しふり回しても、同じである。

……穴は？

まずは身体を起こす。それから中腰になる。そして立ち上がったが、頭はつかえない。

普通に立っていられる。

ここは、いったい……。

優真が呆然《ぼうぜん》と立ちつくしていると、

「ふっふっ」

暗闇の中で誰かが、薄気味悪く笑った。

十八　闇

優真は息を殺したまま、じっと身動きせずに、ひたすら周囲の様子を窺《うかが》った。とはいえ真っ暗で、まったく何も見えないのは、穴の中と同じである。

彼は少しずつ後退《あとずさ》りながら、背後に両手を伸ばした。場合によっては、穴に逃げ込む必要があるかもしれない。ここがどこで、笑い声の主が何者か分からない以上、いざというときに備えておくべきだろう。

両手はすぐに、冷たい壁のようなものに当たった。そこから腰を屈《かが》めて、穴があると思《おぼ》しき辺りを探る。しかし、ざらざらとした平面が続くばかりで、穴などない。そのうち右手が、床に達してしまった。なで回す範囲を広げてみたが、やっぱり穴が見当たらない。穴があったに違いない部分は、他と比べて壁がざらついている。だが触って分かる変化はそれだけで、小さな窪《くぼ》みのひとつも見つけられない。

僕は穴から出て、起き上がった……。

そのまま後ろに下がったから、穴は足元にあるはずなのに……。

完全に消えている。あのゴムのような感触も、まったく見つけられない。コンクリートの部屋の壁らしきものが、彼の背後に広がっているばかりだった。

……穴には逃げられない。

もちろん戻りたいわけではないが、これで退路を断たれたのは間違いない。

どうする？

自問したが、自答できない。窮屈な穴の中で這《は》っていたときは、早く外に出たかった。

しかし今、こうして自由に立っていられる状態なのに、ものすごい不安を覚える。

ここは、どこなのか。

果たして助かったと、これは言えるのか。

いつしか優真は背中を、ぴったりと背後の壁につけていた。この真の暗闇の世界で、ひんやりとした冷たさが伝わって来る壁だけが、唯一しっかりとした存在だったからだろう。しかし永遠にこうしているわけにもいかない。

壁伝いに動けば……。

ひょっとすると扉にでも行き当たるだろうか。そうなったら少なくとも、ここが部屋だと分かる。

だが、もしも手に触れるのが壁ばかりで、変化と言えば部屋の四隅らしき角を、何度も通過することだけだったら……。ぐるぐると部屋の中を、いつまでも回るばかりだったら……。いや、それよりも背後の壁が、どこまでも延々と続いていたら……。どれほど歩いても、まったく壁の終わる気配がなかったら……。

ここが、そんな異界だったとしたら……。

優真の想像は、どんどん悪いほうへと流れていった。ここに存在するのは後ろの壁と足元の床だけで、その二つが真っ暗な空間の中を、どこまでも延びている。そして一度でも壁から離れたら、もう二度と触ることはできない。四方に何もない得体の知れぬ闇の世界を、いつまでも彷徨《さまよ》うはめになる。

……厭《いや》だ。

圧倒的な恐怖と絶望に、彼が囚《とら》われていると、

「ふっ」

微《かす》かな笑い声が、暗闇の中で響いた。それは優真の、ほぼ正面から聞こえたようだが、本当のところは分からない。

目の見えない状態は、しばしば聴覚を敏感にさせることがある。しかし彼の場合は違った。むしろ黒々とした闇に、一切の感覚を麻痺《まひ》させられている気分だった。

「……だ、誰？」

それでも誰何《すいか》したのは、黙っていると怖かったからだ。

「ふっ」

だが笑い声は、名乗らない。

……まさか、あの人影？

だが、どう考えても穴の中で優真を追い抜き、ここへ先回りできたとは思えない。そ

れに笑う声音が、まったく違っている。

「誰なんだ？」

ありったけの勇気をふり絞り、優真は強い口調で尋ねた。

「ふっ」

それに対して、またしても笑い声が返ってきた。ただし、前よりも近づいている気がする。

「ふっ」

さらに声が、こちらに迫ってきた。

「ふっ」

真っ暗闇の中、微かな笑い声だけが、少しずつ彼に寄ってきている。

「ふっ」

とっさに優真は、壁伝いに右へと逃げた。相手に気づかれないように、忍び足で移動する。

「ふっ」

ところが笑い声も、彼に合わせるように右へ動いた。

……見えてる？

自分の身体さえ目にできない、こんな真っ暗な状況で、向こうには優真の動きが、ちゃんと見えているのだろうか。

彼が壁に背中をつけながら、さらに右へ移動すると、

「へっへっへ」

右の耳元で、それが笑った。

ぞわわわっと全身に鳥肌が立ち、ぶるぶるっと背筋が震える。思い切り悲鳴を上げたいのに、どうしても喉《のど》から出てこない。その場に硬直したまま、息が詰まって死にそうである。

ふっ……と右手に、空気のゆらぎを感じたとたん、

「わあぁぁぁぁっ」

優真は絶叫していた。それに触られる、きっと襲われると察して、慌てて左方向へと逃げた。

がんっ。

いくらも進まないうちに、何かにぶつかった。慌てて手探りすると、金属の冷たさを覚えた。なおも触っていると、その正体がなんとなく分かりはじめた。

……棚？

とはいえ今は、この障害物を回避して、とにかく逃げなければならない。

「……おい」

そのとき後ろから、声をかけられた。とっさに動こうとして、優真は固まった。まさか……と思いながらも、彼は尋ねた。

「……セイ？」

一拍の間があってから、

「やっと分かったんか」

明らかに面白がっているセイの声が聞こえた。

「ひ、ひ、ひどいじゃないか」

「すまん。ちょっと、ふざけ過ぎたな」

「はぁっ……」

安堵《あんど》のあまり優真は、盛大に息を吐き出した。もう駄目だと絶望しかかっていたので、まさに生き返った気分である。すると今度は、様々な疑問が一気に浮かんだ。

「セイも、あの樹の洞《うろ》に入ったのか」

「もちろん」

「奥の穴にも？」

「それが、よう覚えてない」

予想外の返答に、優真は驚くと共に戸惑った。

「どういうこと？」

「せやから、ちゃんとした記憶がないいうか……」

「つまり気がついたら、ここにいたってこと？」

と訊《き》きながらも優真は、もっと肝心な質問があったとばかりに、

「ここって、そもそもどこ？」

「えっ、知らんかったんか」

　セイは呆《あき》れたような声を出したあと、可笑《おか》しそうな口調で、

「ここはな、俺がねぐらにしとる、小室邸の倉庫室の下や」

優真にとっては、あまりにも意外な回答を、さらっと口にした。

「……嘘だろ」

「こんな状況で、いくらなんでも嘘はつかんわ」

「でも……」

まったく信じられない思いで、優真は愕然《がくぜん》としながら、

「洞の穴と小室邸の地下が、どうしてつながってるんだ？」

「俺が訊きたいわ」

「あっ、そうか」

　セイは洞の奥の穴に入ったかどうか、確かな記憶がないままに、気がつくと小室邸の倉庫室の地下にいたのである。

「なんでユウマは、ここに出てこられたんや」

逆に尋ねられ、彼は言葉に詰まったが、

「……そうだ。追いかけられてたんだ」

あの人影の存在を思い出して、すぐさまセイに教えた。

「けど、そいつも洞の穴から出て、ここにおるわけやないやろ」

「……たぶん」

もし同じように出られていれば、今まで黙っているはずがない。

「なんでユウマだけが、その穴を通り抜けられたんか」

セイにとっては人影の正体よりも、そのことが重要らしい。

「やっぱり穴が、せまかったから……」

「ほんまか。いや、穴がせもうなったんは事実やろ。ただそれが理由で、そいつは出られんかったんかどうか……」

「他に訳があると？」

「そいつは普通の人間やったけど、お前は違う……とか」

「…………」

とっさに応《こた》えられなかったのは、例の異界体験があったからである。

「嘘みたいな話だけど――」

そこで優真は、いきなり二度の異様な経験を打ち明けた。そして今回、もしかすると三つ目の異界にいたのかもしれないことを、なんとか説明した。

「ふーん」

どんな反応が返ってくるかと、彼は少し身構えたが、どうやらセイは信じたらしい。

「なるほど。そういうことか」

むしろ感心している。ただ、それと同時に、なぜか悔しがっているようでもあり、優真は怪《け》訝《げん》に思えた。

「こんな風になった原因について、セイには何か考えがあるのか」

「ああ。ようやっと分かった気がする」

そう答える口調には、結構な自信が感じられる。

「いったい原因は何？」

「どう考えても、お前が異界へ行ける、その能力のせいやろ」

当然だと言わんばかりに、セイは返した。

「の、能力って……。自分でコントロールできるわけじゃないし、そもそも気味の悪い変な世界になんか、僕は行きたくない。でも、歌のような節のついた声が聞こえてきたら、なぜかスイッチが入るみたいで、そういう空間に侵入してしまってる」

「せやから、それが能力や。普通の人には、そんなものあらへん」

「樹の洞の奥に、あんな穴があったのも、その力のせい？」

「いや、あの恐ろしい穴は、昔からあったんやと思う」

そこで優真は突然、ひとつの解釈を思いついた。

「もしかすると、じゃじゃ森で神隠しに遭っても、あの穴に入らなければ、ちゃんと戻ってこられるのかもしれない」

「洞までやったら、平気ってことか」

「記憶の一部を失くすとか、別人のようになるとか、決して平気じゃないけど、一応は帰ってこられるんじゃないかな」

　優真の頭にあったのは、もちろん小室久志と古泉正人の事例である。前者は洞に入っただけだったので、なんとか戻れた。しかし後者は穴の中へ入ってしまったがために、もう二度と帰れなかった。

　名前は不明ながら、古泉正人が失踪《しっそう》する一年前に、やはり行方が分からなくなった朱雀町の子どものひとりも、これに含まれるのかもしれない。その子も記憶の一部を失くしていたと、確かに吉俣は言っていた。

　興奮気味に優真が自分の考えを述べると、

「下田《しもだ》なんたらも、やっぱりそうか」

　ひとり言のようにセイがつぶやいたので、彼はびっくりした。

「下田って誰？」

「せやから、朱雀町の子どもの名前や」

　そこまで詳しく知っているのかと驚いたが、肝心な話がまだだったので、

「洞の奥の穴が、昔からあったのなら、僕の能力なんか、まったく関係ないじゃないか」

「その穴を通って、ここへ出てきたことが、まさにユウマの能力なんや」

「つまり……」

「昔からあった洞の穴が、お前の異界とつながったんやろ」

別に望んでいるわけではない異界を、あたかも優真が属する世界のように言われ、彼は面白くなかった。とはいえ今は、そんなことで腹を立てている場合ではない。

「この世には本来ない、二つの異界がつながったせいで、ここに出たってことか。それが小室邸の倉庫室の地下だったのは……」

たまたまだったのか、と思いかけて、あれっと優真は首をひねった。

「僕より先に、セイは穴に入ったんだろ。となるとセイも、同じ異界にいたことになるのか。僕の異界に、君も巻き込まれたってこと？」

「ユウマのあとを追って、穴に入った人影は、間違いなくそうやろう。けど俺は、お前よりも先やった。せやのに異界の影響を、果たして受けるやろか」

「だって……」

現に今、ここにいるではないか……と続けようとして、優真は妙なことに気づいた。穴から這い出したとき、どうしてセイは、それが優真だと分かったのか。一言も口をきいていないのに、なぜ彼だと知ったのか。

こんな真っ暗な中で……。

すぐに声をかけなかったのも可怪《おか》しい。相手を怖がらせるような悪戯《いたずら》をするには、あまりにも場違い過ぎる状況である。

「どないした？　急に黙り込んで」

よくよく聞くとセイの口調には、微かな嗤《わら》いが交じっているように感じられる。まるで優真の知らない何か重大な事実を隠し持ったうえで、彼を弄《もてあそ》んでいるかのように。

優真はそっと動いた。背にしていた棚らしきものを迂《う》回《かい》して、倉庫室に上がる梯子《はしご》段を捜すつもりだった。

「どこ行くんや」

すかさずセイの声が、闇の中から聞こえた。

「こんな何も見えん状況で、やたらと動くんは、あんまり感心せんな」

そう言いながらもセイには、優真が見えている節があり、それがたまらなく恐ろしい。

だが、わざわざ確かめるのは、もっと怖い。

「ひょっとして、倉庫室に上がる階段を捜してんのか」

優真が口を閉じたまま、手探りで少しずつ動いていると、セイの声が追いかけてきた。

「そっちやない」

しかも背後から可笑しそうに、駄目出しまでする。

「こっちや」

と誘導されたとたん、優真の足が止まった。その声が、進行方向からしたからだ。たった今まで後ろにいたはずなのに。

「……な、何だよ」

思わず声を出したのは、まさに恐怖のあまりだった。

「と、友だちだと、思ってたのに……」

「そうや」

すぐ耳元で、セイが囁《ささや》いた。

「せやからこそユウマを、あの樹の洞まで連れてったんやないか」

「えっ……」

まったく気づかないうちに、すぐ側までセイが来ていることにも怯《おび》えたが、それ以上に意味が分からないながらも、なぜか彼の台詞《せりふ》に震え上がった。

「俺の仲間にしよう思うて。せやのにユウマは、あの穴から出てきた。『何だよ』とか、『友だちや思うてた』とか、それは俺の台詞や」

「……ど、どういうこと？」

聞きたくないが、知らないのは、もっと恐ろしい。

「ずっとひとりでおるんやから、仲間を欲しいと思うんは、当たり前やろ」

「ずっと……って？」

「もう十年になるか」

優真はごくりと、ゆっくり唾を飲み込んでから、

「き、き、君は……、誠一くん、だよね？　お母さんは、怜美さんで……」

一拍の間が開いてから、

「ひゃっはっはっはっ……」

　ぞわっと二の腕に鳥肌が立つような嗤いが、けたたましく暗闇に木霊した。

「やっぱり誤解してたんか。ひょっとして、とは思うてたけど。こっちには、そのほうが都合良かったからな」

「な、何の話だ？」

「せやけどユウマは、俺のことを『セイちゃん』って、いきなり呼んだよな」

「……だから、誠一のセイじゃないか」

「なんや。マサトの『マサ』をセイと読んだ、俺のニックネームやないんか」

　反射的に優真は、その場から後退りしはじめた。

　……マサトのマサをセイと読む？

　それは古泉正人の「正」を「セイ」と音読みして、「セイちゃん」という呼び名にしたことを、まさか意味しているのか。

　……セイが、古泉正人？

　父のもうひとつのペンネームである星斗罵終の秘密を解いた優真が、こんな思い違いをしてしまっていたとは……。

　しかし、どう見ても彼は子どもだった。十年も前に行方不明になったのに、今も当時の姿のままではないか。

「け、けどセイは、お祖父《じい》ちゃんお祖母《ばあ》ちゃんと、いっしょに暮らしてるって……」

「そんなこと、俺は言うてない。祖父ちゃんには、あんまり心配をかけとうなかったから、『ちょっと森を散歩してくる』って断ったけどな」

同じことを吉保も話していたと、ふいに優真は思い出した。

「怜美さんが、お母さんだって……」

「それも絶対に、俺は言うてない」

すべては優真の早とちりだったことになる。ふり返ると確かにセイは、自分に関する話をほとんどしていない。そんな会話になった場合も、きっとこういう事情だろうと、優真が先回りして考えていただけである。

そう言えば怜美は東北の出身で、高校卒業後に東京に出てきて——という話を叔父《おじ》はしていた。もしセイが彼女の子どもだったのなら、そもそも関西弁を口にしないのではないか。

「あからさまな手掛かりが、ひとつあったんやけどな」

「どんな？」

「ユウマよりも先に、俺はここに来てたって言うたやろ」

「うん」

「あれに嘘はないけど、知敬の部屋で倉庫室の鍵《かぎ》を見つけて、地下へ下りる跳ね上げ戸を開けておいた、と俺は言うた。仮にそれがほんまやったら、お前が別荘の中を探索したとき、簡単に跳ね上げ戸を開けられたはずやないか」

言われてみれば、そうである。だが跳ね上げ戸には、ちゃんと鍵がかかっていた。セイが開けていなかった証拠である。なぜなら彼にとって鍵のかかった扉など、まったく意味がないからではないか。

さらに優真が後退ると、

「これで、はっきりしたやろ」

「……な、な、何が？」

「俺の正体と目的や」

それには応えずに、なおも優真は後退り続けた。

「お前と俺……、似てると思わんか」

セイの声音が、少し変わった。

「俺が小さいころ、親父は死んだ。せやから親父との思い出は、ものすごう少ない。そのあと、あいつが父親になった。婿養子の形で、古泉家に入ったんや。すぐに弟が生まれた。そっから俺の扱いが、いきなり変わった。あいつは、祖父ちゃんやお袋の前では、俺を可愛がるふりをしよるけど、陰に回ると違うた。俺が問題児やっていう嘘を、少しずつまわりに信じさせたんや。もちろん俺は反抗したけど、それが逆に自分の首を絞めるはめになってな。お袋まで、あいつに騙《だま》されてしまいよった。最後まで俺の味方やったんは、祖父ちゃんくらいや」

いつしかセイの話に、優真は熱心に耳を傾けていた。

「じゃじゃ森に行こうとしたんも、どうとでもなれ——いう気持ちがあったからやと思う。それがまさか、あんな目に遭うとは……」

　セイの声が突然、ぷつっと途切れた。

「……な、何があったの？」

優真は恐る恐る尋ねたが、しーんとしたまま何の応答もない。

「……セイ？」

　ためらいがちに呼びかけると、

「それがな、なーも覚えてへんのや。あんな目……って言うたけど。あの洞の穴の中で、えらい怖い思いをしたんは、絶対に間違いないけど……」

「どんな目かは、まったく覚えてない？」

「……うん。しかも、それだけやない気がする」

「えっ？」

「他にも、何か恐ろしいことがあった……」

「洞の穴の中で？」

　微かな気配だけだったが、セイが首をふったらしい。

「だったら森で？」

　しばらく考え込んだあと、再び首をふる気配がした。

「じゃあ、どこで？」

　それを思い出せれば苦労はないのだろうが、つい優真は訊いてしまった。

「何も覚えてないんは、あの穴に入ったせいかもしれん」

「小室久志くんも、記憶の一部を失くしてたって話だから……」

それだけでなく別人になった懼《おそ》れもあったわけだが、セイはどうなのだろうか、と優真は気になった。とはいえ本人に尋ねても仕方ない。それに行方不明になる前の古泉正人を、優真を知らないのだから、どちらにせよ意味がないことになる。

「つまり逆に考えたら、あの穴は怖いこと、嫌なこと、辛《つら》いことの一切を、すっきり忘れさせてくれる場所や、とは言えんか」

「それは……」

「せやからユウマもいっしょに、もう一回あの穴に入ろうや」

優真の止まっていた両足が、再び後退りをはじめた。

「なぁ」

同意を求めるセイの声が、暗闇に響く。

「なぁ」

その声が、少しずつ近づいてくる。

「なぁ」

優真は離れようとするが、声との距離が一向に開かない。

「なぁ」

それでも彼は必死に逃げたが、

「なぁ」

いきなり耳元で囁かれて、

「うわぁぁぁー、た、た、助けてぇぇぇぇっ」

思わず絶叫しながら真っ暗な地下室内を、とにかく闇雲に駆け回り出した。

どんっ。

左肩が何かにぶつかり、その場に倒れる。手探りして立ち上がり、それが梯子段らしいと察したとたん、優真は急いで上っていた。

ところが、手をかけた跳ね上げ戸が開かない。

どん、どん、どんっ。

思いっ切り下から戸をたたいて、怜美に助けを求めた。もしも彼女が調理室にいれば、きっと聞こえるはずである。

……きぃぃ。

そのとき梯子段の下で、軋《きし》み音が聞こえた。

……セイが上がってくる。

どんどん、どんどんどんっ。

優真は死に物狂いで、戸をたたき続けた。

……きぃぃ。

それほど煩《うるさ》い音が出ているのに、梯子段の軋みは、はっきりと聞こえる。

どんどんどんっ。

……きぃぃ。

まるで共鳴する調べのように、二つの物音が重なっている。

どんどんきぃぃどんどんきぃぃ。

そしてセイの両腕が、いきなり優真を抱き締めたかと思うと、両方の耳から彼の声が侵入してきた。

「いっしょに行こうや」

十九　かぼちゃ男

優真が目を覚ますと、ベッドの中だった。とはいえ二階の寝室に寝かされるまで、まったく記憶を失っていたわけではない。

倉庫室の地下の梯子《はしご》段の上でセイに抱きつかれ、自分でも聞いたことがないくらいの絶叫が、少しも途切れずに口から迸《ほとばし》り続けた。このまま頭が可怪《おか》しくなってしまうのではないかと、それは恐ろしかった。

すると突然、ぱっと目の前が明るくなって、誰かに抱え上げられた。

……叔父《おじ》さん？

とっさに彼だと感じたが、小室邸に戻ってくるのは、早くても明後日のはずである。叔父のわけがない。かといって怜美でないことは確かだ。あのとき彼女は、その人の横にいた。それに問題の人物は、間違いなく男性だった。

……管理人の吉俣さん？

しかし彼に、あれほど楽々と優真を持ち上げられる力があるだろうか。それに小室邸にいたことも、どうにも解せない。怜美が招き入れたとは、ちょっと考えられない。

誰であるかは謎だったが、優真の叫びが届いたため、その人は駆けつけてくれた。そして助け出したあと、何があったのかを尋ねた。だが彼は、とても満足に答えられる状態ではなかった。だから二階の寝室に、とりあえず運んだのかもしれない。

という推測を、優真はベッドに横たわりながら、つらつらと立てていたのだが、

「あっ」

いきなり声を上げると、がばっと半身を起こした。

……セイ。

いったい彼は、あれからどうなったのか。あのとき優真を助けた男性や、跳ね上げ戸の側にいた怜美は、果たして彼の姿を見たのだろうか。

いや……。

おそらく気配さえ、まったく察しなかったのではないか。仮に目の前にいても、彼を認めることはできなかった。それが可能なら、これまでに怜美が、とっくに目撃しているだろう。

僕に見えたのは……。

優真が仲間にできそうな子どもだったからか。それとも異界体験の能力が、これにも関係しているのだろうか。もしセイに訊《き》けたとしても、きっと彼も答えられないのではないか。

あいつとは……。

二度と会うこともないのか。それとも依然として優真を、彼の仲間にしようと待ち構えているのか。だとしても、小室邸では東翼棟の倉庫室と中央棟三階の屋根裏部屋を、じゃじゃ森では例の洞《うろ》の穴さえ避けていれば、もう大丈夫なのではないか。

　あれこれセイのことを考えながら、優真はベッドから起き上がって寝室を出ようとして、びっくりした。扉に鍵《かぎ》がかかっている。

　怜美さんのお仕置きか。

　もう二度と勝手に出歩かせない。そんな彼女の怒りが感じられて、彼の心は大いに沈んだ。

　再びベッドに戻り、うつらうつらしていると、いきなり扉が開いて、誰かが入ってきた。その顔を目にしたとたん、優真は驚いた。

「……お、お、叔父さん」

　しかし当の叔父は、にこりともせずに、

「いったいお前は、どこに行ってたんや⁉」

　ものすごい形相で怒りはじめた。

「あんな倉庫室の地下に、ずっとおったんか」

　それまで見せたことのない怖い顔をしている。

「あそこで、いったい何をしてたんや。助けてぇ――って叫んでたんは、なんでや」

　畳みかけるように、次々と質問してくる。

「あ、あの……」

その勢いに押されて、とっさに優真が応じられないでいると、

「ちゃんと答えんかい！」

一気に怒りを爆発させた。

「……ご、ご、ご、ごめんなさい」

蚊の鳴くような声で謝ったとたん、ぽたぽたぽたっ……と両の眼から涙がこぼれた。

これまで叔父に叱《しか》られたことなど、本当に一度もない。その叔父が、まさに烈火のごとく怒っている。はじめて目にする憤怒の顔が怖かったのと、それほど心配をかけたのだという後悔の念から、思わず優真は泣いていた。

「めそめそする暇あったら——」

さらに怒りかけた叔父が、急に口を閉ざした。あとから入ってきた怜美が、どうやら彼の腕に手をかけて、暗に止めたらしい。

それでも怒りが治まらないのか、

「ほんまにお前のせいで、こっちは死ぬような、とんでもない目に遭いかけたわ」

なおも文句を口にしながら、きっと優真をにらみつけている。

「ちょっとぉ」

怜美が声に出して止めて、ようやく効果があったのか、

「とりあえず涙ふいて、鼻かめ」

叔父はぶっきらぼうに言うと、机の前の椅子をベッドの側まで運んで、そこに座った。

「ほんとに無事で良かった」

怜美は微笑んだあと、ティッシュペーパーを渡してくれた。

「……あ、ありがとう」

涙と鼻水をぬぐっているうちに、優真は少しだけ落ち着くことができた。だが叔父に、どんな説明をすればよいのか、それを考えただけで頭が痛くなってきた。

「で、何があった？」

叔父の顔つきには、まだ怒りの表情が残っている。しかし、その感情を抑えているのが分かるほど、先ほどより口調は穏やかになっている。

「う、上手《うま》く、せ、説明できないけど……」

「かまへん。話が前後してもええから、お前が喋《しゃべ》りやすいように話せ」

そっと寝室を出ようとする怜美に、いてくれるように身ぶりで優真は頼んだ。もう大丈夫だろうと感じてはいたが、また叔父が怒り出さないとも限らない。

「と、とても信じられない……話も、あ、あると思うけど……」

「分かった。とにかく口ははさまんから、関係あることは全部、残らず話してくれ」

いつもの叔父に、ほぼ戻りかけているらしいと分かり、さらに優真は落ち着くことができた。お陰で訥々《とつとつ》とした口調ながらも、彼はセイとの出会いからその後の忌まわしい出来事まで、すべてを語った。そこには例の異界体験も含まれていた。

叔父が何度も息を呑《の》んだのは、かなり驚いたからだろう。しかし約束通り、一言も口をはさまなかった。怜美も同じような反応を示したが、よりショックを受けたらしいのは、どう見ても叔父のほうだった。

優真の話が終わると、寝室に沈黙が降りた。

「古泉正人の幽霊……か」

最初に口を開いたのは叔父だったが、ひとり言のようにつぶやき、あとは考え込んでいる。

「し、信じる？」

恐る恐る尋ねた優真に、

「ああ」

あっさりと叔父はうなずいただけで、やはり何かを考えている。

「優真くん、お腹は？」

怜美に訊かれたが、少しも空《す》いていないので首をふると、

「二日も食べてないのに、大丈夫なの？」

訳の分からない返しがあって、彼は大いに戸惑った。

「……ど、どういうこと？」

「お前の姿が見えんと、怜美から連絡があったんは、一昨日の夕方や」

「えっ……」

叔父の言葉に、優真は絶句した。

「けど、お前の話を聞いた限りじゃ、丸々二日間も洞の穴にいたとは思えんな」

「……うん」

それだけの時間が経っているとは、とても実感できない。だが、どうやら本当らしい。

「お前のママが、ものすごう心配しとる」

そう叔父に言われ、きゅっと胸の辺りが痛む。

「僕がいなくなったこと……」

「もちろん、なんとか誤魔化したけど――」

そこで叔父は、じっと優真の顔を見つめたあとで、

「もう、隠してはおけんか」

「で、でも、じゃじゃ森に入ったことは……」

わざわざ母に言う必要はないのではないか、と優真は言おうとしたのだが、

「今から、お前のママに電話するけど、よけいな話は一切するな」

叔父は携帯電話を片手に持って、扉の前まで移動しながら、

「ただ『元気にやってる。何の心配もいらんから』って、ママを安心させるんや。色々と訊かれるかもしれんけど、とにかく心配させるようなことは、絶対に何も言うな。ええな？」

優真がうなずくのを待って、叔父は寝室を出ていった。ただし十数秒で戻ってくると、

携帯を彼の頬に当てて、合図するように軽くうなずいた。

「お母さん？」

「ゆ、ゆ、優真？」

ほとんど泣いているような、それは母の声だった。

「ぶ、無事なの？　怪我してない？　あなた――」

「うん、大丈夫だよ。元気でやってるから」

「だって、ゆう――」

「心配いらないって。こっちで、おじ――」

スピーカーホンになっていた携帯を、いきなり叔父は普通の通話に戻すと、自分で喋り出した。ただし驚いたことに、優真に悪戯《いたずら》を仕掛けた、あの小型の拡声器型のボイスチェンジャーを使っている。

いや、それ以上に優真が仰天したのは、叔父の台詞《せりふ》だった。

「これでお分かりいただけましたか。あなたの息子さんは、こうして元気にしています。この二日ほど、彼を電話に出せなかったのは、先ほども申しましたように、こちらの単なる都合だったのです。ご理解いただけましたでしょうか。それでは身代金の件、よろしくお願いします。受け取りについては、またご連絡しますので」

電話を切る叔父を、ただ優真はぽかんと眺めていた。それから慌てて怜美を見ると、彼女は目をそらして項垂《うなだ》れてしまった。

「ど、ど、どういう……」

ことかと優真が訊く前に、叔父は大きくため息をつきながら、

「せやからお前に、もうこれ以上は隠しておけんと、俺も思うたわけや」

「えっ……」

「最初にちゃんと、俺は言うたやろ」

「な、何のこと……」

「学校帰りのお前に、『せとぉ、ゆうまぁ。おまえを、さらってやるぅ』ってな」

かぼちゃ男の台詞の部分だけ、叔父はボイスチェンジャーを使用した。

「あの言葉通り、お前は誘拐されたわけや」

「お、叔父さん……に？」

とっさに頭がついていけないほど、優真は混乱した。

「そうや」

「冗談じゃ……なくて？」

「ああ、仕事で行き詰まって、とにかく金がいるからな。本気も本気や。そうでのうたら、今みたいな電話をするか」

あっ……と優真は声を上げそうになった。

小室邸に来て三日目の夜中、叔父が応接室で奇妙な標準語を話していたのは、世渡家に身代金を要求する電話をかけるための、あれは予行演習だったのではないか。

自分が誘拐された……という事実に、とてつもないショックを受けながらも、どうしても優真は好奇心を抑えきれなかった。

そこで思わず応接室のことを口にすると、

「聞かれとったんか」

叔父は驚いたようだったが、すぐに半ば笑い、半ば警戒する顔つきで、

「相変わらずお前は、なかなか鋭いな。いくらこんなもん使うても――」

ボイスチェンジャーを示しながら、

「いつも通りに関西弁を喋ったら、ひょっとすると正体がばれるかもしれん。せやから標準語で喋る練習を、夜中にしとったんやが……お前に聞かれとったとはなぁ。で、賢い優真くんはそんとき、どんな推理をしたんや」

「じゃ、じゃじゃ森に入った、叔父さんが……」

優真はためらいながらも、あのときの考えを口にした。

「森の悪い影響を受けてしまって、小室久志くんみたいに、別人になったんじゃないかって……」

「そら傑作やな」

叔父は可笑《おか》しそうな顔をしてから、

「ところで久志のその話を、いったい誰に聞いた？」

鋭い眼差《まなざ》しを、さっと怜美に向けた。だから優真は慌てて、

「管理人の吉俣さんだよ」

「あの爺さん、ここへ来たんか」

再び怜美を睨《にら》むように見たので、またしても優真は急いで、

「奥白庄の他の別荘を見回るために、ここの前を通ったんだ。そのとき僕が、応接室のベランダにいたから、それで呼ばれて――」

どういう話を聞いたかを、詳しく叔父に教えたところ、

「小室久志が行方不明になったんは、草間友樹が誘拐したからや」

とんでもないことを言い出した。ただし優真には、草間友樹が何者なのか、とっさに分からなかった。そのため怪訝《けげん》な顔を、きっと彼はしたのだろう。

「なんやお前、草間友樹を知らんのか」

「……うん」

「お前の森での話を聞いて、俺はピンッときた。洞の中の異界の穴に、いっしょに入ったんは、きっと草間に違いないってな」

「ええっ」

あの黒い顔の人影が……。しかし正体は、相変わらず謎である。

「ここへ来る途中、車の中でした俺の話を、お前は覚えてないんか。学生時代に上白庄の別荘地で、俺とバイトをしとった先輩やないか」

バイト仲間の先輩の存在は覚えていたが、名前はすっかり失念していた。

「実は当時、俺も誘われたんやけどな」

「……ゆ、誘拐に？」

「あくまでも遠回しやったけど、あれは間違いなかった思う。けど少しでも頭があったら、誘拐なんて犯罪は、もっとも割に合わんて分かるはずや。せやから俺はとぼけといた。そしたら草間は、なんとひとりでやりおった。そこまで阿呆《あほう》やったとは、俺も思わなんだから、もうびっくりしてな」

「叔父さんが、久志くんを助けたのは……」

善意からではないのか、という望みを優真は、まだ少しだけ持っていた。だが、それも叔父の返答によって、無残にも打ち砕かれた。

「もちろん、金になると踏んだからや。草間の杜撰《ずさん》な誘拐計画を、俺が救出計画に書き換えて実行して、がっぽり稼いだろうと考えた。あいつが子どもを隠した場所も、吉俣がわざと俺らに教えんかった、じゃじゃ森の中やないかと、まぁ簡単に見当はついたからな」

「あの樹の洞……」

うなずく叔父を見て、しかし優真は疑問を覚えた。

「でも、あの樹のことなら、町の人たちも知ってるはずでしょ。だったら真っ先に、そこを捜すと思うけど」

優真の指摘に、叔父は嫌な笑みを浮かべながら、

「草間なんかより、よっぽどお前のほうが賢いわ。けど実は、それが違うんや。町のやつらは、できるだけあの樹には近づきとうない、と思うとるらしい。せやから行方不明になったんが、別荘地の子やったら、あの樹の付近はわざと避けて捜すいうんや。触らぬ神に祟《たた》りなし、ってことやろう。ただし、それが自分らの地方の子になると、もちろん別になる。あの樹を中心に、その周囲を探索するんやって、いつか吉俣が仄《ほの》めかしたことがあった。それを俺は覚えてたわけや」

「そんな……」

なんとも嫌な気持ちに優真はなった。だが、そこで吉俣の話を思い出した。森でいなくなる子どものうち、朱雀地方の子はまだ見つかったが、他所《よそ》の子になるとほぼ絶望的だった、と彼は言っていた。あの言葉には、こんな裏の意味があったのだ。

「せやから俺は、なんとかあの樹を見つけようとした。おおよその場所は分かっとるのに、簡単に行き着けんのが、あの樹なんや。そういう無気味さが、あの樹にはほんまにあってな」

「………」

「洞の中で久志を見つけたとき、あいつは服の上から手足を縛られとったんで、俺が解《ほど》いた。せやけど気を失っとったし、正気づいてからも、自分が縛られとった記憶が、まったくないようやった」

「草間さんは……」

「俺が久志を助け出したあと、すぐに逃げよった。警察に疑われとったから、最悪のタイミングで姿を消したわけや。けど、肝心の久志に誘拐された記憶がなかったんで、やっぱり神隠しやったんやと、警察も考え直したみたいでな」

「警察が？」

「神隠しを認めた、いう意味やない。要は犯罪ではない、子どもが勝手に森で迷うたんやと、きっと判断したんやな。せやから草間が逃げられたんも、じゃじゃ森の伝承のお陰なわけや。これが普通の誘拐事件やったら、絶対に捕まっとる。吉俣は最初から、草間に対する評価が低かったから、急に姿を消しても、バイトが嫌になって逃げたとしか思わんかった。お陰で俺の横取り計画は、大成功やったわけや」

「ほんとに？」

　気持ち良く喋っている叔父をさえぎって、怒らせるような台詞を口にするべきではない、と優真も思った。だが、どうしても我慢できなかった。叔父の話を聞けば聞くほど、ふつふつと腹が立ってきた。

「なんや、失敗やって言うんか」

「だって叔父さんが得たものは、この別荘だけでしょ。何もなくて売れたら、すごい金額になると思うよ。でも、久志くんの事件があったあとだし、奥白庄の他の別荘も訳ありだし、売るのは難しかったんじゃないかな。現に小室邸は、こうして売れてない」

「ふっふっ」

叔父は可笑しそうに鼻で笑うと、

「やっぱり子どもやな。肝心なことを、まったく分かっとらん。久志の事件で重要なんは、あの小室富久弥の孫を、俺が助けたいう第一の事実と、そのお礼に、あの小室富久弥から小室邸を、俺が譲り受けたいう第二の事実や。この二つの事実が、商売をするうえで、どれほど役立ったことか。ええか、第一の事実を引き立たせるためには、第二の事実が必要なんや。ここを売ってしもうたら、それができんようになる」

完全に理解できたわけではないが、叔父が様々な仕事に手を出すうえで、久志の事件を非常に上手く利用したらしいことは、なんとなく優真にも分かった。

「それに数年は色々と、小室富久弥の世話にもなったしな」

「別荘をもらっただけじゃなくて？」

「当たり前や」

叔父のしたたかさに、優真は改めて気づかされた。だからこそ、またしても反抗的に言い返したのかもしれない。

「それなのに、仕事は成功しなかったの」

「…………」

一瞬、ぎらっと叔父の眼が光った。だが、すぐに笑みを浮かべると、

「俺を怒らせても、何の得にもならんぞ」

まるで物分かりの良い人のような物言いをした。しかし優真は、すでに今の眼差しの

意味を察していた。

……殺意だ。

これまでの人生で、何度も新たな仕事を立ち上げては失敗し続けているのは事実なのに、それを少しでも指摘されると、さすがに面白くないのだろう。相手が子どもだけに――しかも身代金を奪うために、自分が誘拐した子どもだけに――怒りもひとしお感じたに違いない。

それを叔父は、いかにも気にしていないという様子で、

「まっ、お前の言う通りや」

いったん認めてから、

「せやけど重要なんは、そのあとや。いかに挽回《ばんかい》するかや。そこで俺が、どうした思う？」

いきなり優真に問いかけてきたが、すぐに答えられるわけがない。

「なんや、分からんのか」

叔父は本当にがっかりした顔を見せてから、

「ヒントをやろう。久志の事件と小室富久弥の恩恵を当てにできたんも、七、八年間くらいやったってことや」

優真は考えかけて、はっと身動《みじろ》ぎした。

「……まさか」

「おっ、分かったんか」

「今度は叔父さんが、誘拐を計画した……」

「やっぱりお前は、見所があるなぁ」

皮肉ではなく、心から叔父は喜んでいるらしい。

「でも誘拐は、もっとも割に合わない犯罪だって……」

「ああ、今でもそう思うとる。ただし、それは普通の誘拐の場合や」

「……」

「見つかったあとの久志は、記憶の一部がなくなっとった。せやから草間は、誘拐の罪に問われんかった。つまりあの樹の洞を利用したら、安全な営利誘拐ができるかもしれん。そういうことやないか」

「そんな、莫迦《ばか》な……」

驚くと共に呆《あき》れる優真を、叔父は楽しそうに見つめている。

「お前と同じように考えたやつが、もう一人おった」

「草間……」

「翌年の夏から、あいつが密《ひそ》かに俺を見張るようになった理由は、間違いのうそれや」

「毎年？　それから今まで、ずっと？」

優真にとっては、まさに気の長くなるような時間である。

「最初の数年は毎年やったが、そのうち見かけんようになった。けど、こっちが忘れたところに、ひょいと顔を覗《のぞ》かせよる。あの執念は、どう考えても尋常やない。ちょっと頭が可怪しなっとるのかもしれんな」

　叔父は憐《あわ》れむような表情を浮かべてから、

「いずれにせよ草間は、小室久志の事件で味を占めた俺が、同じような誘拐を計画すると踏んだらしい。そのおこぼれに与《あずか》ろうと、または俺を脅して分け前を取ろうと、あいつは考えたんやろ。草間にしては珍しく当たっとる読みやけど、すぐに第二の事件を起こすほど、俺は阿呆やない。小室富久弥の恩恵を受けられる間は、よけいなことをする必要ないからな」

　そこで叔父は、いったん言葉を切ると、

「せやから誘拐を実行したんは、久志の事件から十年後になった」

　その言葉に、優真は引っかかりを覚えた。だが、彼が深く考える前に、もっと気になる台詞を叔父が吐いた。

「それに俺は本番の一年前に、ちゃんと予行演習をしといた」

「どういうこと？」

「いつも朱雀町の外れで遊んどる、町の子どもを捕まえて、あの樹の洞に放り込んだんや。もちろん、こちらの顔や姿は見られんように用心したし、失敗した場合も考えて、普段からよう嘘をつくいう噂の子を選んだから、まったく抜かりはない」

「……それって、下田くん？」

セイが言っていた、下田という名前の子ではないのか。

「あぁ、そんな名前やったかな。けど優真、なんでお前が知っとる？」

叔父はぎょっとしたようだが、セイから聞いたと答えると、なんとも複雑な表情になった。

「予行演習は、そら大成功やった」

セイの話などなかったかのように、叔父が話を続けた。

「下田いう子どもには、誘拐されたときの記憶がなかった。俺が連れ去って樹の洞に入れて、再びそこから出して町外れに放置するまでの記憶が、完全に抜け落ちてたんや。もっとも誤算もあった。誘拐されたいう事実だけは、なんと覚えとったことや。これには俺も焦ったけど、普段から嘘をつくような子どもを選んどいたお陰で、どうにか助かった」

どうやら叔父は、かなり悪運が強いらしい。

「この下田の事件のとき、待ちかねたように草間が接触してきよった。もちろん俺は、相手にせんかった。子どもは無事に戻っとって、記憶もないんやからな。俺を脅迫しようにも、あいつには何もできん。逆に俺が、小室久志の事件を蒸し返すぞと、草間を脅したくらいや。せやから本番の誘拐事件を起こしたときも、あいつは遠くから見とるだけやった」

「その本番で選んだのが、古泉正人くん……」

「町の子では、大した金は取れんからな。身代金をせしめるんやったら、そら別荘の子どもやろ」

「いったいセイに……」

何が起きたのか。それを知りたい気持ちと、やっぱり知りたくない気持ちが、優真の心の中でゆれた。

「あいつを誘拐して、あの樹の洞に入れるまでは、問題のういってたんや」

「記憶が消えなかった……とか」

優真の問いかけに、逆に叔父が返してきた。

「お前が会うたセイは、何て言うてた？」

「怖い目に遭ったって……。でも、それ以外の記憶は、ないって……」

セイが口にした「心配すんな。すでに俺は、あの森に入っとるから、道も分かっとる」という言葉が、別の意味になって脳裏に蘇《よみがえ》る。

「やっぱり成功してたんやな」

叔父の口調には、あともう少しだったのに、という悔しさが感じられる。

「なのに、どうしてセイは……」

「行方不明のままかって？　そら死んでもうたからや」

「………」

「俺が洞まで戻ったとき、あいつは息をしとらんかった。もうびっくりしたで。お陰で計画は台なしや」

「ど、どうして……」

「原因なんか分かるか。強いて言うたら、あの樹の洞とあいつとが、まぁ合わんかったいうことやろ」

「そのあと、セイは……」

彼の遺体をどうしたのか。またしても知りたい気持ちと、知りたくない気持ちの両方に、優真は苛《さいな》まれた。

しかし叔父は、ものすごくあっさりした口調で、

「仕方ないんで、ここに運び込んで、倉庫室の地下の壁を崩して、そこに塗り込めといた。お前が穴から出てきたいう、ちょうどその辺りやないか。そこだけ壁の手触りが他とは違うて、ざらっとしとったはずや」

たちまち優真の掌《てのひら》に、暗闇で穴を探ったときのざらつきが蘇り、ざわざわっと二の腕に鳥肌が立った。

「せやからお前に、あの樹の洞からここの地下まで、穴を通ってきたと言われたとき、さすがに俺もぞっとしたな」

「…………」

ショックのあまり、優真は口が利けなかった。だが、あることに思い当たり、とっさに質問していた。

「……セ、セイを誘拐したとき、三階の屋根裏部屋に、彼を閉じ込めなかった？」

「なんで知っとる？」

ぎょっとした顔を、叔父がした。

「確かに洞に入れる前の夜、あそこにあるベッドに、絶対に解けんようにロープで、あいつをつないで監禁したけどな」

「だから森から出てきたとき、その三階の窓に子どもの影のようなものを見て、怖くなったんじゃないの？」

優真の指摘に、ぎょっとした表情を、再び叔父が浮かべかけた。しかし、そこで急に興味深そうな顔をすると、

「自分の最期について、セイは何も言うてないんか」

なんとも無神経な問いかけをして、優真を絶句させた。

「…………」

「おい、どうなんや」

「…………」

「おい」

叔父に凄《すご》まれ、仕方なく優真は口を開いた。

「さ、さっきも言ったけど、怖い目に遭ったって……」

「どんな目や」

「わ、分からないよ。でも、森や洞の中じゃないって……」

「つまりは、この家の倉庫室の地下やったってことか」

「…………」

「洞で見つけたとき、確かに息はしとらんかったけど、まだ生きてたようやからな。せやけど、どないしても意識は戻らんかった」

「ど……」

どういうことかと訊きかけて、優真は止めた。

……生き埋めにした。

そんな恐ろしい可能性が、ちらっと脳裏を過《よ》ぎったからだ。

そのとき怜美が突然、すっと寝室を出ていった。彼の空腹の心配をしたあと、一言も喋らないまま行ってしまった。

「怜美を、怨むな」

ぽつりと叔父がつぶやいた。

「あいつは今回の計画、ほとんど知らんかったんや」

「勝手に巻き込んだの？」

依然として古泉正人の件で、ものすごいショックは受けていたが、怜美に対するひどい仕打ちに、どうしても優真は黙っていられなくなった。

すると叔父は、むっとした顔になって、

「ちょっと言えん訳があって、お前を預かるんやと、ちゃんと説明してある。その訳が、まともでないことくらい、あいつも察してたはずや」

「そんな勝手な――」

優真に対する彼女の様子が、初対面のときから変だったのも、これで理解できた気がする。

「古泉正人の誘拐計画は、完全に失敗やった」

叔父が強引に話を続けた。

「せやから俺は、しばらく小室邸には来んかった」

吉俣も言っていた。古泉正人の事件のあと、叔父の足が小室邸から遠のいたと。

「しかしな、いくらかは成功やったとも言える。あいつの義理の父親から、身代金よりはかなり少なかったけど、金を引き出せたからな」

「どうして？」

もう叔父の相手はしたくなかったが、やはり気になる。

「古泉正人を誘拐したとき、『うちの義理の親父が、俺の身代金を払うはずない』って、あいつ嘲笑《あざわら》いよったんや。なかなか根性のすわった子で、俺もびっくりした」

いかにもセイらしい。それに彼が口にした義父の話と、確かに通じるところがある。

「せやから古泉正人が死んだとき、俺は一か八かで、あいつの義父に連絡したんや。このまま息子を返して欲しゅうなかったら、いくらか払えってな」

「……返して欲しくなかったら？」

「ああ、実際の誘拐とは、完全に逆やな」

再び叔父は得意そうな顔で、

「俺の読みは、ずばり当たった。婿養子である義父にとって、正人は邪魔な存在やったらしい。それで俺の提案に、向こうは飛びつきよった」

優真は気分が悪くてたまらなかった。これ以上、こんな男の話を聞いていたくない。

だが、このとき彼の脳裏には、怜美との会話が思い出されていた。

八のつく歳には、必ずいいことがあると、叔父は普段から言っていたという。八歳のときは何もなかったくせに、十八歳で小室邸を手に入れてからは、そう信じ込んでしまったらしい。

だからこそ彼は二十八歳のとき、古泉正人の誘拐計画を立てた。それは失敗したが、思わぬ形で金を手にした。そのことを彼は、ギャンブルで大勝は逃がしたものの、少しだけもうけは出たと、怜美に説明した。草間のギャンブル癖を、一種の病気だと言っていた叔父が、そもそも賭《か》け事などするはずがないのに。

そして三十八歳の今、血のつながらない甥《おい》の誘拐計画を立てた。

ここまで考えを進めたところで、優真は首をかしげた。小室邸に連れてこられてから、今日で六日目になる。この二日間は——彼が異界にいた時間と見なして——仕方がないとしても、誘拐から何の進展もないままに、最初の四日間は過ぎたことになる。

どうして？

絶対に何か意味があるはずだ。にもかかわらず叔父は、それを優真に隠している。叔父にとって、不利な事実があるからだろうか。

いったい、何があったのか……。

自分の語りに酔ったように話し続けていた叔父は、そこで優真の様子が可怪しいことに、ようやく気づいたらしい。

「何を考えとる？」

いきなり顔を近づけてきた。

「どうやって逃げるか、それを思案しとるんか」

そう言われて、はっとした。真っ先に脱出方法を探るべきなのに、まったく考えもしなかったことを、優真は悔やんだ。とはいえベッドで目覚めてからの展開に、とにかく度肝を抜かれてしまい、それどころではなかった。しかも今は、新たな疑問が目の前にある。

「誘拐って長引くほど、犯人には不利でしょ」

とうとつな問いかけだったが、叔父は普通に応じた。

「ああ、そうやな」

そこで優真は、自分の疑問を口にした。なんとか叔父に真相を話させようと、持って回った表現をしたのだが、そんな努力は少しも必要なかった。

「計画が遅れたんは、ある意味お前のせいや」

「えっ？」

叔父が何のためらいもなく、優真の疑問に答えたからだ。

「お前を誘拐した日の早朝、兄貴が死んだんや。例の天体観測のあと、三階から転落しよった。お前が屋上に置き忘れた、ラジコンカーにつまずいてな」

二十　生死糾纏

優真の顔から、さあっと血の気が引いた。頭の中が、たちまち真っ白になる。

ほんとに……。

彼の様子を眺めながら、意外にも叔父《おじ》が気遣うような口調で、

「いくら嫌いな義理の親父とはいえ、事故で死んだと聞かされたら、そら衝撃も受けるか。まして事故の原因が、自分の置き忘れたラジコンカーやからなぁ」

「ぼ、ぼ、僕は……」

「まぁ待て。別にお前を責めとるわけやない。そういう意味では俺も、少しは責任を感じとるんや。あのラジコンをお前に買うたんは、何と言うても俺やもんな」

そんな風に優真をなぐさめたあとで、

「しかしな、短期決戦のつもりやったんが、まったく予想外の出来事のお陰で、えろう計画が狂うてしもうたんも事実や」

ころっと叔父の態度が変わった。

「三階から転落した兄貴が見つかったんは、お前を誘拐した日の午後遅うやった。それ

まで誰も気づかんかったとは、重役出勤の待遇も、広過ぎる敷地も考えものやな。お前のママから携帯に連絡をもろたとき、すでに二人とも小室邸に着いとったんで、むちゃくちゃ俺は慌てた。今さら計画を中止するわけにもいかん。ただ、兄貴の死んだ状況を聞いて、とっさに利用できると考えた俺は、『ちょうど今、マンションに優真が遊びにきてるんで、このまま預かります』と嘘をついた。『兄貴の事故の原因を知ったら、きっと優真は強烈なショックを受けます。せやから事故の件が落ち着くまで、優真には何ひとつ教えんと、こっちで面倒をしばらく見ます』言うたら、そらお前のママに感謝されてな」

「だから飲酒運転になっても、あのとき帰ったんだ……」

「マンションにおるはずやのに、すぐ世渡家に駆けつけんかったら、いくら何でも不自然やろ」

「けど、ここから家に電話したとき……」

　小室邸に来て三日目に、叔父の携帯で母と話したことを、優真は思い出した。

「叔父さんは最初、あの人と話すかって、僕に尋ねたよね」

「ああ、すでに兄貴は死んどるのにな。しかし、そうお前に訊《き》いたら、きっと兄貴やのうてママを選ぶと、俺は考えたわけや。その通りやったやろ」

「あの人が死んだことを……」

「なぜお前に隠したんか。そら下手に教えて、動揺させても何の得にもならんからな。

あくまでも優真には、ここに遊びにきとると思わせとかんといかん。一方お前のママは、息子が俺のマンションにおると、完全に信じ切っとった」

「でも、あのとき母さんは、ひとりで勝手に出歩くな、叔父さんがおらんときは家で遊べって、そう注意してた。あれは、じゃじゃ森の……」

「心配をしたんやのうて、マンション近くの盛り場のことを、きっと言うたんやろ」

セイのときと同様、ここでも優真は勘違いをしたらしい。そして母は、まんまと叔父に騙《だま》されていたわけだ。

「明らかな事故死とはいえ、兄貴には仕事上の敵も多かった。それで司法解剖されることになって、ようやく遺体が戻ってきたんが、事故から三日後の朝やった」

叔父が再び出かけた日である。

「当日が通夜で、翌日が葬儀やった」

だから叔父は、早く戻れたとしても明後日になる、と言ったのだ。

「いったん別荘に帰れても、その翌日には出かけるはめになる言うたんは、すぐに初七日を迎えることになるからやった」

初七日は人が亡くなってから、七日目に行なわれる法事である。

「忙《せわ》しないけど、通夜から初七日までの時間があれば、誘拐計画を練り直すこともできる。もっとも交渉の相手を、兄貴からお前のママに変えるだけなんやが――」

そこで叔父は、じっと優真を見つめながら、

「お前のママの反応が、いまひとつ予測できんでな。我が子が誘拐されたとなったら、何よりも無事に戻ることを考えて、すぐ警察には連絡せんと思うんやが……。これが兄貴なら、さっさと金を払うて終わりにしたやろ。そういうとこは、前に俺が言うた通り、小室富久弥と似てたはずやからな。もしくは兄貴も――」

と言いかけたまま、またしても叔父は、じっと優真に目をやりつつ、

「古泉正人の義理の父親と、同じ願いを持ったかもしれんな」

「母さんが、妊娠してるから……」

「頭が良すぎるんも、子どもにとっては不幸か」

叔父は同情するように、優真を眺めている。

「ところが突然、お前が消えてしもうた。そう怜美から連絡があった。どこへ行ったんか、まったく分からん。ママからの電話も、そんなに何度も誤魔化しきれん。せやから俺は、決心した。いざとなったら彼女は、ものすごい決断をひとりでしそうなとこが、確かにあるからな」

優真も同じように見ていたため、場違いにも叔父の慧眼《けいがん》に感心しかけた。

「俺はお前のママに電話すると、『えらいことになった。優真が誘拐されたらしい。すぐに犯人から、そっちに連絡が入るから、警察には知らせんほうがええ』と伝えた。あとはボイスチェンジャーを使うて、俺が身代金を要求する電話をしたんやが――」

「母さんは、それを信じたの？」

「ああ、俺のマンション周辺の治安が悪いと、前からママは思うてたからな。そこは問題なかった。せやけど厄介やったんは、お前の無事を確認するまでは、どんな取引にも絶対に応じん言うんや。それやのに肝心のお前は、どこにもおらん。さすがに俺も、まいったわ」

勝手な言い草だが、叔父の狼狽《ろうばい》ぶりが手に取るように分かるだけに、優真は少しだけ「ざまぁみろ」という気分になった。

しかし叔父が、数冊の本をベッドの枕元に置いて、

「そういうわけやから、またお前には、ママと電話で話してもらうことになる。それまでは俺が買うてやった本でも、大人しゅう読んどいてくれ」

そう言って寝室を出ていき、がちゃっと扉に鍵《かぎ》をかける音を耳にしたとたん、ずんっと重く気持ちが沈んだ。

もちろん読書などする気はない。ただ、それらの本を見つめているうちに、目の前に手掛かりがあったことに、はっと優真は気づいた。

五日前の学校帰りに会ったとき、叔父は「今朝の早い時間にな、兄貴に電話でたたき起こされたんや」と言っていた。その電話で優真の面倒を見て欲しいと、義父に頼まれたという。同じ日の昼前、優真は叔父に車でひろわれ、それから二人は小室邸に着くまでの間、ずっといっしょだった。そして夕方、叔父は東京へ戻った。にもかかわらず二日目の午後、叔父が「朱雀町で買っておいた本」を怜美から渡された。だとしたら叔父

は、いつ朱雀町で本を買ったのか。どう考えても、そんな時間はない。あらかじめ買っておいたとしか思えない。

つまり叔父は、優真が小室邸に滞在すると、事前に知っていたことになる。

問い　なぜか。

答え　優真の誘拐を実行するつもりだったから。

ただし、ある疑問が残る。叔父は身代金の交渉相手として、義父を選ぶつもりだった。義父なら何のためらいもなく金を払う。そのため誘拐してから二、三日でけりがつくと、叔父は考えていた。にもかかわらず彼は、なぜ本を五冊も買ったのか。この冊数だけ見れば、少なくとも一週間は想定していたように思える。矛盾していないか。

知敬さん、妙に勘はいいの。無意識に働くっていうか。ただ、それが仕事に結びつかないところがあって……。

怜美の言葉が、ふっと脳裏を過《よ》ぎる。叔父が五冊も本を買ったのは、まったくの無意識だったのだろうか。しかし、それが当たってしまった。

大きな失敗はしないが、決して成功もしない。

そんな叔父の人生の秘密を、まるで垣間《かいま》見たような気分である。これが本当だとしたら、とても怖いと優真は思った。異界に入ってしまうよりも、もっと恐ろしいかもしれない。

もしも叔父が学生時代に、この地へバイトに来なかったら……。

仮に訪れていても、草間の誘拐事件に気づかなかったら……。

もし感づいたにしても、久志くんの発見に関わらなかったら……。

そして結果的に、小室邸をもらうことがなかったら……。

じゃじゃ森の側の家で、叔父が暮らすことがなかったら……。

きっとその後の事件は、何ひとつ起こらなかったに違いない。まさに運命である。そういう意味では叔父も、じゃじゃ森に魅入られたと言えるのか。子どもの場合は神隠しの被害者になるが、大人だから加害者になってしまったのだろうか。

そこに僕も、巻き込まれた……。

優真はベッドから下りると、扉の前まで行った。ノブに手をかけるが、やっぱり鍵がかけられていて開かない。

次に窓からベランダへ出て、手すり越しに下を眺める。どこか下りられそうな場所がないか、必死に捜す。しかし、そう都合よくはいかない。仮に長いロープがあったとしても、何の経験もない彼では、途中で転落するのが落ちである。

完全に閉じ込められた……。

外部の助けは、ほぼ絶望的である。唯一の希望は吉俣だが、もし小室邸の前を車が通りかかっても、寝室にいては分からない。それにベランダから叫んでも、別荘と前庭と生垣を越えた先にいる吉俣には、おそらく声は届かないだろう。

草間は……。

と思い出したものの、むしろ叔父側の人間だろうとあきらめた。ただ、あのとき彼が何をしていたのか、それが気になった。

もしかしたら……。

優真を誘拐するつもりだったのではないか。叔父の車でやって来て、小室邸に滞在しているのを見て、彼は勘違いしたのかもしれない。優真が叔父の子どもだと。だから誘拐する機会を窺《うかが》っていた。あれほど執拗《しつよう》に追いかけてきたのも、優真を拐《かどわ》かすためだった。そう考えると、なんとなく納得できる。

吉俣は生垣での会話で、「私の見間違いかもしれんが、気をつけたほうが――」と言いかけたが、あれは草間のことだったのではないか。草間に似た不審者がうろついているのを、きっと吉俣は見たのだろう。だから念のために、優真に注意しようとした。

それにしても草間はあのとき、なぜ「かぼちゃ頭の歌」を歌っていたのか。叔父が優真を誘拐する前に、同じ歌を口にしたことを、彼が知っていたとは思えない。仮にそうでも、その真似をする必要などないだろう。だとしたら、ただの偶然か。しかし、そんな偶然があるだろうか。そもそも小学生の間にしか広まっていない歌を、なぜ彼は知っていたのか。こうして考えているだけで、なんだか恐ろしくなってくる。

草間は今……。

いったいどうしているのか。あの穴が異界だったとすれば、優真が脱出したことにより、出口は塞《ふさ》がってしまった可能性が高い。つまり草間は一生、あの穴から出られないことになる。たとえ洞《うろ》の方向に戻れたとしても、いつまでも暗闇の穴が続くばかりだとすれば……。どれほど辿《たど》っても洞には着かない。どこまでも真っ暗で、せまい穴が延びているだけで……。

ぶるっと優真の身体が震えた。草間の最期を想像して、ものすごく怖くなる。だが、決して他人《ひと》事《ごと》ではない。草間の恐るべき運命は、そのまま優真にも当てはまる。

叔父の計画には、様々な狂いが出た。義父の事故死、優真の失踪《しっそう》、交渉相手の変更の三つが、その中でも大きなものだろう。しかし、その三つよりもさらに大きな誤算があった。叔父が予想もしていなかった、あまりにも意外な大番狂わせが。

それは樹の洞の不可思議な力が、まったく優真に効かなかったことである。

これこそ叔父の誘拐計画の要だったはずだ。拐かした子どもが、犯人の容姿どころか、誘拐の事実さえも覚えていない。誘拐犯にとっては夢のような状況が、あの樹の洞を利用するだけで手に入る。この現象があればこそ、叔父は誘拐計画を立てた。

怜美も言っていた。叔父は森へ優真を連れていくつもりだったと。もちろん本当の目的まで、彼女は知らなかったわけだが……。

しかし信じられないことに、優真には何の効果もなかった。すべての記憶を持ったまま、彼は洞から出られた。しかも普通の出方ではない。洞の奥の穴を抜けて、小室邸の倉庫室の地下まで移動したのだ。おまけに彼は、古泉正人の幽霊とも出会っている。

自分が立てた誘拐計画の狂いに、なんとか対処してきた叔父も、さすがに優真には匙《さじ》を投げるしかないだろう。

　つまり僕は……。

　まず生きては帰れない、ということだ。母が身代金を払ったあと、きっと始末されるに違いない。そして古泉正人のように、倉庫室の地下の壁に埋められてしまう。

　優真が戻ってこなければ、母は警察に知らせるだろう。仮に捜査がここまで及べば、吉俣の証言から小室邸に優真がいた事実がばれ、おそらく叔父は逮捕される。その危険について、叔父はどう考えているのか。

　ひょっとして草間を、身代わりの犯人にするつもりか。

　草間が穴の中にいて、もう出てこられないことは、きっと叔父も察している。そこで身代金を手に入れた彼が、いかにも姿を晦《くら》ました風に見せかける。それが叔父の計画なのではないか。

　ここまで優真は必死に考えたが、急に止めた。すべては自分が死んだあとの話である。そんなことで頭を悩ませている場合ではない。

　今の僕は、まさに『生死糾纆《きゅうぼく》』なんだ。

　父の処女作品集『生死糾纆』は、「禍福糾纆」という四字熟語から取られた題名だと、前に母から聞いた。優真が使う国語辞典には載っていなかったので、父の机にあった辞典で調べてみた。すると禍《わざわ》いと福は、より合わせた縄のように交互にやって来る。禍いと福は、隣り合っている。それが禍福糾纆の意味だと知った。この禍いと福を生と死に替えて、どうやら父は「生死糾纆」という言葉を作ったらしい。

優真の生と死も今、隣り合わせに存在している。小室邸から逃げ出せれば「生」に近づくが、ここに囚《とら》われたままでは「死」を待つだけになる。

なんとか逃げないと……。

彼は再びベランダに出てみた。扉が施錠されている以上、外部と通じている場所はここしかない。小説や映画だと、ベッドのシーツを裂いてつなぎ合わせ、それを手すりに結びつけて、即席のロープにして脱出するシーンがある。

あの方法しかないか。

さっそくベッドのシーツに手をかけるが、そう簡単には裂けない。鋏《はさみ》がないと無理だと分かった。寝室内を一通り捜してみたが、布を切れそうなものは何もない。タオルケットとシーツを結ぼうとしたものの、すぐにあきらめた。仮に結べたとしても、まったく長さが足らない。

……がちゃ。

そのとき扉の鍵の開く音がして、夕食の盆を手にした怜美が入ってきた。

「たす……」

けて下さいと口にする前に、彼女の後ろに叔父の姿が見え、優真はがっかりした。

「ほうっ」

ところが叔父は、逆にご機嫌そうだった。ベッドの上の乱れたタオルケットとシーツを目にして、にやにやと笑っている。

「脱出用のロープでも、それで作ろうとしたんか」

優真が黙って無視しても、まったく気にした様子もなく、

「お前のそういうとこが、俺は好きなんや。お世辞は抜きで、ほんまに感心しとる」

相変わらず勝手なことを言っている。以前の優真なら、叔父に少しほめられただけで、もううれしくて仕方なかった。だが今は、当たり前だが違う。むしろ腹が立った。

怜美は机の上に盆を置くと、一度も優真と目を合わせることなく、寝室を出ていった。ただし扉口でふり返り、「ごめんなさい」と蚊の鳴くような声を出したのが、辛うじて聞こえた。しかし彼が応《こた》える間もなく、彼女は消えてしまった。もっとも叔父がいる前では、何を口にしても無駄だったかもしれない。

「冷めんうちに、食えよ」

机の上の夕食を見やってから、叔父も寝室をあとにした。きちんと扉の鍵を閉めて。てっきり食事中も監視されると思っていた優真は、ちょっと拍子抜けした。とはいえ喜びのほうが大きかった。盆にはナイフが載っていたからだ。

このナイフだけ隠して……。

あとからシーツを裂けばいい。そう考えたものの、あの叔父がナイフの紛失に気づかないはずがない。きっと盆を下げるときに、確認するだろう。

だったら今、やってしまおう。

優真がナイフを片手に、ベッドに近づいたところで、扉の鍵の開く音がした。びっくりして立ちつくしていると、再び叔父が入ってきた。

「なるほど。飯の前に、シーツを裂いてしまう作戦か。裂いたシーツは、タオルケットの下にでも隠すんか。さすがやな。せやけど、無駄になるから止めとけ」

そう言いながら窓まで行くと、彼は持ってきた針金とペンチで、クレセント錠をぐるぐる巻きにしてしまった。

「仮にロープがあっても、これじゃ窓は開けられんからな」

そんな捨て台詞《ぜりふ》を残して、あっという間に寝室を出ていった。扉が施錠されたのは、もちろん言うまでもない。

叔父の用意周到さに、優真はがっかりした。これで窓も、扉と同様に開けられなくなった。寝室から出る道は、完全に塞がれたことになる。

まったく食欲はなかったが、無理に食べた。いざというとき力を出せなかったら困る。そんな機会があるのかどうか、はなはだ心もとないが、かといってあきらめるつもりはない。

生死糾纆だ。

しかし残念ながら、夕食のあと優真にできることは、本当に何もなかった。あと可能性が残っているのは、怜美に訴えて逃がしてもらうことくらいである。

「すんだか」

しばらくしてから叔父が、ひとりで盆を取りにきた。

「ナイフとフォークは、ちゃんとあるな」

しっかりと確認する叔父に、

「身代金の受け渡しは、いつ、どこでするの？」

いきなり優真が尋ねると、直接それには答えずに、

「お前のママが自由にできる金は、実は結構あるんや。それをまとめてもらうのに、どうしても二、三日はかかる。その間、一日に一度、ママには電話でお前の声を聞かせる。それ以外は別にすることないから、ゆっくりしてろ」

そう説明して寝室を出ようとしたが、急にふり返ると、

「俺が金を受け取りにいくとき、お前はここに閉じ込めたままにする。そのうえで鍵も、俺が持っていくからな。せやから怜美に頼んで、逃がしてもらおうなんて考えとっても、無駄になるから止めとけ」

最後に残った希望も、あっさり摘み取ってしまった。

それでも優真は寝室の中を歩き回りながら、何か逃げ出せる方法がないかを考えた。

少し疲れるとベッドに横たわり、やはり考え続けた。何ひとつ浮かばなくなっても、頭を使うことを決して止めなかった。

だが、そのうち彼は睡魔に襲われた。そして、いつしか寝入っていた。

はっと目覚めて時計を見ると、なんと午前一時過ぎだった。夕食後、六時間以上も寝

ていたらしい。それで起きたのかと思っていると、

……ほと、ほと。

微《かす》かに扉をノックする音が耳につき、優真はぎくっとした。

……ほと、ほと。

扉をたたく音が辺りに響くのを、明らかに憚《はばか》っているとしか思えない、そんな弱々しさが感じられる。

だ、誰……？

優真はベッドの上で身をすくませた。こんな真夜中に、この寝室の扉をたたく者など、小室邸にいるわけがない。

そう思った直後、ノックの主の正体が、いきなり分かった気がした。

怜美さん？

叔父ならば何の断りもなく、勝手に扉を開けて入ってくる。そうなると残るのは、もう彼女しかいない。

怜美は叔父の誘拐計画を知らなかった。だから何が起きているのか理解したとたん、優真に同情すると共に罪悪感を持った。そこで叔父の目を盗んで寝室の鍵を手に入れ、こっそり彼を逃がそうとしているのではないか。

……ほと、ほと。

優真は慌ててベッドから出ると、扉の前に立った。

相変わらず微かなノックの音が続いている。

「……怜美さんですか」

扉に口をつけんばかりにして囁《ささや》くと、ぴたっと物音が止まり、

……がちゃ。

今度は扉の鍵が、そっと開けられる音がした。

怜美だと分かっていても、優真は扉を開けるのが怖かった。とはいえ時間を無駄にしている場合ではない。隣の寝室で休んでいるはずの叔父に気づかれたら、もうお終いである。

優真はノブをつかむと、静かに扉を開けた。

……誰もいない。

そこに怜美はいなかった。二階のホールを見渡しても、どこにも見当たらない。

すぐに隣の部屋へ戻った？

だが、それなら気配がしたはずである。扉の鍵が開けられ、確かに優真は少しためらった。しかし、あくまでも一瞬だった。あの間に怜美が、一切の気配を消すほど静かに、隣の部屋に戻れたとは思えない。

だったら、誰が……。

常夜灯が点《とも》された薄暗いホールに佇みながら、ぶるっと優真は身体を震わせた。

逃げよう。

訳が分からなかったが、このチャンスを逃す手はない。抜き足差し足でホールを横切ると、足音を立てないように階段を下りる。

……ぎぃぃ。

それでも途中の段が軋《きし》み、肝を冷やす。扉を閉めていれば聞こえない程度の物音だが、彼には大音響のように思えてしまう。

さらに慎重に、ゆっくりと階段を下りる。そうこうしているうちに、ばんっと大きな物音が二階で響き、隣の寝室から叔父が飛び出してくる気がした。叔父特有の勘を働かせて、ここで逃がしてなるものか、と追いかけてくる恐怖を覚える。

お陰で階段を下り切ったときには、びっしょりと厭《いや》な汗をかいていた。だが、まだ油断はできない。広い玄関ホールが残っている。

階段下から目隠し壁という最短のルートをとって、忍び足で進む。ホールの床は階段のように軋む心配はないので、まだ楽である。ただし一階のホールでの物音は、意外に大きく響く。用心するに越したことはない。

ようやく目隠し壁に辿り着く。その裏に回り込んで、玄関扉の前に立つ。内鍵を開けようとして、伸ばした優真の右手が止まった。

……ない？

今の世渡家も、前に住んでいたアパートも、扉の外では鍵を使って施錠と開錠を行なうが、内側にいるときは内鍵をひねるだけだった。

ところが、目の前の扉には、肝心の内鍵がない。そこには鍵穴しか存在していない。鍵がないと駄目だ。

二番目の出口に考えたのは、東翼棟の東端の勝手口である。あそこの扉には内側に掛け金があった。ただし、他に鍵がなかったかどうかは覚えていない。もし鍵穴があって施錠ずみなら、もう駄目である。

それよりも……。

応接室の窓から逃げるほうが、もっと確実だと優真は思いついた。東翼棟の勝手口まで行って出られなかったら、貴重な時間を無駄にすることになる。

再び忍び足で、慎重に玄関ホールを戻る。階段下を通り過ぎ、西翼棟の廊下を辿って、応接室の前に立つ。そしてノブをそっと回し、物音を立てないように気をつけ、静かに扉を開いた。

カーテンが引かれているのか、室内は真っ暗だった。壁際のスイッチに手を伸ばしかけて、ふとためらう。仮に電気を点《つ》けても、叔父に分かるわけがない。そう思うのだが、煌々《こうこう》と明かりを点すことが、どうしても怖い。このまま闇に紛れて、できれば逃げ出したい。

優真は手探りで、ゆっくりと応接室の中を歩いた。扉口から表に面した窓までの間に、幸いにも障害物はなかったはずである。それでも注意して、焦らずに進む。

やがて前へ伸ばした右手が、カーテンに触れた。さっと左右に開けると、たちまち月明かりが射し込み、手元が明るくなる。

……助かった。

ほっとしたのも束の間、優真の顔から、見る見る血の気が引いていった。なぜなら二階の寝室と同様、ここの窓のクレセント錠も針金で、ぐるぐる巻きにされていたからだ。

叔父の仕業だ。

一階のすべての窓が、きっと同じ状態に違いない。もしかすると二階の窓までも。絶対に逃がさない、という叔父の強い意志が感じられ、優真はぞっとした。

……いいや、僕はあきらめない。

ともすれば絶望しそうになる自分を、彼は必死に励ました。なんとしても小室邸から脱出するのだと、己に活を入れた。

「……おい」

いきなり暗闇から声がして、優真は飛び上がった。

「お前、どうやって寝室から出た？」

恐る恐るふり返ると、長ソファに寝ていたらしい叔父が、毛布をはいで身を起こすところだった。

「ど、ど、どうして……」

あまりにも予想外の出現に、満足に言葉が出てこない。

「あぁ、俺がここで寝とるわけか」

しかし叔父は何の苦労もなく、優真の言いたいことが分かったようで、

「怜美のやつが、えらいショックを受けとってな。ちょっと冷静にさせるためにも、今夜はいっしょに寝んほうがええと、まぁ考えたわけや」

当たり前のように答えたあとで、再び問いかけてきた。

「で、お前はどうやって、あの寝室から抜け出したんや」

仕方なく優真がありのままを伝えると、叔父は納得していない顔つきで、

「まさか、怜美が……」

いったんは彼女を疑ったが、すぐに上着のポケットを探って鍵を取り出し、それが不可能なことを確かめたあと、しきりに首をかしげている。

「可怪《おか》しいな。いくらお前でも、素人があの鍵を開けられるとは思えんし……」

「自分で開けたんなら、そう言うよ」

すかさず優真が返すと、叔父は少し笑いながら、

「そらそうや。嘘をつく必要ないもんな。ということは――」

思わせぶりに優真の顔を見たあとで、

「古泉正人の幽霊……とか」

半ばからかう口調で、両手を胸の前でぶらぶらゆらした。

……セイが？

言われてみれば残る可能性は、もう彼しかいない。死者を可能性のひとつに加えるこ

とが、果たして正しいのかどうか、それは分からないけれど。

いや、きっとセイだ。

新たな希望を優真が持ちはじめたとき、それを察したように叔父が、

「せっかくのチャンスやいうのに、えろう残念やったな」

長ソファから立ち上がり、こちらへ近づいてきた。

「もっとも古泉正人の仕業やとしたら、そう単純に喜べへんけどな」

「どうして？」

「あいつが純粋な好意から、お前を助けるとは考えられんからや」

「えっ……」

「お前の話によると、あいつは仲間が欲しいんやろ。つまり俺から助け出したあと、今度はあいつが、絶対にお前を逃がさんやろういうことや」

叔父の言葉が、ずんっと優真の胸に響く。

「要はどっちに転んでも、お前の前途は……って話になりそうやな」

生と死は隣り合わせで、自分はその間にいると考えていたが、ほとんど死の側に浸っているらしいと、このとき優真は悟った。

「ほな、戻るか」

叔父に促され、応接室を出る。

「もし、また逃げようとしたら、次は縛るからな」

先に立って階段を上がっていると、背後から叔父に言われた。仮に脱出のチャンスが訪れたとしても、それを活かせるのは一回だけ、ということになる。

けど……。

そんな機会が再びやって来るとは、どれほど楽観的に考えようとも、とてもありそうにない。

二階のホールに着いたところで、優真は気力を失くしかけていた。絶対にあきらめないという決意も、ほとんど消えかかっている。

叔父に背中を押され、ほとんど惰性で彼は歩いていた。寝室という名の牢獄《ろうごく》に入るために、ただただ足を前へと出している。そんな風に二階のホールを、寝室に向かって横切っていたときだった。

優真の視界の隅で、何かが動いた気がした。それは三階に通じる階段の上で蠢《うごめ》く、あたかも人影のように映った。

セイ？

そう思った次の瞬間、三階へと続く階段を目指し、優真は駆け出していた。

「おい！　どこへ行くんや」

叔父の叫び声が、ホールに大きく響く。

「上に行っても、逃げられへんぞ。無駄な足掻《あが》きは止めて、はよ戻ってこい」

怒気の含まれた声を無視して、三階の屋根裏部屋に駆け上がると、すぐさま優真は小声で呼びかけた。

「セイ？　どこにいる？」

古い家具の間を縫いながら、彼が真っ先に向かったのは、例のベッドのところである。

だが、そこにセイはいない。

「おい、出てきてくれよ」

先ほど見えたと思った影は、ただの見間違いだったのか。完全に絶望した優真に対して、彼の脳が映し出した希望の幻影だったのだろうか。

……だんっ、だんっ。

ゆっくりと階段を上っている足音が、やがて聞こえてきた。その急いでいない足取りと、わざとうるさく鳴らしている足音とが、叔父の怒りの濃さを表現しているようで、なんとも恐ろしくてたまらない。

……だんっ、だんっ、だんっ。

まったく無言であることが、さらに優真の恐怖を煽《あお》った。あのお喋《しゃべ》りな叔父が、少しも口を利かないのが、とにかく怖い。

どこか隠れられそうな……。

場所はないかと、必死に捜し回る。しかし、どこに潜んだところで、いとも簡単に見つかりそうである。

……だんっ、だんっ。

もうすぐ叔父が、三階に姿を現す。そうなると、どんな目に遭うか分からない。きっとただではすまないだろう。それだけは間違いない。

へなへなと優真が、その場に頽《くずお》れかけたときである。屋上へと延びる梯子《はしご》が、ふっと目に留まった。

　もっと上へ……。

屋上に出たところで、行き止まりであることは、もちろん優真も理解していた。とはいえ追いつめられた彼に、他の選択肢などなかった。とにかく逃げられるところまで、ひたすら逃げるだけである。

……ぎっ、ぎぃぃ。

　梯子を一段ずつ上るたびに、魔物の鳴き声のような軋み音が耳につく。それを叔父に聞かれるのではないかと、もう気が気でない。

　屋根裏部屋に優真の姿が見えず、どこにも隠れている気配がなければ、もはや屋上にいるのは自明である。そんな分かり切ったことを、あの叔父が見逃すわけがない。それは彼にも分かっていた。にもかかわらず自分が梯子を上がっていることを、叔父には気づかれたくないと願っている。ものすごく儚《はかな》い希望に、彼はすがるしかなかった。

　優真が梯子の上の跳ね上げ戸を開けて、ようやく屋上に出られたのと、叔父が屋根裏部屋に上がってきたのが、ほぼ同時だった。しばらく階下の空間で、がたがたっ、ごとっ……という物音が続いたのは、家具の陰やその中に優真が隠れていないか、おそらく叔父が捜し回っていたからだろう。

その間に優真は、おっかなびっくり白い柵《さく》から身を乗り出して、屋上の四方を見下ろした。地表へ下りられる手立てがないか、目を皿のようにして必死に捜し続けた。

だが、足がかりになりそうなものは何も見当たらない。これでは二階の屋根の上に下りることさえ、とうてい無理である。

完全に追いつめられた。

頭の中が真っ白になった状態で、優真は呆然《ぼうぜん》と立ちつくした。

これで逃げ場は、もうどこにもない。

……ぎぃぃっ。

そのとき梯子段の軋む音が、無気味に響いた。

……ぎっ、ぎっ、ぎっ。

それから一段ずつ上ってくる物音が続き、ぱたっと跳ね上げ戸が開いたと思ったら、ぬっと叔父の顔が覗《のぞ》いた。

優真は跳ね上げ戸から、もっとも離れた屋上の隅にいた。叔父が無言のまま、こっちへ来いと手招きしたが、ふるふると彼は首をふった。すると叔父は屋上に上がり、まっすぐ優真のところまで来ると、くるっと彼を後ろ向きにさせた。そのうえで彼の両肩を、がっしりと両手でつかんで方向転換させ、そのまま跳ね上げ戸まで連れていった。

もちろん優真は抵抗したが、叔父の力に敵《かな》うはずもない。操り人形のように前進させられ、あっという間に跳ね上げ戸の下り口に、彼は立たされた。

そこで両肩に置かれた叔父の両手に、さらに痛いほどの力が加わった。さっさと下りろ、ということらしい。

優真は泣きながら後ろ向きになると、梯子を一段ずつ下り出した。そうして彼の胸が、跳ね上げ戸の穴を通ろうとしたときである。

……今だ。

囁くような声音だったが、はっきりと声が聞こえた。いや、実際にしたのかは不明だが、少なくとも優真の耳朶《じだ》を打った。

その瞬間、とっさに優真は両手で、叔父の両足に抱きついた。

あとから考えても、なぜそんな行動をとったのか、まったく彼自身にも分からない。思わず反応して動いてしまったとしか言えない、そういう動きだった。

「わあっ」

叔父は短い叫び声と共に、背の低い白い柵を越えて、屋上から落ちていった。

どんっ。

ものすごい音が鳴ったのは、叔父の頭が二階のベランダの屋根に当たったからであり、

どさっ。

そのすぐあとで鈍い物音が伝わってきたのは、叔父が裏庭に転落したからである。

首の骨を折った叔父は、ほとんど即死だったらしい。彼の転落を優真から聞いた怜美

は、すぐさま警察に連絡した。

それからが大変だったが、なんとか「死」から脱して「生」へと戻ることが、優真はできたのである。

終章

事件によって引き起こされた、マスコミュニケーションの過剰な騒動が落ち着くまで、ほぼ一ヵ月かかった。ちょうど夏休みの間だったので、母は優真を連れて関西に避難した。もっとも頼れる知り合いはいなかったので、ずっとホテル住まいである。

どうして自分たちが逃げ隠れしなければならないのか。

優真は理不尽な怒りを覚えた。ただ、そのお陰で大崎彰と何度も会って遊べたのが、唯一の救いだった。

警察には何回も事情を訊《き》かれた。セイの存在も含めて、すべて正直に話した。そのとき彼は、怜美は誘拐計画を知らなかったのだと、できるだけ強調することも忘れなかった。実際にその通りだったからだが、彼女が逮捕されてしまうと誠一はどうなるのか、という思いがあったせいかもしれない。セイと誠一は別人だが、二人を重ねて見ている気がした。

小室邸の倉庫室の地下の壁から、古泉正人の遺体が発見された。優真は葬儀に出たかったが、マスコミの餌《え》食《じき》になるだけだと、母に強く止められあきらめた。もう少し時間が経ってから、墓参りに行くつもりである。

叔父《おじ》の死は、事故死とされた。本来なら正当防衛になるところだが、警察の発表は違った。犯人は小室邸の屋上から誤って転落した。それが公式な警察の見解である。

夏休みの終わりごろ、芸能人おしどり夫婦の熟年離婚、清純派アイドルの恋人発覚、ミュージシャンと女優の不倫といった「事件」が、まさに立て続けに起きた。その結果、面白いようにマスコミの興味が、いっせいに誘拐事件から逸《そ》れた。

芸能人の私生活を、どうして報道するのか。もっと伝えるべき大切なニュースが、他にいっぱいあるじゃないか。

優真には理解できなかったが、個人的には大いに安堵《あんど》した。母と共に関西に逃げても、マスコミは追ってきた。ホテルを移っても、執拗《しつよう》に捜し出すことを止めない。そんな異常なまでの取材攻勢に、ほとほとうんざりしていたからである。

母は世田谷の家を処分すると、都内から離れた郊外に、小さいながらも素敵な家を買った。優真にとっては二度目の引っ越しと転校になるが、まったく不満はなかった。むしろ義父の気配がすべて消えることを、彼は素直に喜んだ。

義父の遺産は、生まれてくる子どもが大学を卒業して就職するくらいまで、親子三人で暮らしていけるだけの額が充分にあった。

その義父の事故死について、母は一度も触れなかった。さすがに警察では訊かれたが、それほど突っ込んだ話にはならず、あくまでも確認に留《とど》まった。大崎彰とも少し話し合ったものの、「あんまり考えんな」と言われた。

セイとなら……。

もっと生々しい話ができるかもしれない、と優真は思った。ただし、そういう会話がしたいのかどうか、本人にもよく分からない。

驚いたことに叔父は遺言で、なんと小室邸を優真に遺《のこ》していた。問題の遺言状は、母の再婚後すぐに作られたらしい。そのとき叔父は誘拐を、まだ計画していなかったのか。それとも計画はあったが、じゃじゃ森の樹の力を信じていたのか。今となっては不明である。

母は「そんな別荘なんか放棄しなさい」と怒ったが、優真は受けることにした。セイとの出会いが、どうしても忘れられなかったからだ。

翌年の夏、大反対する母を説得して、優真は白庄を訪れた。上白庄の貸別荘で、母が妹を遊ばせている間、彼はレンタサイクルで奥白庄を目指した。

たった一年しか経っていないのに、小室邸には廃墟《はいきょ》然とした気味の悪い雰囲気が、すでに漂いはじめていた。朱雀町の住人や白庄の別荘地の滞在者たちの間では、すでに幽霊屋敷の噂が立っているに違いない。

優真は門の前で、レンタサイクルを停めた。怖くないと言えば嘘になるが、すぐさま逃げ帰るほどではない。とはいえ倉庫室の地下や屋上は、さすがに無理だろう。しかし、ただ邸内を見て歩くだけなら、普通にできると思っていた。

だが、実際は違った。小室邸の玄関ホールに入るどころか、そもそも敷地内に足を踏み入れることさえできなかった。開いた門の前で、じっと家を眺めるばかりで……。

どれほどそうしていたか。優真は門を閉じると、レンタサイクルにまたがり、その場を離れようとした。

そのときセイの声が、ふと聞こえた気がした。

義理の親父が死んだことに、ユウマは罪悪感を覚えてんのか。

慌てて優真は小室邸に顔を向けたが、どこにも人影ひとつ見えない。ただ、家が自分を見つめているだけである。

「いいや」

そこで優真は、はっきりと声に出して首をふった。

そうか。そら頼もしいな。

するとセイの感心するような口調が、すぐさま返ってきた気がした。だが、いくら小室邸を眺め回しても、やっぱり誰もいない。

それでも優真は、にっこりと笑いながら応《こた》えた。

「あのラジコンカーは、置き忘れたわけじゃないから。あれは、わざと残したんだよ」

本書は二〇一七年十二月に小社より刊行
された単行本を文庫化したものです。

魔邸《まてい》

三津田信三《みつだしんぞう》

角川ホラー文庫　22366

令和２年11月25日　初版発行
令和６年９月20日　再版発行

発行者———山下直久
発　行———株式会社KADOKAWA
〒102-8177　東京都千代田区富士見2-13-3
電話 0570-002-301（ナビダイヤル）
印刷所———株式会社KADOKAWA
製本所———株式会社KADOKAWA
装幀者———田島照久

●お問い合わせ
https://www.kadokawa.co.jp/（「お問い合わせ」へお進みください）
※内容によっては、お答えできない場合があります。
※サポートは日本国内のみとさせていただきます。
※Japanese text only

ISBN978-4-04-109964-3　C0193

◆◇◇